Graphisme de couverture : Cédric Cailhol
Photographie de couverture : © Christian GUY/hemis.fr

www.lerouergue.com

DANIEL CROZES

LE REBOUTEUX DES MONTAGNES

ROMAN

L'estive au
ROUERGUE

Avertissement

Ce roman est « librement » inspiré de la vie de Pierrounet de Nasbinals, Pierre Brioude (1832-1907), cantonnier et rebouteux de l'Aubrac.

1

Les cloches de l'église romane sonnaient six heures. Les coqs s'égosillaient devant les poulaillers ou au milieu des basses-cours et les chiens de garde qui tiraient sur leurs chaînes leur répondaient à leur manière, bruyamment et parfois même furieusement, alors que des chevaux hennissaient dans les écuries du bourg et que des vaches meuglaient dans les proches prairies. Nasbinals s'éveillait. L'aurore pointait à peine. Des étoiles scintillaient dans le ciel qu'un croissant de lune éclairait d'une lumière bien pâle, disparaissant à intervalles réguliers sous des nuages blancs qui couraient sous l'effet du vent. Un orage avait éclaté la veille, dans l'après-midi, entraînant aussitôt une dégringolade des températures sur ce plateau de l'Aubrac dont l'altitude s'étageait entre 1 000 et 1 400 mètres. Le ciel s'était dégagé dans la soirée lorsque les derniers nuages couleur d'encre s'étaient éloignés en direction de la Margeride. Cette journée de juillet 1903 promettait d'être belle malgré la fraîcheur persistante.

À l'instant où l'horloge de l'église piquait six heures, une jardinière traversait la localité pour rejoindre la maison de Pierre Brioude, que les habitants de Nasbinals appelaient familièrement Pierrounet. Cet homme célèbre bien au-delà de l'Aubrac était un rhabilleur fameux. Depuis plus d'un demi-siècle, on le sollicitait pour des entorses, des luxations, des contusions, des fractures. Il soulageait aussi bien les hommes, les femmes et les enfants que les bœufs, les vaches, les veaux et même les chevaux, pourtant très difficiles à soigner. Ce matin d'été-là, la jardinière transportait le propriétaire d'un domaine des environs de Nasbinals qui possédait également une montagne où son troupeau d'aubracs passait les cent quarante-deux jours de l'estivage. L'orage avait effrayé deux veaux qui s'étaient démis une patte en essayant de retrouver leur mère. Après la traite du soir, le cantalès, chef de l'équipe et du buron après Dieu, avait dépêché le mousse auprès de son patron. Alphonse Champredonde avait considéré que l'heure était bien trop avancée pour prévenir Pierrounet et le conduire avec sa jardinière auprès du troupeau. Mais il n'avait pas attendu les lueurs de l'aube pour atteler l'une de ses juments du Perche, prendre la direction de Nasbinals. Il souhaitait emmener Pierrounet sur sa montagne avant qu'il commence ses premières « consultations » de la journée. Ses « patients » avaient la réputation d'arriver de bonne heure pour être les premiers à être accueillis dans sa demeure puis à être soignés. À son passage, à proximité de l'église, Émilien Batifol et l'un de ses employés le saluèrent d'un geste amical. Ils balayaient avec entrain la terrasse de l'hôtel du Levant jonchée de feuilles après l'orage de la veille. Gendre de Pierrounet, Émilien Batifol avait construit l'hôtel du Levant avec son épouse pour y héberger les nombreux patients qui accouraient de Bretagne, du Languedoc, de Provence, de Paris et même d'Amérique pour consulter le rebouteux de l'Aubrac. Deux établissements concurrents recevaient également les « éclopés » – comme les avaient surnommés les Nasbinalais – qui demandaient avec insistance à Pierrounet de les rhabiller avant de reprendre un express à Aumont-Aubrac pour Clermont ou Béziers. Le forgeron et son apprenti s'affairaient déjà sous le bâtiment abritant le travail à ferrer les bœufs et les chevaux autour d'un animal qui paraissait récalcitrant. Alphonse Champredonde les gratifia d'un bonjour sonore sans lâcher les guides et en pressant l'allure de sa jument.

Pierrounet habitait à quelques centaines de mètres du foirail, en direction d'Aumont. Champredonde arrêta l'attelage sous les hêtres qui se dressaient en bordure de la murette de pierres délimitant la propriété du rebouteux. Il était le premier arrivé ; il s'en félicita dans l'instant. Les copieuses averses de la veille et l'incertitude du temps avaient sûrement dissuadé les patients de se mettre en route dans le milieu de la nuit pour pouvoir rejoindre Nasbinals à pied, à cheval ou avec un attelage. Il descendait de la jardinière quand Pierrounet apparut à l'une des fenêtres du premier étage, alerté par le grincement des roues et le cliquètement des fers sur les cailloux, ainsi que par les ordres donnés par Alphonse à sa jument. Cette visite matinale ne l'étonna pas. Il s'attendait à ce que des éleveurs se présentent dans la matinée pour l'entraîner sur les montagnes, auprès de leurs troupeaux que leurs buronniers ne savaient peut-être pas soulager. Quelques paroles suffirent à convaincre le rebouteux qu'Alphonse avait besoin de ses services ; il ne rechigna pas à le rejoindre. À soixante et onze ans, il ne refusait jamais un déplacement ni une sollicitation malgré une existence laborieuse partagée entre les domaines de l'Aubrac, où il avait travaillé depuis son enfance jusqu'à l'âge de vingt-cinq ans, et la nationale de Nasbinals à Marvejols, où l'administration des Ponts et Chaussées l'avait affecté alors à l'entretien, comme cantonnier. L'homme avait conservé le charme de sa jeunesse, des prunelles pétillantes de vivacité et d'un bleu profond, la douceur de son regard, le collier de barbe qui était devenu presque légendaire auprès des Nasbinalais, des habitants de l'Aubrac et de nombre de ses patients. Il avait conservé sa stature et sa musculature de travailleur, des épaules carrées, une vigueur étonnante grâce à laquelle il était toujours en capacité de soulager les souffrances des hommes et des animaux qu'il continuait à manipuler avec dextérité et puissance. Depuis la chaussée, Alphonse le regarda traverser sa courette à une allure modérée et tranquille trahissant son caractère d'homme pacifique. Il était presque élégant avec son feutre noir qui cachait ses cheveux blancs, son pantalon de coutil, ses chaussures montantes que le forgeron avait ferrées et qu'il portait toute l'année, sa blouse de paysan, sombre, ample et plissée, qui dissimulait une chemise de toile épaisse et sa ceinture de flanelle qui le protégerait tout à l'heure de la fraîcheur sur la montagne. Les deux hommes se connaissaient depuis toujours, originaires tous deux de Nasbinals. Alphonse, son cadet de vingt ans, estimait Pierre Brioude ; il l'admirait et le vénérait presque, comme nombre d'éleveurs de l'Aubrac. Ils se saluèrent avec chaleur puis se hissèrent sur la jardinière tandis que deux hommes jeunes et une femme bien plus âgée et claudicante, les premiers patients de la matinée, pénétraient dans la courette et s'installaient sous les arbres. De la voix puis du fouet sur la croupe, Alphonse Champredonde ordonna à la jument de manœuvrer et de rebrousser chemin pour traverser Nasbinals et prendre la direction du village d'Aubrac. Une journée ordinaire débutait pour Pierrounet.

Une fois disparus les dernières maisons de Nasbinals et les potagers qui les entouraient, un immense paysage se déroula devant eux, qui ne manquait jamais de fasciner le rebouteux. Les pâturages d'altitude s'étendaient à perte à vue jusqu'à l'horizon, couronnés de forêts ou de roches grises ou parfois même d'un arbre esseulé, sillonnés de murets de pierre qui délimitaient les propriétés et de chemins – les drailles – qu'empruntaient les troupeaux. Les taureaux, les vaches, les génisses et les veaux de l'année qui broutaient l'herbe depuis le printemps n'étaient que de minuscules têtes d'épingle au cœur de ces hauts plateaux, battus par le vent même en été, où les herbages occupaient tout l'espace. Au milieu des bestiaux, les hommes s'y installaient du 25 mai au 13 octobre ; ils séjournaient dans des bâtisses massives et sombres parsemant de taches grisâtres l'herbe si verte de la Saint-Jean qui devenait souvent jaunâtre à la Saint-Jacques en l'absence de pluie. Les burons accueillaient le personnel qui s'occupait des troupeaux et fabriquait le fromage de Laguiole-Aubrac, l'une des richesses de l'Aubrac avec les bœufs dressés et les bourrets de l'année. On les distinguait en bordure d'un chemin, dans une combe abritée. Leurs toitures de lauses, disposées en écailles de poisson et ruisselantes après les averses de la veille, scintillaient sous les rayons du soleil qui s'élevait peu à peu de l'horizon. C'était un spectacle dont Pierre Brioude ne se lassait jamais.

Les montagnes, les troupeaux, les buronniers dont il pressentait la présence, les tintements des cloches des vaches meneuses qu'il imaginait dans les lointains : tout réveillait, chez Pierre Brioude, des brassées de souvenirs qui l'émouvaient chaque fois qu'il se rendait sur les montagnes pour y rhabiller une vache, un veau, un taureau. Le temps s'était-il donc écoulé aussi vite ? Il se revoyait dans ces mêmes paysages, en compagnie de son père au moment de la montée des troupeaux à l'estive, le 25 mai 1842. Il n'avait pas dix ans. Comme les enfants de son âge, ses parents l'avaient placé sur une montagne de l'Aubrac pour les cent quarante-deux jours de l'estivage. Il en ramènerait quelques pistoles – les pièces de dix francs – destinées à compléter les revenus de la famille. Les Brioude étaient des paysans sans terre qui entretenaient trois à quatre vaches sur une parcelle de communal que la municipalité leur avait attribuée et qu'ils exploitaient minutieusement. Ils avaient quatre enfants : deux garçons et deux filles. Pierre était le cadet. Il avait gardé très jeune les bêtes, quittant la salle de classe dès Pâques pour n'y retourner qu'à la Toussaint avec les premiers frimas. L'école n'était alors pas obligatoire. À dix ans, les élèves ne savaient pas tous lire et écrire. Les enfants étaient d'autant plus une charge pour les familles qu'ils étaient souvent sept, huit, neuf. Ces dernières préféraient les dépêcher dans un grand domaine qui acceptait de les embaucher comme bergers, du printemps à l'automne, même s'ils n'avaient que sept ou huit ans. C'était une tradition que personne ne contestait et à laquelle on ne dérogeait pas. Pierre Brioude s'était résigné à devenir mousse sur une montagne, regrettant de ne pouvoir poursuivre l'apprentissage de la lecture et de l'écriture qu'il avait entrepris sous la conduite de l'instituteur laïque de Nasbinals, un homme rigoureux et passionné. Il s'intéressait tellement à l'histoire de l'Aubrac et de la Lozère qu'il leur avait présenté d'une manière détaillée la fondation de l'abbaye d'Aubrac et ses défrichements, qui avaient transformé en pâturages d'altitude les hauts plateaux boisés et rudes qu'eux, ses élèves, ne tarderaient pas à connaître quand ils travailleraient dans les burons et qu'ils arpenteraient avec leurs petites jambes à la recherche d'un veau égaré. Les révélations du maître d'école sur l'abbaye d'Aubrac, distante d'une dizaine de kilomètres seulement de Nasbinals, le jeune Pierre les avait précieusement conservées dans sa mémoire après son départ de l'école primaire où il avait pu apprendre à écrire et à lire. Sur les montagnes, il avait imaginé les pèlerins de Saint-Jacques en partance pour Compostelle depuis les grandes plaines des Flandres et du nord de la France, traversant les immenses forêts d'Aubrac sous la menace des loups, des brigands et des tempêtes. Il en avait frissonné d'émotion.

Comment oublierait-il cet après-midi du 25 mai 1842 ? Il quittait Nasbinals et sa famille pour rejoindre les pâturages d'altitude et un monde inconnu. À l'occasion de l'un des marchés aux bestiaux du bourg, son père avait conclu un contrat avec un propriétaire de montagne qui possédait un domaine dans la vallée de l'Aveyron. Le troupeau avait effectué le voyage en deux jours avec une étape à Saint-Côme-d'Olt et n'était parvenu au buron que dans le courant de l'après-midi du 25 mai. Il n'y avait pas eu de traite du soir ; les hommes s'étaient couchés de bonne heure sur des paillasses rustiques, fourrées de feuilles sèches et alignées dans le grenier comme dans un dortoir d'internat. Le gamin avait eu des difficultés à s'endormir. Ses voisins ronflaient alors que les rats organisaient une sarabande sur le plancher. Malgré la rudesse et la longueur des journées, les caprices du temps et le dépaysement, il n'avait pas eu trop à se plaindre de sa première saison. Le cantalès était un homme taciturne et bourru mais paternel. S'il ne l'avait pas ménagé, ne le dispensant malgré son âge d'aucune des tâches qui étaient dévolues aux adolescents de quatorze ou quinze ans engagés comme mousses, il n'avait pas cherché à l'humilier comme certains cantalès que ses camarades de classe maudissaient pour leur cruauté et qui les tyrannisaient. Debout avant l'aube, couché à la nuit, Pierrounet avait consacré ses journées à la surveillance des veaux à travers la montagne et à nombre d'activités que ses compagnons d'estivage rechignaient à assumer : charrier des seaux d'eau depuis la source jusqu'à la salle commune, nettoyer la vaisselle, alimenter les auges des cochons en petit-lait, éplucher les légumes pour la soupe, aider le bédélier pour la lessive. Il avait appris à marcher pieds nus sur le pâturage, retroussant son pantalon de bure jusqu'au genou lorsque l'herbe épaisse ruisselait de la rosée du matin, les réchauffant dans les bouses que lâchaient les vaches après la traite en s'égaillant à travers la montagne. Un chapeau enfoncé sur ses cheveux coupés court qu'il emprisonnait dans un mouchoir rouge à carreaux dès que le vent se déchaînait, enveloppé dans une longue limousine quand la pluie s'abattait sur l'Aubrac, équipé d'un bâton d'alisier, il avait assuré sa mission de mousse de son mieux en affrontant les gelées blanches des matinées de printemps et d'automne, les averses de grêlons et de grésil, les orages d'été qui étaient terribles et souvent meurtriers sur les plateaux, dispersant le troupeau qu'il convenait ensuite de rassembler autour du parc à veaux pour la traite après une marche épuisante. Pendant ses heures de surveillance des veaux, au cœur de l'estive, il avait découvert les richesses de la nature, observé les scarabées farfouiller dans les bouses et les rapaces tournoyer à la recherche d'un campagnol sur lequel ils fondaient ensuite pour s'en emparer dans leurs serres et l'emporter. Pierre avait rapidement apprivoisé les veaux, capable de les distinguer à une particularité physique, de les appeler par leur nom. Il leur avait même manifesté une certaine tendresse grâce à laquelle il avait instauré avec eux une complicité qui avait stupéfié les buronniers plus habitués à les rudoyer qu'à les cajoler. Il recherchait la présence des veaux quand l'éloignement de sa famille devenait trop pesant, que la solitude et de sombres pensées l'assaillaient dans l'immensité des herbages. Après la descente du troupeau, le 13 octobre, tandis que l'automne arrivait avec son cortège de brouillards, d'averses et de gelées blanches, Pierre Brioude avait retrouvé avec soulagement la demeure familiale à la toiture de chaume, aux murailles épaisses et rassurantes, à la cheminée fumante et réconfortante, ses parents, son frère et ses sœurs puis l'école où il avait continué à apprendre les rudiments de la lecture et de l'écriture. Toutefois, il n'avait point rechigné à retourner sur la montagne au printemps suivant pour y rejoindre le cantalès taciturne qui les gratifiait d'un morceau de fourme à trois ou quatre reprises durant la saison alors qu'il leur était interdit d'en manger, le pastre à la jambe raide et le bédélier bègue qui chiquait à longueur de journée mais, surtout, « son » troupeau et les veaux de l'année qu'il était tellement impatient de connaître. Une vocation s'était-elle affirmée ? Peut-être.

Pendant les cinq kilomètres séparant Nasbinals de la montagne d'Alphonse Champredonde près de la Croix des Trois-Évêques, les deux hommes n'échangèrent pas une parole. L'éleveur songeait au troupeau et au revenu qu'il pourrait procurer cette année si aucune maladie ne le frappait avant l'automne ; le rebouteux se rappelait son apprentissage de buronnier. Il avait franchi tous les échelons de la hiérarchie des masucs à une rapidité qui avait dérouté jusqu'à ses parents. Il avait été promu bédélier après deux années seulement comme mousse, déchargé désormais des tâches ménagères et ne s'occupant que des veaux. Il était ensuite devenu le pastre de l'équipe, secondant le cantalès pour effectuer les deux traites de la journée et la fabrication des fourmes, si importante puisqu'elle constituait pour le propriétaire du troupeau l'essentiel du revenu annuel avec les ventes des veaux. Un fromage mal égoutté, ou marbré après l'affinage, et c'était la mévente assurée, tellement redoutée, mais surtout une réputation de buronnier écornée auprès des exploitants de pâturages d'altitude et une carrière compromise. Observateur, perspicace, appliquant les conseils de ses maîtres en essayant de les améliorer, approchant facilement les animaux pour instaurer ensuite avec eux une relation de confiance à laquelle ne parvenaient jamais certains buronniers après vingt à trente années de carrière, Pierre Brioude avait le « biaïs », comme le soulignaient les propriétaires de troupeaux, les exploitants des montagnes et les cantalès expérimentés, c'est-à-dire une disposition particulière pour s'occuper des animaux. Ses différents patrons, aussi bien à l'estive que dans les fermes en hiver, l'avaient remarqué. À dix-sept ans, Pierre Brioude était devenu cantalès ! On avait commenté cet événement sur les marchés aux bestiaux de Nasbinals, Saint-Urcize, Lacalm et Laguiole jusqu'à Aumont et à Mende, dans les auberges et dans les familles de l'Aubrac. Ses parents en étaient fiers. On comparait sa nomination à une promotion de colonel à vingt-sept ou à trente ans. Sa première campagne de cantalès s'était terminée à l'automne 1849 avec les meilleurs résultats que pût attendre un exploitant de montagne. Non seulement la production des fourmes de Laguiole-Aubrac répondait aux espérances du propriétaire, mais il avait restitué des veaux de l'année bien conformés et qui avaient largement profité de leur séjour à l'estive, ainsi qu'un troupeau sans problème sanitaire. Certes les bêtes n'avaient pas manqué d'herbe, mais il les avait entourées d'attentions spéciales qu'il avait exigées de son équipe. Maître du buron après Dieu, grand-prêtre du fromage et guide du troupeau pendant cent quarante-deux jours ? Il pouvait difficilement imaginer de meilleure position sociale à dix-sept ans et il en était tout éberlué, bien conscient qu'il allait provoquer des jalousies. Comment était-ce possible ?

À sa descente de la montagne, cet automne-là, les éleveurs se l'étaient âprement disputé pour s'occuper de leur troupeau pendant la période hivernale. Il avait été embauché par le propriétaire d'une grande exploitation de Saint-Laurent-de-Muret, modeste commune de l'Aubrac entre Nasbinals et Marvejols. Comme il n'y avait pas de vétérinaire à des kilomètres à la ronde, les éleveurs comptaient sur les cantalès d'hiver, leurs connaissances des bêtes, leurs recettes empiriques et leur expérience pour préserver les qualités sanitaires de leur troupeau, appliquer des remèdes efficaces à d'éventuelles maladies, surveiller les vêlages pour qu'il y ait le moins de mortalité possible. Mais leurs exigences étaient telles que l'adolescent s'était demandé avec anxiété s'il ne décevrait pas son patron ; il manquait singulièrement de pratique, à dix-sept ans, même s'il s'était perfectionné au contact des cantalès qu'il avait rencontrés sur les estives. Dès le premier hivernage à Saint-Laurent-de-Muret, il n'avait pas démérité. Pas de brucellose, pas de fièvre aphteuse, pas de coliques intempestives. Son patron pouvait être d'autant plus satisfait que le jeune Pierre Brioude, déjà appelé familièrement Pierrounet ou Pierrounel partout où il travaillait, avait rhabillé les petits veaux qui avaient gambadé dans les devèzes trop fougueusement dès les premières sorties de l'étable, en compagnie de leurs mères, et qui avaient été victimes d'un accident : luxations ou même fractures d'un membre. Les cantalès d'hiver ou d'été n'en avaient pas tous la capacité. Dès son premier d'hiver de cantalès à

Saint-Laurent-de-Muret, des voisins de son patron l'avaient sollicité et n'avaient eu qu'à se féliciter de ses talents. Les hivers suivants, sa réputation étant déjà établie, les éleveurs s'étaient déplacés des alentours pour qu'il accepte de rhabiller des bestiaux blessés dans leurs étables ou leurs prairies. Son patron ne s'y était point opposé, permettant à son jeune cantalès de s'éloigner du domaine pendant deux ou trois heures pour manipuler une génisse, un veau, un bœuf. Premier adjoint au maire, il avait compris où étaient ses intérêts et il était convaincu que les éleveurs de la commune n'oublieraient pas, à l'occasion des prochaines élections municipales, les services que son précieux employé leur avait rendus d'autant plus qu'il les avait toujours dispensés gracieusement. Pierrounet n'avait jamais demandé de rémunération à quiconque. Une tournée à l'auberge le dimanche après la grand-messe ou souvent même un casse-croûte après les vêpres l'avaient amplement récompensé, et il n'avait pas souhaité plus. Apprécié par ses patrons et ses voisins, heureux de constater qu'il réussissait à soulager les animaux – principal capital des éleveurs –, il n'avait nullement cherché à compléter son salaire de cantalès. À l'époque, déjà, il considérait que regarder gambader ou marcher de nouveau des animaux blessés suffisait à le récompenser. Il n'avait jamais transgressé ce principe.

Avant la Croix des Trois-Évêques, Alphonse abandonna la route de Nasbinals à Aubrac pour s'engager sur un chemin qui serpentait à travers un immense pâturage et qui les emmena jusqu'au buron. Il arrêta la jardinière sous l'un des deux grands sureaux noirs qui se dressaient à proximité du bâtiment principal, réservé à la fabrication des fourmes et au logement des saisonniers, dont la présence avait l'avantage de rafraîchir la cave à fromages pendant les périodes de grandes chaleurs. À deux ou trois cents mètres de là, le cantalès et le pastre procédaient à la traite du matin. Ils s'étaient installés près du parc où les veaux avaient été rassemblés pour la nuit, constitué de barrières de branchages fabriquées par les buronniers et qui les protégeaient du vent. À leur approche, ils se levèrent pour rejoindre la gerle – récipient de cent à cent vingt litres destiné à recevoir le produit de la traite – où ils vidèrent leur seau en bois puis ils les saluèrent sans paroles superflues en enlevant leur chapeau bosselé et crasseux, par déférence au propriétaire du troupeau et du pâturage mais surtout à Pierrounet que les buronniers de l'Aubrac, dans leur majorité, considéraient comme le plus illustre et le plus fameux d'entre eux. L'instant d'après, les deux trayeurs s'asseyaient de nouveau sur leur tabouret rustique puis déposaient leur seau sous le pis d'une vache où le veau avait commencé à « amorcer » l'arrivée du lait. L'animal n'avait droit qu'à une seule gorgée à chacun des trayons avant que le bédélier ne l'en prive d'autorité pour que l'essentiel du lait puisse couler dans le seau. La croissance des veaux n'était pas la priorité des buronniers, qui s'appliquaient à produire la plus grande quantité possible de fromages au cours de la saison. Pierrounet avait toujours regretté ce principe et surtout la méthode, considérant qu'elle était cruelle et injuste pour le veau. Ce matin-là, il remarqua que rien n'avait changé sur les estives depuis qu'il avait abandonné la profession de buronnier. Ni les gestes. Ni les ordres. Ni le silence des hommes souvent rompu par des injures dès qu'un animal n'obéissait pas. Il constata, par ailleurs, que le bédélier et le mousse n'avaient toujours pas de chaussures, que leurs vêtements étaient rapiécés, que les visages étaient marqués par la rudesse du quotidien comme pendant son adolescence.

Il ne demeura bientôt dans l'enclos que les deux veaux ramenés par le bédélier et le mousse après l'orage lorsque le troupeau avait été regroupé pour la traite du soir. Couchés dans l'herbe, meuglant faiblement parce qu'ils étaient impatients de rejoindre les mamelles de leur mère mais ne le pouvaient pas, ils n'étaient pas en capacité de marcher. Quand le rebouteux pénétra dans l'enclos dont l'herbe avait été piétinée, ils ne bronchèrent pas et cessèrent même leurs meuglements comme s'il les mettait en confiance par sa seule présence. Il s'approcha du premier et observa qu'il s'agissait d'une femelle. Sans qu'il eût besoin de les interroger, le bédélier et le mousse se pressèrent d'indiquer qu'elle s'appelait Lebretta. Un genou à terre, sans se soucier des déjections qui parsemaient l'herbe et saliraient son pantalon, il s'adressa à Lebretta en langue d'oc et à voix basse mais douce. Il promena ensuite sa main droite et surtout son pouce d'une dimension presque légendaire, puisqu'il recouvrait facilement une pièce de cinq francs, sur la colonne de l'animal, s'attardant sur les articulations. Il découvrit la tête humérale qui s'était déboîtée et la repoussa dans sa cavité naturelle. Maintenant, les buronniers et Alphonse Champredonde l'entouraient. Même s'ils avaient assisté souvent à cette scène, ils ne s'en lassaient pas et étaient toujours admiratifs devant un savoir-faire bien mystérieux. Il y avait comme de la magie dans ses gestes. De la sorcellerie ! claironnaient même les rationalistes qui refusaient d'admettre les capacités naturelles de Pierre Brioude à soulager hommes et animaux. Les saisonniers et le propriétaire entendirent des craquements et des meuglements puis constatèrent que l'animal se dressait soudain sur ses pattes et courait jusqu'à l'entrée de l'enclos où sa mère l'attendait. Bédélier et cantalès rejoignirent la vache et son veau pour la traite alors que le rhabilleur s'intéressait au deuxième animal, un mâle se nommant Marquisou. Il procéda de la même manière puis le veau retrouva sa mère quelques minutes plus tard avec le même empressement que Lebretta, comme s'il ne s'était jamais blessé. Lorsqu'il se redressa, satisfait, Pierrounet affichait un grand sourire et murmura la phrase qu'il avait l'habitude de prononcer depuis plusieurs décennies aussi bien devant les animaux que les hommes après les avoir soulagés de leurs souffrances : « Pécaïre ! Ce n'est rien. Dans un moment, il n'y paraîtra plus et tu seras agile comme avant... »

Alphonse le remercia chaudement, tapota d'un geste amical son épaule. Il était plus détendu qu'à son arrivée. Accoudés au montant de la barrière, ils regardèrent le troupeau s'égailler à travers l'estive tandis que le pastre et le cantalès terminaient la traite des deux vaches dont les veaux folâtraient de nouveau autour d'elles pour leur plus grand plaisir. Pour les habitants de l'Aubrac, le troupeau avait autant d'importance que leur famille. Il constituait l'un des éléments du patrimoine avec les champs, les prairies de fauche, les devèzes pour les bœufs de travail, les estives, les bâtiments d'exploitation et la demeure ancestrale. C'était la deuxième famille de l'éleveur, un symbole de sa réussite et de son savoir-faire. Le rebouteux en était bien conscient. Recherché pour sa connaissance des animaux, son expérience de cantalès, des propriétaires sollicitaient son arbitrage à l'occasion du marché aux bestiaux de Nasbinals si un maquignon ou même un simple acheteur contestait la conformation d'une paire de bœufs, d'un taureau destiné à la reproduction ou d'une génisse, prétextant une malformation pour essayer de les gruger. Appréciant depuis toujours la compagnie des animaux, Pierrounet avait acheté des pâturages proches de la bourgade, destinés chaque année à l'engraissement de quelques vieilles vaches qu'il se procurait dès le printemps et revendait à la Toussaint. À l'image d'Alphonse, les propriétaires de grands domaines appréciaient la pertinence de ses jugements au point qu'ils le considéraient comme l'un des leurs ; il en éprouvait une certaine fierté.

Les deux hommes retournèrent à l'attelage, sans se presser. La jument s'impatientait, hennissant à intervalles réguliers, secouant la crinière et grattant la terre battue de la pointe de ses sabots ferrés. Alphonse avait emporté des provisions dans une panière entreposée à l'arrière de la jardinière. Il les transporta à l'intérieur de la salle commune et les déballa sur la table avant de ranimer le feu en soufflant sur les braises avec le buffadou et de l'alimenter avec des branches mortes que le mousse avait déposées près du foyer. Dès qu'il pénétrait à l'intérieur d'un buron, c'était fréquent à cette saison, le rhabilleur ressentait toujours de l'émotion. Il retrouvait les odeurs familières, entremêlées de fumée, de petit-lait aigre et de bouillon de légumes, de lard jaune et rance dont un morceau était accroché à l'une des poutres noircies. Il se revoyait, mousse, activant le feu à la demande du cantalès, rapportant des fagots et du bois sec pour recharger le foyer, rangeant la vaisselle du repas, nettoyant la table rustique avec un chiffon graisseux et épluchant les légumes pour la soupe. Pendant son enfance, il n'imaginait pas qu'il aurait plus tard l'occasion de fréquenter souvent les burons comme rhabilleur et de partager une collation en compagnie des hommes avec l'exploitant de la montagne ou le propriétaire du troupeau. Car chacune de ses incursions sur les pâturages d'altitude pendant l'estivage s'achevait autour d'une collation, quelle que soit l'heure de la journée. Les buronniers y étaient parfois associés s'ils étaient disponibles à ce moment-là, comme en ce matin d'été où ils revenaient au buron après la traite. Les éleveurs, soulagés et heureux que Pierrounet s'occupe de leurs bêtes, ne se contentaient pas de le remercier avec une simple collation. Ils le gratifiaient également d'une tranche de fromage, des meilleurs morceaux du cochon au moment où ils le sacrifiaient s'ils habitaient Nasbinals ou dans les environs immédiats, d'un lièvre ou de bécasses à la période de la chasse, de truites pêchées dans les ruisseaux alentour. Ils étaient toujours reconnaissants. Pierrounet n'avait jamais manqué de rien pour élever ses enfants.

L'arrivée des hommes et de leur attelage l'arracha soudain à ses réflexions. L'instant d'après, le cantalès et le pastre apportaient près de la cheminée le produit de la traite contenu dans la gerle de bois. Le récipient débarrassé du lourd couvercle, le cantalès entreprit de mélanger la présure au lait après un savant dosage, sous le regard intéressé de Pierrounet qui avait exécuté ce geste si essentiel pour la fabrication du fromage durant ses huit saisons de chef du buron. La présure était élaborée par le cantalès dans ce même bâtiment grâce à la fermentation de caillettes d'agneaux ou de veaux que les exploitants de montagne se procuraient chez un boucher ou dans un abattoir. Il les découpait en petits morceaux qu'il mettait ensuite à macérer pendant deux semaines environ dans du petit-lait, du sel et de l'eau. De la présure obtenue dépendait la qualité du fromage. En observant le cantalès, Pierrounet ne manqua pas de se rappeler qu'il avait tâtonné dans ses débuts de chef du buron pour fabriquer la bonne présure capable de produire ensuite de bonnes fourmes, malgré les recettes qu'il avait recueillies dans les estives où il avait travaillé avant d'être promu. Il avait également tâtonné pour pouvoir déterminer le dosage adéquat qui était fonction de la qualité du lait, changeante selon la période de l'estivage et bien souvent difficile à déterminer pour un débutant.

Le mélange présure-lait terminé, le cantalès remisa dans la cave à fromage le récipient de grès contenant la présure et les rejoignit. Habitué à présider les repas au buron, il s'installa en bout de table, face à Pierre Brioude. Alphonse avait apporté de quoi rompre avec la routine quotidienne : des tranches de jambon sec, de la saucisse sèche, du fromage d'automne qui avait été élaboré sur le domaine après la descente du troupeau, des pommes de terre cuites à l'eau, des oignons crus, deux bouteilles de rouge. En temps ordinaire, les buronniers buvaient parfois un bol de lait où ils trempaient du pain, mangeaient de la soupe et du lard mais ils s'efforçaient d'améliorer leur pitance en braconnant des truites dans le ruisseau, des lièvres et des lapins à travers l'estive. Ce casse-croûte exceptionnel, ils le dégustèrent en silence et n'écoutèrent que d'une oreille distraite la conversation d'Alphonse et de Pierre Brioude qui tournait autour du troupeau, de l'orage de la veille, de la fenaison qui se terminait, des prochaines récoltes de seigle et de pommes de terre, des derniers cours du bétail de boucherie et du fromage de Laguiole-Aubrac. Ils n'attendirent pas que les deux hommes achèvent leur collation pour poursuivre leurs tâches de la journée. Dès que le cantalès se fut essuyé les lèvres d'un revers de main puis eut planté la pointe de son couteau dans la poutre située au-dessus de la table, les hommes l'imitèrent et quittèrent leur place sans discussion. L'instant suivant, ils avaient disparu. Alphonse rassembla alors ce qui demeurait des provisions qu'il avait apportées et les rangea dans un tiroir de la table pour les soustraire à la tentation des souris, nombreuses dans les burons où elles circulaient librement. Les deux hommes ne traînèrent pas. Ils grimpèrent sur la jardinière et la jument les conduisit à Nasbinals sous un soleil radieux qui devenait de plus en plus chaud alors que Pierrounet remâchait de nouveau ses souvenirs d'enfance, admirant un paysage qu'il considérait quelque peu comme son « royaume », subjugué par sa beauté et sa rudesse. Ce paysage était toute sa vie.

2

Stupéfiant ! Lorsqu'il revenait des estives ou même d'une ferme et arrivait devant sa maison, Pierre Brioude était toujours étonné de remarquer qu'on l'attendait fébrilement mais fidèlement et avec une opiniâtreté qui le surprenait. Ni la distance ni les caprices du temps ne rebutaient ses « patients ». Au lendemain de son mariage, déjà, lorsqu'il travaillait à l'entretien de la nationale Nasbinals-Marvejols, d'aucuns ne se contentaient pas de rejoindre la bourgade après sa journée pour le rencontrer ; ils n'hésitaient point à le solliciter sur la nationale dans la matinée ou l'après-midi. Délaissant sa masse, sa faucille ou sa pioche, il examinait le blessé qu'il soignait sur l'herbe du bas-côté, souvent au milieu de la chaussée, ou sur l'attelage qui l'avait conduit. Depuis près d'un demi-siècle, il avait observé qu'il y avait beaucoup de conviction et d'espérance parmi les hommes et les femmes qui le consultaient. Ils comptaient sur son expérience, son savoir-faire, son doigté pour les soulager, les guérir puis les remettre sur pied. Conscient de ses responsabilités, il redoutait de les décevoir et en éprouvait la même angoisse malgré les années. Des questions le taraudaient. Et si ses pouvoirs naturels se ratatinaient, comme une pomme au printemps ? Et si son énergie faiblissait peu à peu puis l'abandonnait de manière irréversible au fur et à mesure qu'il s'enfoncerait dans la vieillesse ?

Lorsqu'ils traversèrent Nasbinals, il était déjà dix heures et demie. Sept personnes guettaient le rhabilleur à l'intérieur de sa courette, sous les ombrages pour se protéger du soleil qui devenait de plus en plus ardent. Au moment où la jardinière s'arrêta sur la chaussée et où il en descendit, un murmure de satisfaction parcourut aussitôt l'assistance. Enfin ! En traversant la courette, Pierrounet les gratifia d'un bonjour amical et sonore avant de pénétrer dans sa maison et de reparaître, un moment plus tard, après s'être débarrassé de son pantalon maculé de bouse et avoir nettoyé ses chaussures. Alors il demanda qui était le premier « patient » de la matinée. C'était une femme d'une soixantaine d'années dont il avait remarqué, avant de rejoindre la montagne d'Alphonse, qu'elle claudiquait en s'installant dans la courette. Il la précéda dans sa modeste demeure de granit et de basalte, coiffée d'une solide et belle toiture en lauses, qui se composait d'un rez-de-chaussée et d'un étage. La porte donnait sur une grande cuisine paysanne, équipée d'une cheminée spacieuse, d'une comtoise qui rythmait les heures, d'une longue table robuste et de deux simples bancs. Des chandeliers en cuivre, une statuette de la Vierge, un crucifix, des pots à denrées représentant *L'Angélus* de Millet s'alignaient sur le manteau de la cheminée, sous lequel deux bancs-coffres en fayard servaient de sièges aux parents Brioude à l'occasion des soirées hivernales. Pierrounet y entreposait aussi les drelhiers, ou bâtons de foire, taillés dans l'alisier, cravatés de cuir et trempés dans la chaux qu'il emportait parfois lorsqu'on le sollicitait sur les montagnes. L'intérieur était lumineux grâce à deux fenêtres, avenant et presque coquet grâce aux efforts de Rose que le jeune cantalès avait rencontrée à Saint-Laurent-de-Muret puis épousée à l'âge de vingt-cinq ans. Depuis la cuisine, une porte permettait d'accéder à une pièce plus petite, que les Brioude appelaient le salon mais qui s'était transformée rapidement en cabinet de consultation et même « salle d'opération ». Pierrounet y recevait ses « patients », les examinait, les manipulait, s'appliquait à atténuer leurs souffrances.

Tout avait commencé à Saint-Laurent-de-Muret alors qu'il n'avait pas encore vingt ans et qu'il était cantalès d'hiver. Des habitants de la bourgade puis de la commune, constatant qu'il avait le « biaïs » pour remettre facilement sur pied les animaux, l'avaient convaincu qu'il pourrait procéder de la même manière sur les hommes et avec sûrement la même réussite. Il avait de la puissance, de la patience, de l'habileté et de la douceur, qualités requises pour un rebouteux. Saint-Laurent-de-Muret ne comptait aucun médecin.

Les blessés et les malades n'avaient pas d'autre choix que de prévenir le médecin de Nasbinals, localité distante de dix-huit kilomètres, ou alors son confrère de Marvejols qui était plus proche puisqu'une douzaine de kilomètres seulement séparaient Saint-Laurent-de-Muret et la sous-préfecture lozérienne. Les deux praticiens acceptaient rarement de s'y déplacer avec leur voiture à cheval, surtout entre la Toussaint et Pâques. Encerclés de sommets dépassant une altitude de 1 200 et parfois même de 1 300 mètres, le chef-lieu et ses fermes ressentaient l'isolement pendant la période hivernale. Ils étaient bloqués par des tempêtes et des congères pendant des semaines. Les hommes se blessaient parfois dans les étables en s'occupant de leurs animaux ou dans les granges en s'affairant autour des meules de fourrage, souffrant alors d'une simple entorse, d'une foulure, d'une luxation ou d'une fracture. Les accidents étaient ensuite nombreux dès que les éleveurs s'activaient à l'extérieur pour le domptage des bœufs, l'abattage des arbres qui étaient débités en billots pour le chauffage ou la réparation des murettes de clôture en pierres sèches dans les devèzes et les champs. Pierrounet n'avait pas l'habitude de refuser un service. Malgré son manque d'expérience, il avait considéré que « rhabiller » une femme, un homme, un enfant ou un vieillard n'était peut-être pas au-dessus de ses forces. Sans promettre de résultats probants pour qu'il n'y ait pas d'amère déception, il s'y était essayé et il avait souvent réussi. Il n'avait jamais prétendu être médecin ou chirurgien ni les remplacer. Il ne possédait pas leurs connaissances anatomiques, procédant surtout par tâtonnements et déductions. À Saint-Laurent-de-Muret, dans la grande cuisine de ses patrons, il s'était contenté d'exercer au mieux ses talents. En l'espace de trois ou quatre années seulement, sa réputation de « magicien des os » s'était répandue à travers l'Aubrac et il avait poursuivi ses activités, en parallèle de sa profession de cantonnier, lorsqu'il s'était installé à Nasbinals au lendemain de son mariage.

La première patiente de la matinée avait effectué une marche de sept kilomètres, malgré sa claudication, pour rejoindre Nasbinals et consulter le rebouteux. C'était une paysanne de l'Aubrac, habituée à travailler durement dans sa maison et aux champs, à ne jamais se plaindre. Elle s'était blessée à l'intérieur de la grange en secondant son époux pour manœuvrer une charrette de fourrage qu'ils avaient déchargée. Elle souffrait, comme en témoignaient les crispations de ses mâchoires, son visage grimaçant. Pierrounet diagnostiqua sans surprise pour l'intéressée une luxation de l'épaule. C'était l'affection qu'il soignait le plus souvent. Il ne pouvait intervenir seul, sollicitant le concours de deux de ses classards. Gustave avait été forgeron ; Étienne, menuisier. Le rebouteux entrouvrit alors la fenêtre de son « cabinet » de consultation pour interpeller l'un de ses petits-fils qui s'amusait près de la maison. Le gamin accourut à l'hôtel du Levant, le « quartier général » de Gustave et d'Étienne, qui discutaient sur la terrasse dans l'attente du signal de leur classard. La méthode de réduction pratiquée par Pierrounet reposait sur le principe, éprouvé depuis longtemps avec les animaux, de l'extension et de la contre-extension. Il demanda à la patiente de s'installer sur une chaise et à Gustave de la maintenir solidement contre le dossier pour pouvoir assurer la contre-extension. Quant à Étienne, il ceintura le poignet de la paysanne avec une serviette qu'il entreprit de serrer aux deux extrémités en bandant ses muscles. Son genou droit sur le dallage, agissant de la même manière qu'avec les deux veaux dans le parc, Pierrounet déposa le bras blessé sur son épaule droite, s'appliqua à retrouver la tête humérale et la repoussa dans sa cavité naturelle avec son pouce droit. Ne relâchant pas leur pression et concentrés sur la mission qui leur était assignée, à laquelle ils étaient rompus, les assistants entendirent alors un craquement qui leur était devenu bien familier depuis des années et qui était significatif des surfaces articulaires reprenant leur emplacement naturel lorsqu'elles avaient été déplacées. Après quelques minutes qui semblèrent interminables, le rebouteux soupira longuement avant de se redresser puis de libérer la blessée, Gustave et Étienne. Tous s'épongèrent le front, les tempes, le cou avec un mouchoir tellement ils avaient transpiré sous l'effort malgré la relative fraîcheur baignant la pièce.

La paysanne demeura assise un moment, les paupières closes, les mains tremblantes, blanche comme un linceul, le sang affluant à ses tempes et le cœur cognant dans la poitrine, exténuée comme après une journée laborieuse dans les champs, les jambes molles. Puis elle recouvrit d'un foulard ses cheveux gris-blanc et emporta une panière en osier contenant le casse-croûte qu'elle prendrait sur le chemin à l'occasion de l'une de ses haltes, remercia le rebouteux d'un sourire timide trahissant la douleur qu'elle ressentait encore. Il la reconduisit jusqu'à la courette tout en multipliant des conseils de prudence même si la fenaison réclamait, pour l'heure, sa présence dans les prairies. Retraversant la cuisine d'un pas lent, elle s'arrêta devant une armoire aménagée dans l'épaisse muraille de la maison dont une porte demeurait toujours entrouverte. Sur l'étagère la plus basse, un paneton recevait les oboles en nature et en argent dont les patients gratifiaient le rhabilleur en échange de ses services. La femme y déposa des piécettes qu'elle exhuma de la poche de sa robe-tablier noire, avant de s'incliner devant la statue de la Vierge et devant le crucifix de la cheminée puis de marmotter des prières aux intentions de la maisonnée. À l'image de nombreux habitants de la Montagne, elle était convaincue que Pierre Brioude bénéficiait d'un pouvoir surnaturel grâce à Dieu. Certes il était catholique pratiquant et ne manquait jamais un office, mais on affirmait qu'il avait réussi à redresser de manière durable une croix malmenée par la tourmente alors que personne n'y était parvenu. Le monument qui se dressait sur un promontoire dominant les pâturages et balayé par les vents à quelques centaines de mètres de son hameau, cette paysanne le connaissait depuis toujours ; elle concédait que seul un homme à la puissance hors du commun avait pu la restaurer.

Ne racontait-on pas également, avec insistance, qu'il aurait entendu alors une voix céleste – « Tout ce que tu répareras sera réparé ! » – lui enjoignant de soulager ses semblables ? Cette femme n'était guère instruite ; elle avait commencé à travailler, dès l'enfance, dans les domaines qui engageaient des gardeuses de volailles et des bonnes à tout faire. Cependant, elle avait fréquenté l'école des sœurs de son village où elle avait appris quelques rudiments de l'histoire de France auprès d'une religieuse qui s'était appesantie sur la guerre de Cent ans avec une évocation interminable mais enflammée de Jeanne d'Arc et du connétable Bertrand du Guesclin, honoré par un mausolée à Châteauneuf-de-Randon, en Lozère, où il était décédé en 1380. De la même manière que le Très-Haut avait demandé à Jeanne d'Arc de défendre la France et de repousser les Anglais du royaume, elle était persuadée qu'il avait demandé au modeste buronnier devenu cantonnier de soulager de son mieux son prochain. C'était pour elle une évidence qui ne souffrait d'aucune contestation ni à Nasbinals ni ailleurs sur l'Aubrac.

Se succédèrent ensuite dans son « cabinet » de consultation un employé de l'épicerie de Malbouzon pour une entorse du poignet, un domestique de ferme de Saint-Urcize pour une foulure légère de la cheville, une femme de Laguiole pour une luxation du coude, une employée d'une filature de Saint-Geniez-d'Olt pour une luxation du pouce, des Biterrois qui s'étaient déplacés depuis l'Hérault avec un express de la Compagnie du Midi desservant la gare d'Aumont et qui avaient emprunté ensuite un courrier spécial pour Nasbinals, un ménage de Parisiens qui n'avaient pas hésité à effectuer le voyage depuis la gare de Paris-Orsay. Originaires de Chaudes-Aigues pour la femme et de Soulages-Bonneval pour l'homme, ils possédaient un important chantier de charbon dans le 17e arrondissement. Le charbonnier avait remplacé l'un de ses employés, malade, et s'était blessé en manipulant des sacs de cinquante kilos. Devenu patron, il n'y était plus habitué. Malgré sa luxation à l'épaule, douloureuse, il n'avait point consulté un médecin du quartier ni de l'hôpital le plus proche ; il avait préféré solliciter Pierrounet, qu'il connaissait bien puisque le rebouteux séjournait chaque année dans la capitale pendant plusieurs semaines, en période hivernale, pour soulager des commis-charbonniers ou des employés de grossistes en bois-vins-charbons souffrant d'entorses, de luxations, même de fractures. Après l'intervention du rebouteux, ses deux assistants regagnèrent leur domicile. Il était déjà plus de 13 heures mais le bougnat et sa femme s'incrustèrent, échangeant des nouvelles sur leurs connaissances communes dans la capitale, le commerce, les derniers achats et les ventes de fonds. Pierrounet abrégea bientôt leur conversation, impatient de déjeuner puis de se reposer avant de recevoir les patients de l'après-midi, dont certains campaient déjà dans la courette depuis les premières sonneries de l'angélus. Chaque journée qui s'écoulait, il éprouvait une sensation de profonde fatigue avant le déjeuner puis au coucher du soleil dès qu'il refermait les rideaux du cabinet. Les Parisiens déguerpirent et Pierrounet rejoignit la grande cuisine en traînant ses souliers sur le dallage. Il déjeuna en silence sous le regard attentif de son épouse qui le devina songeur et même soucieux, comme toujours lorsqu'il repensait aux blessés qu'il avait accueillis dans la matinée et dont il espérait la guérison. Puis il regagna le premier et leur chambre, se déchaussa, s'allongea sur le couvre-lit et s'endormit.

Hommes et femmes défilèrent à nouveau dans sa maison durant l'après-midi. Certains avaient accouru de Clermont, de Provence et du Languedoc, en express jusqu'à la station d'Aumont-Aubrac mais en automobile pour le plus fortuné d'entre eux depuis la capitale de l'Auvergne. Grâce à la clientèle nombreuse et surtout diversifiée de leur rebouteux, les Nasbinalais avaient découvert l'automobile dans les années 1897-1900. Ces bolides dont les étranges mécaniques pétaradaient et fumaient les avaient intrigués. Ils s'étaient d'autant plus habitués à leur présence que quelques hôteliers et limonadiers de la capitale, originaires de Nasbinals et de hameaux de l'Aubrac, avaient bientôt débarqué en période estivale avec une Renault, une Panhard ou une De Dion-Bouton pour montrer qu'ils avaient réussi dans leurs affaires. Une De Dion stationna donc, cet après-midi de juillet 1903, devant l'hôtel Charbonnier, suscitant les commentaires des vieillards qui n'étaient plus en mesure de travailler et se retrouvaient sous les ombrages pour bavarder. Ils l'entendirent pénétrer dans la bourgade et la regardèrent ensuite s'arrêter lentement devant l'entrée de l'hôtel, mais ils ne repérèrent pas, à quelques dizaines de mètres seulement de là, un attelage à deux chevaux qui rejoignait la remise de l'hôtel du Levant. C'était un véhicule à quatre roues que les charrons appelaient souvent break, dont le siège réservé au conducteur était très haut sur le devant, et qui possédait deux banquettes à l'arrière, disposées en longueur. Il était commun dans les domaines où le propriétaire l'employait pour convoyer sa famille à la grand-messe du dimanche ou son épouse dans les foires les plus proches. Si les vieillards du bourg l'avaient remarqué, ils auraient constaté qu'une bâche en recouvrait l'arrière et observé que c'était inhabituel par un chaud après-midi. Tenaillés par la curiosité, ils auraient sûrement cherché des réponses à leurs questions auprès du patron de l'hôtel. Rien n'échappait, d'ordinaire, à leur perspicacité.

Avant de déserter leur poste de vigie au moment de l'angélus du soir puis de regagner leur maison, ils relevèrent toutefois que Pierrounet entrait dans l'hôtel du Levant en pressant l'allure tandis que les cloches de l'église sonnaient. « C'est peut-être pour un éclopé ! Une urgence ! » pensèrent-ils. Le rhabilleur intervenait parfois dans l'une des auberges quand les blessés retenaient une chambre pour se reposer parce qu'ils souffraient d'une fracture et que leur voyage avait été épuisant même s'ils n'avaient effectué qu'une poignée de kilomètres. Après l'arrivée de la voiture, un message de son gendre l'avait informé que sa présence était réclamée, dès ce soir, à l'hôtel du Levant, mais sans fournir de précision. Un homme l'attendait à la réception. La cinquantaine, la moustache épaisse mais bien taillée, les cheveux très bruns et bien entretenus, habillé à la manière d'un bourgeois, Auguste Desmazes expliqua à Pierrounet qu'il possédait un domaine dans le Ségala de Sauveterre-de-Rouergue et que son régisseur, Édouard Lavernhe, s'était fracturé une jambe en tombant d'une échelle dans la grange. L'accident s'était produit la veille, dès le début de la matinée. Édouard Lavernhe avait refusé de consulter le médecin de Sauveterre, jeune praticien qui s'était installé depuis quelques années dans cette bourgade de l'Aveyron et combattait la médecine populaire, l'associant plus ou moins à certaines pratiques de sorcellerie. N'appréciant pas son intransigeance, il avait aussitôt demandé à Auguste Desmazes de l'emmener jusqu'à Nasbinals ; il n'avait confiance qu'en Pierrounet qui l'avait soulagé, autrefois, d'une luxation à l'épaule. Tortillant son chapeau entre ses mains, Desmazes reconnut qu'il avait éprouvé quelques hésitations à accepter, d'autant plus que l'épouse de son régisseur n'y était pas favorable, préférant que le médecin réduise la fracture et le soigne. Non seulement une bonne centaine de kilomètres séparaient les deux localités et le déplacement exigerait deux journées avec une étape à Espalion ou à Saint-Côme-d'Olt, mais le blessé aurait à affronter pendant des heures la chaleur estivale sur la voiture et les ornières des chemins. Édouard Lavernhe avait rétorqué qu'il résisterait sans trop de difficultés, soulignant qu'il avait supporté une blessure à la jambe pendant trois jours sur une ambulance hippomobile à travers les campagnes de l'Orléanais lorsqu'il avait été mobilisé, en 1870, pour combattre les Prussiens. Son épouse avait essayé vainement de le raisonner avant de s'incliner devant son entêtement. Elle avait préparé des vêtements de rechange et des provisions, installé une paillasse bourrée de feuilles de chêne à l'arrière du break entre les banquettes pour qu'il puisse voyager en position couchée. Auguste Desmazes avait emporté de l'avoine pour ses deux chevaux avant de s'élancer dans la matinée sur la grand-route pour gagner Rodez le plus rapidement possible. Il connaissait l'itinéraire par le Ségala, Rodez, Espalion et la vallée du Lot, la longue montée vers Salgues que redoutaient les attelages, les pâturages de l'Aubrac et le village d'Aubrac ; il fréquentait les marchés aux bestiaux de Nasbinals où il se procurait des bœufs dressés pour le travail, des génisses et des taureaux pour le renouvellement de son troupeau. Toutefois, il avait presque regretté d'avoir accepté les exigences de son régisseur et admettait volontiers que ce voyage était insensé. Certes l'orage qui s'était déclenché au-dessus des pâturages, la première journée, les avait épargnés mais ils avaient souffert les deux après-midi d'une chaleur lourde et moite. Une bâche avait protégé le blessé du soleil à l'arrière du break, ce qui ne l'avait pas empêché de transpirer. Ils s'étaient arrêtés souvent pour renouveler leur provision d'eau à une source en bordure du chemin ou à une fontaine dans les hameaux ou les villages traversés. Ils avaient couché à Espalion, dans une auberge proche du Vieux-Palais. Auguste Desmazes avait employé différents arguments pour convaincre son régisseur de consulter un médecin et de ne pas aggraver sa blessure. Sans succès. « Pas de médicastres ! avait répliqué Édouard Lavernhe, catégorique. Ils n'y entendent pas davantage qu'à ferrer des oies et je resterai boiteux. Pierrounet me remettra d'aplomb ! »

Pierrounet l'écouta avec attention, soupirant de temps en temps, dodelinant de la tête, conscient des risques qu'ils avaient encourus, préoccupé. Il se demanda comment il trouverait cet homme dans la chambre où on l'avait transporté après son arrivée, craignant que la plaie se soit infectée puisqu'il s'agissait d'une fracture ouverte, que la fièvre l'assaille, qu'il ne puisse pas intervenir et dût prévenir le médecin de Nasbinals. Dans pareille situation, il ressentait le poids des responsabilités sur ses épaules et le considérait comme excessif. Il aurait été plus tranquille à cultiver les légumes de son potager et à surveiller ses bestiaux à l'engrais qu'à rhabiller des êtres humains. Or il avait toujours ressenti de la compassion pour une femme ou un homme blessé. Ne l'accablerait-on pas de critiques s'il refusait de dispenser ses pouvoirs ? Il le redoutait... Un moment de silence s'écoula avant qu'il accepte de rejoindre le premier. Partagé sur la conduite à adopter, il s'interrogeait sur la bonne décision à prendre. La blessure de cet homme relevait-elle encore de ses compétences ou, plus raisonnablement, de la médecine ?

Lorsqu'il pénétra dans sa chambre dont la fenêtre et les rideaux étaient ouverts, il découvrit un colosse allongé sur la couverture de laine et le reconnut grâce à la tache de vin qu'il avait relevée, à son premier passage dans son « cabinet », qui colorait la joue droite et descendait maintenant dans son cou. Un colosse ? Absolument ! Il était grand, baraqué, musclé comme les forgerons et les bûcherons que l'on rencontre souvent dans les villages et qu'il avait également l'occasion de recevoir. Il occupait toute la longueur de la couche et Pierrounet se demandait comment il était parvenu à accéder à l'étage avec sa blessure. À cloche-pied et avec le soutien de la rampe ? Peut-être. Grâce au concours d'Auguste Desmazes, du patron de l'hôtel et de l'un de ses commis ? Plus sûrement… Comme le rebouteux l'avait imaginé en écoutant Desmazes, Édouard Lavernhe était un homme endurant, capable d'affronter sans se plaindre des douleurs intenses dans des conditions difficiles. Il était très fatigué après deux jours de voyage sous la chaleur et souffrait, mais il s'exprimait calmement et clairement, montrant un stoïcisme stupéfiant. À son étonnement, Pierrounet constata qu'il n'était pas fiévreux et s'en félicita. Édouard Lavernhe détailla les circonstances de son accident, la manière dont il avait ensuite désinfecté la plaie puisque le péroné en se fracturant avait percé la peau, et dont l'attelle avait été ensuite fabriquée. Il souligna qu'il avait simplement appliqué les principes que les chirurgiens militaires leur avaient inculqués quand il avait combattu les Prussiens en 1870 dans l'armée de la Loire et dont il avait éprouvé la pertinence lorsqu'il avait été blessé. Il avait employé du trois-six, c'est-à-dire le premier alcool à 90 degrés que produit l'alambic, pour nettoyer la plaie qui avait été ensuite protégée à sa demande par un bandage. Puis il avait indiqué à l'un des employés de l'exploitation comment obtenir une attelle avec des petites lattes de châtaignier qu'il conservait toujours en réserve, pour d'éventuels accidents qui étaient fréquents dans les champs, les granges et les étables. Pierrounet connaissait les méthodes militaires pour soigner les blessures en attendant l'intervention d'un infirmier ou même du médecin ; il les avait découvertes grâce à ses patients, n'ayant pas effectué son service. Au printemps 1852, cantalès d'hiver à Saint-Laurent-de-Muret, il avait été convoqué à Nasbinals avec ses camarades de vingt ans pour se soumettre au tirage au sort. Certes un mauvais numéro l'avait condamné à accomplir les sept années de régiment mais son frère aîné l'avait remplacé en échange d'une coquette somme dont il s'était acquitté grâce à ses économies.

Il enleva l'attelle et le bandage, chaussa ses lunettes et examina minutieusement la plaie avant d'expliquer à Édouard Lavernhe qu'il était préférable de demander au médecin de Nasbinals de l'assister pour pratiquer la réduction de la fracture. Il l'avait déjà sollicité dans de pareilles situations et les blessés s'en étaient bien trouvés. Le docteur Morange pourrait employer un tampon de chloroforme pour que le rebouteux et ses assistants interviennent dans les meilleures conditions sans provoquer trop de souffrances ; il prescrirait ensuite un sédatif qui apaiserait plus efficacement la douleur que la simple décoction de plantes calmantes que la patronne du Levant pourrait préparer pour la soirée ou même pour le voyage. Intransigeant sur les médecins, Édouard Lavernhe s'y opposa malgré la gravité de la blessure. Pierrounet s'inclina et demanda à son gendre – patron de l'hôtel – de prévenir ses assistants puis de ramener de son cabinet la chaise sur laquelle il installait ses patients avant de procéder à la réduction des fractures de la jambe. Fabriquée spécialement par un menuisier de Nasbinals, selon ses instructions, elle était plus haute et plus large que les modèles habituels proposés à la population de l'Aubrac par des ambulants italiens. Du domicile de son beau-père, Émilien Batifol rapporta encore du carton, des bandes de toile et de l'amidon avant de réclamer à sa femme une provision de serviettes, une réserve d'eau tiède et de l'eau-de-vie de prune à 40 degrés qui remplacerait le chloroforme comme dans les ambulances militaires d'autrefois.

Édouard Lavernhe descendit quelques rasades d'alcool pendant que Pierrounet inventoriait le matériel puis exhumait de la poche du pantalon son couteau qui ne le quittait jamais. C'était un laguiole au manche en pointe de corne noire sur laquelle on pouvait remarquer la présence de petites entailles semblables à des morsures. « Vous mettrez le manche de mon couteau entre les dents et vous serrerez dès que vous sentirez une douleur plus aiguë ! » expliqua-t-il alors. Auguste Desmazes, Gustave et Étienne aidèrent ensuite le blessé à s'asseoir. Alors, le rhabilleur s'appliqua avec ses doigts experts et son pouce droit à rechercher la position correcte de la jambe et son meilleur alignement. Il aurait souhaité que l'os n'eût pas traversé la peau : le blessé aurait été rétabli plus rapidement et n'aurait pas eu à craindre d'éventuelles complications. Par précaution, il l'exhorta à consulter un médecin dès qu'il retournerait à son domicile pour que la blessure ne s'infecte pas avec la chaleur. Lavernhe ingurgita une nouvelle rasade de vieille prune et s'y engagea mollement. « Nous verrons ! Nous verrons ! Soignez-moi d'abord ! » marmonna-t-il. Sa jambe maintenue fermement à l'horizontale par Étienne tandis que Gustave et Émilien Batifol plaquaient le blessé contre le dossier de la chaise pour qu'il ne bouge pas, le rhabilleur désinfecta la plaie. À la surprise d'Édouard Lavernhe qui observait chacun de ses gestes sans desserrer les mâchoires avec un regard acéré qui trahissait la douleur, il n'employa pas le trois-six comme les médecins militaires mais du vin chaud sucré qu'une serveuse de l'hôtel avait apporté et saupoudra ensuite les chairs de sucre. Toujours sous son contrôle, mais sans se presser, il confectionna son appareillage en enroulant sur la peau de fines bandes de toile du genou jusqu'au cou du pied, en moulant la jambe dans un carton qu'il avait trempé dans de l'eau tiède et en l'enrobant dans de nouvelles bandes de toile qu'il avait imbibées d'amidon. Il consolida ensuite l'articulation de son mieux, pratiquant une « fenêtre » pour que la blessure respire, poursuivant l'extension jusqu'à ce que l'amidon soit entièrement sec. Il conseilla à Édouard Lavernhe une immobilisation de trente à quarante jours. « Une immobilisation complète ! Sans commettre d'imprudence ! » ordonna-t-il, en le regardant bien fixement. Ces quelques semaines d'immobilité respectées, il se débarrasserait alors de l'appareillage, envelopperait sa jambe blessée de bandes de toile et s'abstiendrait de travailler avant la Toussaint même si les récoltes et les derniers travaux saisonniers réclamaient sa présence aux champs. Auguste Desmazes l'approuva avant d'indiquer à son régisseur qu'il pourrait alors transmettre ses instructions au personnel et se déplacer dans les parcelles mais sans participer aux tâches pénibles. Il l'appréciait tellement qu'il entendait le ménager mais l'intéressé, guère habitué à l'inactivité, était impatient de reprendre sa place sur le domaine et ronchonna avant de grimacer puis de reprendre une rasade d'eau-de-vie de prune.

Il était déjà tard, le soleil avait disparu. Le visage livide, le blessé semblait exténué même s'il essayait de ne pas le montrer. Auguste Desmazes, Gustave et Étienne l'aidèrent à s'allonger tandis que le rhabilleur essaya de le convaincre de se reposer au moins une journée avant de reprendre, avec le break, le chemin d'Aubrac et de Rodez. « Nous verrons, nous verrons ! Nous aviserons avec monsieur ! » bougonna le régisseur en désignant le propriétaire du domaine, qui ne répondit pas.

Les quatre hommes quittèrent sa chambre. Auguste Desmazes proposa au rebouteux et à ses assistants de partager une chopine. Pierrounet déclina poliment son invitation, se contentant depuis des années d'une rasade de rouge dans le bouillon. À l'auberge et dans les familles où on l'appelait, il observait la même sobriété. Gustave et Étienne l'imitaient le plus souvent. Ils ne traînèrent pas au comptoir et rentrèrent chez eux sans trinquer, comme le rhabilleur. Une journée ordinaire s'achevait pour Pierre Brioude, bien remplie, épuisante comme les précédentes. Tandis qu'il traversait Nasbinals dans une relative fraîcheur mais sans se presser, pensant à ses « éclopés », pleinement satisfait d'avoir accompli sa mission, il ne songea plus à la fatigue.

3

Un Américain à Nasbinals ? Chez Pierrounet ? Depuis l'hôtel de l'Aubrac où il s'était installé avec sa femme, la nouvelle se répandit comme une traînée de poudre dans le bourg, d'autant plus que le ménage avait débarqué dans une automobile pilotée par l'épouse elle-même. Une femme conduisant une voiture ? C'était nouveau et surprenant. Et fumant comme un homme ? Encore plus déroutant ! Se comportait-on, vraiment, de cette manière-là en Amérique ? Les habitants s'interrogeaient. Ces Américains étaient arrivés au milieu de la matinée. L'homme souffrait d'une luxation du pouce droit qui l'empêchait de conduire et d'effectuer certains gestes du quotidien. Les bagages déposés, ils avaient demandé l'adresse du rebouteux puis s'étaient attablés à la terrasse autour d'une boisson fraîche en expliquant à la patronne qu'ils connaissaient la profession d'hôtelier puisqu'ils exploitaient deux établissements de cent soixante-quinze et cent cinquante-cinq chambres dont ils étaient les propriétaires à San Francisco aux États-Unis. La patronne en avait été aussitôt abasourdie. Deux établissements de cent soixante-quinze et cent cinquante-cinq chambres ? Mais comment était-ce possible ? L'hôtel de l'Aubrac, le plus important de Nasbinals, n'en possédait que douze. Intriguée, la jeune femme s'était assise à leur table pour les écouter raconter leur histoire à laquelle des habitants de Nasbinals attablés également sur la terrasse s'étaient intéressés de manière naturelle, assaillis par la curiosité. Germain et Paulette Delagnes étaient tous deux originaires d'un hameau de la commune de Grand-Vabre, aux frontières de l'Aveyron et du Cantal, proche de Conques. Germain avait débarqué en Californie, dans les années 1880, avec quelques camarades de Decazeville. Il avait travaillé comme terrassier à San Francisco où les entreprises recrutaient des ouvriers par centaines pour la construction d'immeubles dans les nouveaux quartiers. Puis un blanchisseur l'avait embauché avant de l'associer à ses affaires. À San Francisco, Germain avait rencontré fortuitement l'une de ses compatriotes de Grand-Vabre, Paulette, sa cadette de cinq ans, qui avait également embarqué pour l'Amérique, bien après son départ, et qui avait été engagée dans un restaurant. Ils s'étaient fréquentés avant de s'épouser. Deux années après leur mariage, grâce à leurs premières économies patiemment constituées depuis leur arrivée à San Francisco, ils étaient devenus propriétaires d'un établissement de cinquante chambres sur la colline des Frenchies, à Bush Street. « Une bien modeste affaire ! » avaient-ils souligné, à la surprise de la patronne. Ils l'avaient revendu rapidement pour acquérir un hôtel de quatre-vingt-cinq chambres puis ils s'étaient associés à deux compatriotes de Grand-Vabre, toujours dans l'hôtellerie. Vingt années après son départ de France, maintenant que leur fortune était assurée par les bénéfices rondelets que leur procuraient deux grands hôtels et des participations dans des établissements de classe, Germain avait proposé à son épouse de retourner dans l'Aveyron avec leurs deux enfants, qui ne connaissaient ni le département de leurs ancêtres ni leurs cousins aveyronnais. Ils avaient débarqué à Grand-Vabre dès le printemps et ne repartiraient aux États-Unis qu'à l'automne. À la patronne de l'hôtel, Germain avait confessé qu'il avait ressenti une profonde satisfaction, à l'occasion des travaux de la fenaison sur la propriété familiale, à retrouver les gestes familiers de son enfance et de son adolescence lorsqu'il secondait ses parents. Hélas ! Il n'y était plus habitué et s'était blessé. La réputation de Pierrounet dans la commune de Grand-Vabre et aux alentours était telle qu'il s'était aventuré sur les chemins de l'Aubrac pour le rencontrer. Quand les Delagnes avaient débarqué à Rodez, par l'un des express de Paris, ils avaient aussitôt recherché un garage capable de leur fournir une automobile en location jusqu'à l'automne. Les choix étant limités, ils s'étaient décidés pour l'un des deux véhicules qui étaient proposés pour la période estivale : un vis-à-vis De Dion. Depuis deux ans, ils disposaient à

San Francisco d'une voiture que tous deux pilotaient, Paulette Delagnes se passionnant pour l'automobile autant que son époux. L'hôtelière s'était installée au volant et ils avaient pu ainsi se déplacer en Lozère. Les gendarmes, qui les avaient contrôlés dans la traversée d'Estaing alors que la De Dion arrivait de Villecomtal et s'engageait dans la direction d'Espalion, en avaient été stupéfiés. Non seulement la circulation automobile se limitait sur la nationale Espalion-Entraygues-Aurillac à une seule et unique voiture tous les deux jours, mais elle était toujours conduite par un homme. Paulette Delagnes avait expliqué à leur hôtesse que les gendarmes avaient examiné minutieusement les deux passeports et s'étaient demandé ensuite si une femme était autorisée, en France, à prendre le volant d'une voiture. Hésitant sur l'attitude à adopter, ils avaient tergiversé longuement avant de leur permettre de poursuivre leur chemin.

Ces informations avaient été colportées dans la bourgade avant que Pierrounet accueille les Delagnes dans l'après-midi, mais il en avait eu connaissance par l'un de ses assistants. Des Américains ? Quelle affaire ! Même si elle paraissait étrange, la nouvelle le laissa de marbre. Il ne leur consentirait aucun passe-droit ; ils attendraient sous les ombrages de la courette et respecteraient l'ordre d'arrivée. Il les traiterait comme les paysans de l'Aubrac, aussi bien mais pas mieux. Il appliquait le même principe d'équité envers les bourgeois de Montpellier, Clermont ou Toulouse. Au moment de les rejoindre dans la courette, il remarqua qu'ils s'étaient habillés simplement. La femme n'arborait pas de toilette luxueuse ; l'homme s'était déplacé en chemise mais sans costume ni cravate, à l'inverse des notables qui le sollicitaient. Il observa également leur discrétion qui tranchait avec la réputation de bavards dont les avaient affublés les habitués de la terrasse de L'Aubrac. Il les considéra avec bienveillance mais sans la moindre obséquiosité, examinant le pouce de l'hôtelier et le manipulant avant de détailler les mêmes conseils de prudence qu'à l'ordinaire. Dès qu'il eut terminé son intervention, Germain Delagnes le remercia et s'empara alors de son portefeuille pour s'enquérir de ce qu'il devait. Pierrounet l'arrêta d'un geste ferme ; il ne réclamait pas de rémunération. L'Américain insista. Le rhabilleur opposa la même réponse. Embarrassé parce que tout se négociait aux États-Unis, y compris de petits travaux ou de menus services, mais en dehors de la communauté aveyronnaise où la solidarité continuait à prévaloir, Germain Delagnes regarda sa femme. Comment le remercier sans le froisser ? Pierrounet ne leur accorda pas le temps de réfléchir et les raccompagna à la cuisine. Paulette Delagnes s'arrêta devant la cheminée : avait-il déjà emprunté une automobile ? Esquissant un sourire comme s'il cherchait à souligner une évidence commune à une écrasante majorité de la population de l'Aubrac, il répondit par la négative. Et s'il s'octroyait avec son épouse une demi-journée ou une journée pour effectuer une excursion en leur compagnie, avec leur véhicule qui pouvait accueillir quatre personnes ? suggérèrent-ils de conserve. Les

Delagnes avaient réservé pour une semaine à l'hôtel de l'Aubrac ; ils avaient l'intention de découvrir les paysages de l'Aubrac, les burons, Marvejols, Aumont, Saint-Urcize, Laguiole, le village d'Aubrac. Son visage s'illumina dans l'instant. Cantonnier, il avait entretenu pendant trente-cinq ans quelques kilomètres de la nationale Nasbinals-Marvejols, fauchant l'herbe des bas-côtés de la chaussée, pratiquant des saignées en bordure pour que s'évacuent les eaux pluviales, bouchant les ornières, cassant des cailloux avec sa masse. La nationale n'était alors empruntée que par la diligence quotidienne Nasbinals-Marvejols, quelques attelages qui assuraient des livraisons pour des entreprises de roulage. Il n'imaginait jamais qu'au moment de sa retraite des véhicules à moteur pourraient s'y aventurer. L'invitation des Delagnes le ravissait. Il pourrait retrouver les paysages de Saint-Laurent-de-Muret où il avait travaillé comme cantalès d'hiver, débuté comme rebouteux et rencontré Rose, alors qu'il n'y était pas retourné depuis une douzaine d'années – déjà ? – et les obsèques de ses beaux-parents, décédés à quatre semaines d'intervalle seulement. Il accepta dans l'instant, sans consulter son épouse qui s'affairait à cette heure dans le potager mais dont il était persuadé qu'elle accueillerait la nouvelle avec enthousiasme. Puis, rompant brusquement avec ses habitudes puisqu'il ne trinquait pas avec les « patients » dans sa maison, il leur proposa une liqueur de gentiane que préparait Rose. Mais il n'y trempa que les lèvres. Sa journée n'était pas terminée.

Il n'avait pas abusé de sa liqueur de gentiane, et pourtant Rose s'étonna de constater qu'il était bien guilleret en la rejoignant après le départ des derniers « éclopés », fredonnant une chanson de sa jeunesse. Une excursion d'une journée ? En automobile ? Avec un déjeuner au restaurant comme des bourgeois ? C'était si inattendu qu'elle battit des mains, se réjouissant par avance de partager cette journée avec son époux et de traverser à nouveau les paysages de son enfance alors qu'elle ne s'était jamais aventurée en dehors de Nasbinals depuis son mariage, quarante-cinq ans plus tôt, excepté pour revenir à Saint-Laurent-de-Muret à l'occasion du décès de ses parents. Elle savourait son privilège. Lorsqu'il s'endormit, ce soir-là, Pierrounet ne songea pas à ses « patients » de la journée ni à leurs souffrances mais au dimanche exceptionnel qui les attendait.

Exceptionnel ? Absolument. Cette journée était chaude mais pas étouffante, tandis que Germain et Paulette Delagnes se démenèrent pour satisfaire leurs invités. Quarante-huit heures seulement après l'intervention de Pierrounet, l'hôtelier américain ne proclamait-il pas à qui souhaitait l'entendre qu'il avait retrouvé la mobilité de son pouce mais, surtout, ne ressentait plus de douleurs ? En ce premier dimanche d'août, comme chaque semaine, la localité était animée. Les paroissiens étaient nombreux aux deux messes célébrées par le chanoine Verlaguet dans la matinée. Aux habitants de Nasbinals se joignaient les familles qui résidaient dans les environs immédiats et qui débarquaient dans des jardinières et des breaks, rassemblés sous les arbres du champ de foire. Depuis le tournant du siècle, on y remarquait également la présence d'une poignée de Parisiens qui possédaient des commerces de charbon ou des brasseries dans la capitale et s'autorisaient une à deux semaines de fermeture annuelle. Ils empruntaient l'express à destination d'Aumont pour séjourner dans leurs familles ou dans les hôtels pour les plus fortunés d'entre eux, dont certains n'hésitaient pas à se déplacer avec une automobile et à accomplir des centaines de kilomètres depuis Paris. Ce matin-là, trois véhicules pétaradants étaient présents à Nasbinals, dont le vis-à-vis De Dion. Stationné devant la terrasse de l'hôtel de l'Aubrac, il n'était pas le moins entouré par les curieux au moment de l'arrivée de Pierre et Rose Brioude. Les cloches sonnaient alors le quart. La grand-messe de 11 heures commençait un quart d'heure plus tard et les hommes discutaient par groupes autour de ce modèle imaginé par le marquis Albert de Dion, qui s'était associé à Georges Bouton, un mécanicien. Le vis-à-vis était une « petite » voiture qui mesurait à peine deux mètres de long mais pouvait accueillir quatre personnes installées sur deux banquettes disposées en vis-à-vis, d'où le nom. Il était équipé d'une capote pour protéger les passagers de la pluie, de lanternes pour la circulation nocturne, d'un coffre et de deux paniers en osier pour le rangement des ombrelles des dames. Les hommes saluèrent le rhabilleur et son épouse, enlevant même leur chapeau du dimanche tellement ils les respectaient. Pour eux, Pierrounet était un monsieur, presque un notable. Ne siégeait-il pas au conseil municipal où il effectuait son deuxième mandat ? Il avait obtenu à chaque élection une écrasante majorité qui témoignait de la considération de la population de Nasbinals. Par ailleurs, sollicité avec insistance par les promoteurs du concours spécial de la race d'Aubrac qui se déroulait chaque année à Laguiole, il avait accepté au moment de sa retraite de participer aux opérations de jugement où sa connaissance des troupeaux et son expérience de rebouteux étaient appréciées.

À 11 heures, les cloches appelèrent les fidèles à l'église romane et les curieux regroupés autour de la vis-à-vis disparurent soudain, comme une volée de moineaux. Ce moment, Germain Delagnes l'attendait pour manœuvrer la manivelle en toute tranquillité et il s'y employa énergiquement avec sa main droite comme s'il n'avait pas été blessé. La mécanique toussota quelque peu avant d'émettre un ronronnement régulier et une fumée moins noire. L'instant d'après, les Delagnes et leurs invités s'installaient sur les banquettes tandis que les femmes ouvraient leurs ombrelles. Puis le vis-à-vis traversa lentement Nasbinals sous le regard angoissé de certains habitants que les automobiles effrayaient. Quelques voisines avaient essayé de dissuader Rose d'accepter cette invitation, d'autant plus qu'elles redoutaient que l'Américaine conduise et provoque un accident. Même si elles étaient incapables d'expliquer pourquoi, elles étaient persuadées que le pilotage des voitures était déconseillé aux femmes ! Rose se moquait de leurs préjugés ; elle n'avait pas souhaité renoncer à leur excursion, impatiente qu'elle était d'embrasser sa famille qu'elle n'avait pas prévenue de leur passage pour lui ménager une surprise. Ils s'arrêteraient à Saint-Laurent-de-Muret en revenant de Marvejols où ils prévoyaient de déjeuner. Elle s'en réjouissait par avance, ne connaissant pas la sous-préfecture qu'une douzaine de kilomètres seulement séparaient de sa commune d'origine. À l'inverse de son époux, elle ne s'était jamais rendue à Marvejols ni avant ni après son mariage, comme beaucoup de femmes de Saint-Laurent et de Nasbinals. Pour elle, c'était donc un événement. Coquette, elle l'était devenue surtout depuis la retraite de son époux pour accueillir les patients qui étaient de plus en plus nombreux. Pierrounet ne pouvait auparavant s'occuper des blessés qu'après sa journée de cantonnier ou le dimanche après-midi, alors qu'il acceptait aujourd'hui de les recevoir tous les jours, excepté le dimanche réservé à sa famille. Les journées pluvieuses, glaciales, neigeuses, les Brioude ne souhaitaient pas qu'ils attendent dans la courette. La rudesse climatique de Nasbinals ne s'y prêtait guère. À leur arrivée, certains d'entre eux se réfugiaient à l'auberge la plus proche. À tous ceux qui frappaient à leur porte, Rose proposait de s'asseoir dans la cuisine, de se chauffer devant la cheminée et de prendre du thé d'Aubrac. Paysans, notables, ouvriers et artisans se côtoyaient. Dès que le heurtoir résonnait, elle désertait la souillarde où elle préparait les repas, se débarrassait de son tablier de devant pour se présenter dans une robe simple mais seyante qui tranchait avec les vêtements très ordinaires des paysannes de l'Aubrac et de la majorité des femmes de Nasbinals. Grâce aux dons des patients, elle sollicitait souvent la couturière pour renouveler sa garde-robe. Ses voisines l'avaient remarqué qui l'enviaient de pouvoir échapper aux sinistres toilettes de deuil que la disparition de leurs parents et de leurs beaux-parents imposait le plus souvent aux femmes dès la quarantaine, et parfois même avant. Certaines d'entre elles, surtout les paysannes, enviaient également la légère roseur de son teint et l'élasticité de sa peau alors que leurs visages étaient déjà sillonnés de rides et brûlés par le soleil. Ce jour-là, Rose avait redoublé de coquetterie. Élancée, ses cheveux gris-blanc coiffés en chignon et dissimulés sous un chapeau de paille décoré d'un nœud, elle était élégante dans sa robe droite, gris perle, qui la grandissait. La mode était aux robes longues qui couvraient les chevilles. Cette toilette et le boléro assorti, Rose les avait étrennés à Pentecôte et n'avait pas eu, depuis, l'occasion de les remettre. Par ailleurs, elle avait ressorti de son armoire de jolis gants en peau d'agneau et doublés de soie, qui étaient un cadeau d'un patient de son époux, un patron gantier de Millau.

Le soleil était ardent mais ils ne souffrirent pas de la chaleur. Un souffle de fraîcheur balayait le paysage dont l'altitude oscillait entre 1 100 et 1 200 mètres. C'était même un plaisir de circuler dans une automobile largement ouverte. La nationale était quasiment déserte à cette heure de la journée. Ils ne croisèrent qu'une seule voiture et un unique attelage de chevaux, la diligence. C'était un dimanche ; il n'y avait jamais de charrois. Ce voyage effectué à vitesse modérée, par une journée estivale, procura à Pierrounet et à son épouse des sensations inconnues et agréables : respirer des parfums de fleurs, imaginer un hameau à ses toitures repérées dans les lointains puis s'en rapprocher et le découvrir ensuite, traverser des herbages qui s'étendaient sur des centaines d'hectares et procéder à l'évaluation des troupeaux qui estivaient. Combien de vaches ? Pierrounet était imbattable. Le regard affûté et précis, il claironnait son décompte le premier avant d'indiquer à son épouse à quelle famille le troupeau – la vacade, comme il l'appelait – appartenait. Dans un ciel d'azur, les montagnes respiraient la quiétude.

Rose Brioude n'ignorait pas, depuis des années, que son époux était populaire au-delà de Nasbinals. Ce dimanche-là, elle en eut la confirmation. Les patrons de l'hôtel de la Paix où ils déjeunèrent le reconnurent et des clients du restaurant le saluèrent. Des habitants l'interpellèrent lorsqu'ils flânèrent autour de la statue d'Henri IV, des deux portes fortifiées et des deux grosses tours rondes constituant les vestiges de la vieille enceinte. Elle constata encore que nombre de boutiques proposaient, comme à Nasbinals, des cartes postales le représentant. Une affichette le signalait sur la devanture : « Nous vendons des cartes postales du rebouteux de l'Aubrac, Pierrounet, pour vos correspondances. » Hommes et femmes le remercièrent. Modeste, il répondit : « Je peux soulager certaines souffrances et je m'y emploie de mon mieux. C'est mon devoir. » Auprès de Paulette et de Germain Delagnes, les félicitations spontanées et ces paroles chaleureuses renforcèrent leur admiration pour le rhabilleur.

En revenant de Marvejols, ils s'écartèrent de la nationale comme ils en étaient convenus pour s'arrêter à Saint-Laurent-de-Muret. Les paroissiens sortaient de l'église ; les vêpres s'achevaient. L'arrivée de la De Dion suscita la curiosité des hommes mais les femmes se montrèrent méfiantes, comme à Nasbinals. Au milieu de la foule, Rose chercha son frère et sa belle-sœur. Un moment plus tard, les Delagnes et les Brioude se retrouvèrent dans la grande cuisine de leur maison autour d'un casse-croûte. Les nouvelles échangées sur plusieurs branches de la famille, ils repartirent à Nasbinals sous les acclamations d'une dizaine d'enfants. Pierrounet était enchanté par leur excursion grâce à laquelle il avait découvert la simplicité de ce ménage américain qui était pourtant très fortuné. Son épouse l'était davantage encore. Un voyage en automobile, un déjeuner dans un restaurant, ses retrouvailles avec la famille... C'était beaucoup pour une seule journée. Rose remercia chaudement Germain et Paulette Delagnes pour leur invitation. Elle les embrassa même, comme s'ils cousinaient ou si elle les connaissait bien, alors qu'elle exprimait si peu ses sentiments, redoublant de discrétion en toutes circonstances. Lorsqu'elle essuya des larmes, succombant à l'émotion, Pierrounet la regarda tendrement en éprouvant un indicible bonheur.

Heureux, il l'était encore la semaine suivante en rejoignant dans la jardinière du premier magistrat de Nasbinals le village d'Aubrac, où les attendaient une cinquantaine de charbonniers parisiens et leurs femmes pour participer à un banquet. Depuis trois ans, la Chambre syndicale de la Seine, qui regroupait trois mille adhérents sur les cinq mille charbonniers de la capitale, organisait la première quinzaine d'août une journée à Aubrac, pour rassembler ses membres en vacances dans leurs villages d'origine, leurs familles, les hôtels de l'Aubrac. À travers son invitation, elle entendait remercier Pierrounet d'accepter de se déplacer jusqu'à Paris en période hivernale. Ses services étaient d'autant plus appréciés que Pierrounet ne dérogeait point à ses principes. Il intervenait toujours gracieusement, se contentant de demander à la Chambre syndicale d'effectuer le règlement de toutes les dépenses occasionnées par son déplacement : les billets de train, sa pension, quelques sorties. Sa femme ne l'accompagnait pas lors de cette journée estivale, consciente que les discussions du banquet porteraient sur l'évolution des cours du charbon, les relations avec les compagnies minières, les pratiques de la Compagnie parisienne du gaz et sa concurrence déloyale, les contrôles de plus en plus pointilleux des services des fraudes, les ventes et les achats de fonds. À l'inverse de Pierrounet qui s'y était toujours intéressé parce que deux de ses cousins de Marchastel et Malbouzon étaient bougnats à Paris, ces conversations assommaient Rose.

Ce jour-là, ils avaient rendez-vous au Grand Hôtel d'Aubrac dont le restaurant pouvait recevoir une centaine de personnes. C'était la bousculade à la réception. On s'interpellait joyeusement en langue d'oc ; on s'embrassait ; on échangeait des nouvelles ; on s'informait de la composition du menu auprès des patrons qui connaissaient de nombreux convives et des serveurs qui multipliaient les allées et venues entre la cuisine et la salle. Le président de la Chambre était très entouré. Paulin Gardes, originaire du hameau des Infruts près de Saint-Chély-d'Aubrac, exploitant d'un grand chantier dans la rue Brancion, accueillait ses collègues et les personnalités invitées. Au banquet d'août, il conviait les notabilités des trois départements de l'Aveyron, du Cantal et de la Lozère qui fournissaient le contingent de charbonniers le plus important aux quartiers parisiens ainsi qu'à la banlieue. Certaines d'entre elles n'hésitaient guère à se déplacer d'Espalion, Rodez, Saint-Flour, Marvejols et Mende, notamment les notaires qui intervenaient souvent dans les transactions conclues à Paris dans le monde du charbon et assuraient parfois la gestion de biens appartenant à de grands patrons de chantiers. La moustache conquérante, soucieux d'élégance avec sa chemise empesée et un costume sombre, le président Gardes distribuait sourires et paroles amicales. Cet homme affable avait la réputation d'être intraitable en affaires, avec ses fournisseurs et même son personnel. Depuis son premier déplacement à Paris, en 1900, Pierre Brioude n'avait pas à se plaindre de la manière dont il le recevait. Il le considérait comme son invité personnel, l'accompagnant dans différents quartiers pour qu'il découvre le Sacré-Cœur, Montmartre, les Champs-Élysées et Notre-Dame mais encore les entrepôts des gares et des quais de la Seine où arrivaient des centaines de wagons chargés de charbon. Par ailleurs, il organisait le banquet d'hiver en février au moment où il séjournait à Paris pour qu'il y assiste, y retrouve ses voisins de Nasbinals et Saint-Urcize, des charbonniers qu'il avait eu l'occasion de rhabiller les semaines précédentes. Pierrounet était un homme précieux pour la Chambre syndicale. Paulin Gardes ne manqua de le rappeler dans son discours, soulignant qu'il l'était autant que les sénateurs et les députés qui défendaient leurs intérêts. « Monsieur Brioude n'a jamais étudié la médecine et il n'a pas la prétention de se présenter comme médecin ! affirma-t-il. Mais il est aussi efficace qu'un professeur des grands hôpitaux et il n'exploite pas ses dons comme les charlatans qui s'installent sur les places et débitent des fadaises en essayant de tromper les passants et de leur prendre de l'argent… » Les pommettes de Pierrounet s'empourprèrent aussitôt devant ces compliments que le président de la Chambre resservait à chaque banquet ou presque. Paulin Gardes était sincère, nombre d'adhérents partageaient son opinion. Mais ces paroles gênaient le rhabilleur.

Suivirent les discours de deux députés, d'un sénateur et de deux conseillers généraux avant que les maîtres d'hôtel apportent, enfin, des soupières fumantes. Les paysans de l'Aubrac étaient habitués à manger une soupe épaisse et roborative à chacun de leurs repas. Les charbonniers avaient conservé cette pratique dans la capitale, y compris les patrons de grands chantiers. Ils l'avaient imposée aux restaurateurs parisiens qui les recevaient pour le banquet hivernal de la Chambre réunissant à cette occasion quatre cents ou cinq cents convives. En cette journée d'août 1903, au Grand Hôtel d'Aubrac, le banquet était aussi plantureux que dans les salons Coquet, place Blanche, ou chez Estevenon, avenue de la Grande-Armée, mais différent car il magnifiait les produits de l'Aubrac : le bœuf et l'agneau, la fourme des burons, les cèpes de sous-bois, la fouace de Laguiole. Comme à l'habitude, il s'éternisa avant de se terminer par un concours de bourrées qu'animèrent des cabrettaïres et des violoneux. Pendant que les danseurs tournaient la bourrée avec énergie dans l'un des salons voisins, nombre de convives saluèrent Pierrounet. Il y avait parmi eux des grossistes, demi-grossistes, patrons de chantiers et de bougnats qui pouvaient s'absenter de Paris pendant une à deux semaines parce qu'ils employaient du personnel, que leurs affaires étaient florissantes et que c'était la morte-saison. Pierrounet les avait rencontrés dans une arrière-boutique de bougnat ou dans les bureaux d'un chantier lorsqu'il s'y était déplacé pour rhabiller un commis. Ils échangèrent justement des nouvelles de ces jeunes gaillards habitués à pelleter du charbon, à décharger des wagons, à remplir des sacs puis à les acheminer sur l'échine par l'escalier de service jusqu'au sixième ou septième étage. À l'occasion de leurs vacances, ces marchands de charbon retrouveraient certains saisonniers dans les montagnes fromagères, où ils travaillaient comme buronniers entre le printemps et l'automne avant de retourner dans la capitale au lendemain de la descente des bestiaux pour reprendre l'emploi hivernal de commis. Pierrounet avait observé que ces patrons n'étaient pas pingres. Ils l'invitaient à la bonne franquette mais avaient souvent le gosier sec et aimaient ripailler. N'avalaient-ils pas de la poussière de charbon à longueur de journée ? Sans étonnement, même avec le sourire, il constatait qu'ils associaient pendant les vacances une profusion de banquets et des cures matinales de petit-lait dans les estives que conseillaient les médecins pour pouvoir nettoyer leurs organismes, désengorger des foies encombrés ! Leurs pratiques et leurs mœurs l'intriguaient et l'amusaient mais leur compagnie était agréable. Dès qu'ils se retrouvaient, à la Bastille, à Nasbinals ou sur l'Aubrac, ils évoquaient leur enfance, leur village et leur pays. Ils parlaient aussi des marchés aux bestiaux, des récoltes de l'année et des concours de la race d'Aubrac. Il arrivait également qu'à l'image du président Gardes, certains d'entre eux le guident dans Paris. Désormais, dès qu'il empruntait un express pour Paris, Pierrounet avait l'impression de s'accorder des vacances, même si le rythme des journées était soutenu avec des déplacements incessants en omnibus à chevaux ou en tramway à travers les quartiers. Il n'avait jamais imaginé, avant la retraite, qu'il pourrait y passer quatre à cinq semaines dans l'année ni y prendre autant de plaisir alors qu'il avait l'âme paysanne. Très sollicité, il était apprécié, considéré, heureux. Que vouloir de plus ?

4

« Deux courriers par exprès pour monsieur Brioude ! » claironna le préposé des Postes tout en pénétrant dans la cuisine après avoir frappé trois coups à l'entrée, comme à son habitude. Cette matinée de septembre était brumeuse et frisquette, préfigurant les journées d'automne. La comtoise indiquait déjà 11 heures. En attendant que Pierrounet puisse les recevoir, cinq personnes s'étaient réfugiées à l'invitation insistante de Rose devant la cheminée où se consumait une souche de chêne, dégageant une douce chaleur. Une odeur de bouillon de légumes et de poulet sauté aux oignons flottait dans la maison. Deux courriers expédiés par exprès ? Rose s'en étonna. Les Brioude n'en recevaient jamais. Nombre de patients écrivaient au rhabilleur pour les informer de leur guérison et le remercier mais ils envoyaient leurs lettres ou leurs cartes en ordinaire. Qu'y avait-il de si important ou d'urgent qui puisse justifier l'exprès ? Il n'y avait guère que la gendarmerie, les services des impôts et la justice pour y recourir. Les deux enveloppes étaient adressées à Pierre Brioude et son épouse les retourna pour découvrir alors leurs expéditeurs. Il s'agissait pour la première du docteur Bertrand Miquels, demeurant Esplanade de la Murette, à Sauveterre-de-Rouergue (Aveyron), et, pour la deuxième, d'Euphrasie Lavernhe, domiciliée à La Garinie, à Sauveterre-de-Rouergue (Aveyron). Perplexe, elle les déposa avec la dernière édition de *La Croix de la Lozère*, qu'ils recevaient toutes les semaines, sur le manteau de la cheminée entre une statuette et un chandelier.

La matinée s'acheva mais le silence ne retomba dans la maison qu'à l'approche de 13 heures. Pierrounet rejoignit alors la cuisine. Il se saisit aussitôt sur le râtelier de la miche entamée puis découpa, avec son laguiole, des tranches de pain dont il garnit les assiettes. L'instant d'après, son épouse revenait de la souillarde en apportant une soupière fumante qu'elle déposa sur la table avant de prendre, sur la cheminée, les deux lettres en soulignant bien qu'elles avaient été envoyées par exprès. « Ex-près », articula-t-elle en le regardant fixement avant d'expliquer qu'elles avaient été expédiées depuis le département de l'Aveyron. Sauveterre-de-Rouergue ! précisa-t-elle. Sauveterre ? demanda Pierrounet, avec insistance. Elle confirma et il songea sur-le-champ à Édouard Lavernhe qui l'avait sollicité pour une fracture ouverte en juillet, dont il n'avait pas eu de nouvelles. Il s'empara aussitôt des deux enveloppes, les décacheta de la pointe du laguiole pour découvrir avec tristesse que le blessé était décédé de la gangrène. Sa femme, Euphasie Lavernhe, regrettait qu'il n'ait pas consulté un médecin après son accident et accusait Pierrounet d'être responsable de son décès. Elle l'informait de son intention de déposer une plainte auprès de la gendarmerie de Sauveterre, pour exercice illégal de la médecine ayant entraîné la mort. Le courrier du médecin était tout aussi cassant. Non seulement il attestait qu'Édouard Lavernhe avait été victime de la gangrène et il reprochait à Pierrounet ses pratiques de « charlatan » qui avaient aggravé sa blessure, mais il le prévenait également qu'il le traînerait devant les tribunaux et qu'il associerait à son initiative la Société de secours mutuel des médecins de l'Aveyron.

Pierrounet déposa les deux feuillets sur la table, ferma les yeux et les poings pour contenir sa colère, respira bruyamment. Édouard Lavernhe ne l'avait sûrement pas écouté et n'avait pas consulté de médecin ou, peut-être, trop tardivement. Le rebouteux ne contestait pas la gravité de la blessure – il en avait été bien conscient lorsqu'il l'avait examinée – mais les accusations de négligence et même de charlatanisme proférées à son encontre sous l'appellation officielle d'exercice illégal de la médecine. Il avait pourtant prévenu Édouard Lavernhe, en présence de quatre témoins qui le confirmeraient aux gendarmes : il aurait été préférable qu'un médecin intervienne. Son gendre Émilien, ses assistants et Auguste Desmazes atteste-raient son entêtement à rejeter la présence du médecin de Nasbinals, malgré son insistance. Pierrounet n'avait cherché qu'à soulager ses souffrances, en effectuant la meilleure des réductions possibles de sa fracture. Il regrettait d'avoir accepté de le « rhabiller », imaginant ce qui l'attendait si deux plaintes étaient déposées. Il y aurait une enquête. On l'interrogerait. Il y aurait une audience publique devant un tribunal. Il craignait que le président, le procureur et les avocats des parties civiles s'attaquent à sa réputation d'honnête homme en le classant parmi les vulgaires charlatans. En relisant les lettres, il compara leurs écritures et constata qu'elles étaient identiques. Le docteur Miquels aurait-il également rédigé le courrier envoyé par la veuve ? L'aurait-il poussée à déposer une plainte pour qu'il y ait un procès ? Comment Auguste Desmazes se comporterait-il ? L'accablerait-il ? Préfèrerait-il rapporter la vérité ?

Pierrounet était d'autant plus atterré par ces deux courriers qu'il n'avait jamais été informé, en cinquante années de pratique, d'une complication survenue pour une fracture ouverte ni même pour une luxation. Personne ne l'avait accusé de charlatanisme ni n'avait critiqué ses méthodes depuis longtemps éprouvées. Des médecins n'avaient-ils pas reconnu leur efficacité, à l'image de ce praticien de Béziers ? Il s'était déplacé pour le supplier de soigner son épouse qui souffrait d'une luxation du coude et que ses confrères héraultais, même les meilleurs des hôpitaux de Béziers et de Montpellier, n'arrivaient pas à soulager. Elle l'avait chaudement remercié après sa « guérison ». Pierre Brioude avait eu la surprise de recevoir une belle bague pour son épouse, qui n'osait même pas la porter par crainte d'être traitée de richarde et de parvenue par ses voisines à qui rien n'échappait. À Nasbinals, le docteur Morange ne l'avait-il pas également sollicité pour réduire une luxation traumatique de l'épaule chez l'une de ses fillettes et n'avait-il pas été enchanté des résultats obtenus ? Mieux, lorsqu'il ne pouvait intervenir, il recommandait à ses patients de se présenter sans hésitation chez le rebouteux. S'il avait estropié des hommes ou des femmes, s'il avait eu une mauvaise réputation, ces médecins n'auraient jamais accordé leur confiance à Pierre Brioude alors qu'ils n'ignoraient pas que toute réduction d'une luxation était dangereuse si elle n'était pas effectuée d'une manière correcte. La correspondance de cette patiente de Béziers ainsi que des dizaines de messages de remerciements griffonnés en deux à trois phrases sur une simple feuille ou sur une carte postale, Pierrounet les avait conservés précieusement dans l'armoire de sa chambre avec ses documents de propriété et le livret de famille. Mais les prendrait-on en compte s'il était poursuivi ?

Depuis un demi-siècle qu'il rhabillait de son mieux les femmes et les hommes, il avait toujours eu conscience de l'importance de ses gestes et de ses responsabilités, qui l'écrasaient aujourd'hui. Il avait l'impression que ses épaules s'affaissaient sous des montagnes de charbon ou de bois comme il en avait découvert dans les entrepôts des grossistes parisiens ;

il se demandait avec angoisse comment s'arracher de cette chausse-trape. Renoncer désormais à recevoir quiconque, y compris pour une luxation bénigne ? Il s'y refusait par avance, ne désirant pas décevoir. Ne plus accepter d'intervenir sur des blessures délicates comme les luxations complexes et, surtout, les fractures ouvertes ou fermées ? Sûrement. La plus élémentaire des prudences s'imposait, même s'il s'exposait à des critiques chez des paysans obstinés qui n'avaient pas la moindre confiance en la médecine, comme Édouard Lavernhe. Le docteur Morange était la seule personne à Nasbinals avec laquelle il pouvait en débattre en toute discrétion et sérénité. Soudain, il rompit le silence où il s'était enfermé pour expliquer à son épouse la situation délicate à laquelle il n'avait jamais été confronté jusqu'à présent malgré les milliers de personnes qu'il avait examinées, manipulées et soulagées. Debout près de la table, tortillant un torchon entre ses mains, Rose l'écouta en tremblant. Les mâchoires crispées, les sourcils froncés, elle était effondrée. Les Brioude n'avaient jamais été inquiétés par la justice ni verbalisés par les gendarmes pour une quelconque entorse aux lois, y compris la plus minime. Pas de braconnage. Pas de fraudes. Leur intégrité était de notoriété publique. Le brigadier et le premier magistrat de Nasbinals le prouveraient. Ces accusations, Rose les ressentait comme une attaque injuste, une souillure, une atteinte à leur honneur. Comment se défendre ? Elle l'approuva de consulter le docteur Morange. C'était un homme pondéré, qui l'écouterait et le conseillerait certainement même s'il ne pourrait pas le soutenir pour ne pas s'opposer à l'un de ses confrères.

Les Brioude mangèrent mais sans appétit, retranchés dans leurs pensées. On n'entendait que les ronronnements du chat devant les braises de l'âtre, le balancier de la comtoise, les sifflements du vent dans le conduit de la cheminée, le gémissement des branches des arbres au-dehors. Son couteau refermé, Pierre Brioude ne feuilleta pas la dernière édition de *La Croix de la Lozère,* alors qu'il en avait l'habitude dès qu'elle arrivait. Il ne regagna pas la chambre pour se reposer avant de recevoir à nouveau les blessés jusqu'à l'angélus du soir. Il endossa son grand manteau, emporta son chapeau et rejoignit le domicile du docteur Morange, qui habitait à quelques centaines de mètres de là, dans la direction de Recoules-d'Aubrac. Une déception le guettait. Il était absent et sa femme ignorait quand il rentrerait. À la demande d'un père de famille qui avait accouru en milieu de matinée, il s'était déplacé à une dizaine de kilomètres de Nasbinals pour un accouchement difficile. Son épouse comprit que Pierrounet souhaitait le rencontrer rapidement ; elle s'engagea à le prévenir s'il ne revenait pas à une heure trop tardive.

Jusqu'à la tombée de la nuit, le rhabilleur remâcha ses pensées tout en recevant les blessés. À plusieurs reprises dans l'après-midi, il éprouva quelques difficultés à se concentrer sur les mouvements à accomplir et même des hésitations comme s'il ne les connaissait plus soudain, redoublant de précautions, travaillant plus lentement. Son comportement inhabituel n'échappa pas à ses deux assistants qui s'abstinrent de la moindre remarque. Les derniers patients de la journée reconduits à l'entrée, il attendit que l'épouse du médecin se manifeste. Pendant que Rose tricotait un chandail et que le bouillon contenu dans un récipient de grès était maintenu à la chaleur dans les braises de l'âtre, il se plongea dans la lecture de *La Croix de la Lozère* tout en guettant l'arrivée éventuelle de la visiteuse espérée que trahiraient le crissement de ses chaussures sur les graviers de la courette et, peut-être, l'aboiement d'un corniaud dans le voisinage. L'hebdomadaire catholique, composé et imprimé à Mende, accordait de l'importance à l'actualité religieuse, nationale et diocésaine, aux informations agricoles et pratiques, aux chroniques paroissiales qui ravissaient les abonnés expatriés dans la capitale puisqu'il essayait de contrecarrer, mais sans grand succès, *L'Auvergnat de Paris* aux positions politiques bien tranchées et radicales. Pierrounet s'attarda sur les dernières cotations recueillies sur les marchés aux bestiaux qui constitueraient sûrement les bases de ses discussions avec les négociants d'ici quelques semaines lorsqu'il chercherait à revendre pour la boucherie les vieilles vaches à l'engrais dont il avait chargé ses pâturages au printemps. Par ailleurs, il découvrit que la capitale organiserait une immense manifestation commerciale en 1904. Elle rassemblerait, pour sa première édition, des centaines de stands et d'attractions. On l'appelait déjà la Foire de Paris. Son inauguration était programmée pour le 17 mars… Pierrounet soupira longuement en refermant l'hebdomadaire, se demandant s'il pourrait répondre à l'invitation annuelle du président Paulin Gardes et de ses adhérents de la Chambre syndicale des marchands de charbon de la Seine. Il avait l'habitude de prendre un express à Aumont-Aubrac pour Paris la première quinzaine de février, tantôt le 8 ou le 10, tantôt le 12 ou le 15, en fonction des caprices du temps. Son déplacement jusqu'à Aumont était tributaire des conditions de circulation sur la nationale, que les congères rendaient parfois impossible. S'il était poursuivi par la justice, il ne pourrait plus rhabiller les commis, les patrons de chantiers et les bougnats. Il le regretterait, tellement il appréciait les quelques semaines passées chaque année à Paris. Si personne ne l'inquiétait, en revanche, il envisageait de demander à Gardes ou à l'un de ses collègues de l'accompagner dans les allées de la Foire avant de reprendre l'express pour Aumont...

Soudain, on frappa deux coups qui l'enlevèrent à ses réflexions. C'était certainement la femme du médecin, Hortense Morange. Il se précipita pour l'accueillir mais constata avec une heureuse surprise que le docteur Morange s'était déplacé en personne, conscient que Pierrounet ne le dérangeait pas pour des broutilles. Il le débarrassa de sa houppelande, de son écharpe, de son chapeau. La maîtresse de maison tricotait sur l'un des bancs-coffres, sous le manteau de la cheminée. Les deux hommes s'installèrent sur l'autre. Pierrounet rechargea le feu et les flammes pétillèrent en éclairant le visage du médecin qui trahissait sa fatigue. Le docteur Morange confirma qu'il avait eu une journée épuisante auprès d'une jeune parturiente dont c'était la deuxième grossesse. Comme l'enfant s'était mal présenté, il avait employé les forceps pour le délivrer. Mais il était satisfait de ne pas l'avoir blessé et d'avoir sauvé sa mère. Rose avait maintenu dans les braises une tisanière contenant une infusion de calament. Le médecin en accepta un grand bol avant de prononcer le sésame que les malades attendaient avant qu'il les ausculte : qu'est-ce qui vous arrive ? Pierrounet raconta alors qu'il avait soigné en juillet un régisseur de domaine souffrant d'une fracture ouverte du péroné et expliqua comment il avait procédé pour parvenir à la meilleure des réductions possibles, puis transmit à Aurélien Morange les courriers d'Euphrasie Lavernhe et de son confrère de Sauveterre.

Le docteur Morange s'accorda un moment de réflexion avant de répondre à sa cascade de questions. La cinquantaine, les cheveux grisonnants, il pratiquait la médecine à sa manière en associant les connaissances qu'il avait acquises pendant ses études à la faculté de Montpellier à des méthodes empiriques qu'il considérait toujours comme pertinentes et à la pharmacopée habituelle des campagnes qui persistait à démontrer son efficacité. Son prédécesseur avait la même méthode ; il s'était établi à Nasbinals en 1855, deux années avant que Pierrounet ne s'y installe avec son épouse Rose grâce à son affectation définitive par les Ponts et Chaussées, et, peut-être affirmait-on, à l'intervention d'une notabilité qu'il aurait rhabillée en la soulageant de ses souffrances. Un médecin à Nasbinals en 1855 ? C'était exceptionnel ! Peu d'habitants l'avaient boudé et ce praticien avait contribué à l'abandon progressif de la sorcellerie ainsi que de la thérapeutique archaïque mais il avait préservé tout ce qui pouvait compléter la médecine plus officielle. Comme le docteur Morange, il avait entretenu de bonnes relations avec Pierrounet. De la même manière, depuis sa création, le syndicat des médecins de la Lozère n'avait jamais dénoncé à la justice le rebouteux de Nasbinals pour exercice illégal de la médecine. Pourtant, il n'ignorait nullement que Pierrounet accueillait à son domicile jusqu'à une quinzaine ou une vingtaine de personnes dans une même journée, que des courriers spéciaux amenaient ses patients d'Aumont à Nasbinals, des cartes postales le représentant étant vendues par centaines à Marvejols, à Aumont-Aubrac, à Saint-Chély-d'Apcher, à Mende et à Nasbinals. Aurélien Morange en avait souvent débattu avec le président et des administrateurs, à l'occasion de leur assemblée générale. Certains de ses confrères, les plus jeunes, auraient souhaité que Pierrounet comparaisse devant un tribunal et que la justice le condamne, mais ils ne constituaient qu'une minorité. Les médecins de la Lozère, en majorité, s'y refusaient. Ils craignaient de provoquer des animosités dans les villages et les familles, qui demeuraient très attachées aux méthodes populaires. En relisant son courrier, Aurélien Morange ne comprenait pas pourquoi son confrère de Sauveterre-de-Rouergue et le syndicat des médecins de l'Aveyron comptaient s'acharner sur un homme paisible de soixante et onze ans qui ne s'était pas enrichi en recevant des éclopés par milliers. Certes on pourrait l'accuser de s'adonner à la médecine illégalement et même le condamner si les gendarmes, le procureur de la République et le juge d'instruction rassemblaient suffisamment de témoignages défavorables. Mais il considérait que le rebouteux ne pourrait pas être poursuivi pour un décès dont il n'était pas responsable. Il ne pouvait pas imposer à Édouard Lavernhe de consulter un médecin s'il ne le voulait pas. Cet argument répondait à la logique et paraissait imparable pour Pierrounet qui se demandait toutefois si les tribunaux respectaient toujours la logique dans leurs jugements et ne cédaient pas à certaines pressions. Que pèserait-il devant la Société de secours mutuel des médecins de l'Aveyron, qui disposait sûrement de son propre avocat pour la défendre en toutes circonstances ? Devant le chagrin, la colère, la douleur d'une femme qui prendrait peut-être un avocat et espérait des sanctions ? C'était le combat du pot de terre contre le pot de fer. Le docteur Morange n'avait pas l'intention de le laisser tomber. Il l'estimait et il essaierait de le soutenir de son mieux mais en coulisses, seulement, pour ne pas s'exposer aux critiques de ses confrères. Par ailleurs, il avait le sentiment que les notabilités de Nasbinals ne le lâcheraient pas s'il était poursuivi, tellement les habitants l'appréciaient. À commencer par les cafetiers, les hôteliers, les voituriers dont les affaires étaient florissantes grâce à sa clientèle.

Ses convictions et sa flamme réconfortèrent les Brioude mais le rebouteux souhaitait une réponse à une question majeure : devait-il ou pouvait-il continuer à recevoir des blessés après la réception de ces lettres ? Naturellement ! rétorqua Aurélien Morange. Personne ne pourrait l'en empêcher dans l'attente d'un jugement. Toutefois, il n'y aurait de décision de justice que si le médecin de Sauveterre, le syndicat des médecins de l'Aveyron et Euphrasie Lavernhe mettaient leurs menaces à exécution en déposant effectivement des plaintes auprès de la gendarmerie. Ces dernières seraient ensuite instruites par le procureur du tribunal de Marvejols qui ouvrirait une enquête. Les procédures – expliqua le docteur Morange – traînaient toujours en longueur et celle-ci s'étalerait peut-être sur une ou deux années. Cependant, les plaignants pouvaient renoncer à leurs plaintes. Tout était possible. Possible ? s'étonnèrent de conserve les Brioude, qui n'y croyaient guère. Tout était possible ! persista-t-il à affirmer. Une pareille situation s'était déjà produite au syndicat des médecins de la Lozère qui s'était prononcé contre l'initiative de jeunes confrères de poursuivre un guérisseur du causse Méjean qui recevait tous les samedis à Mende et les avait dissuadés de s'entêter. La baudruche s'était rapidement dégonflée ; le guérisseur n'avait pas été inquiété. La révolte et le chagrin avaient inspiré la réaction de la veuve, mais ils pouvaient retomber si l'entourage essayait de la raisonner et tout dépendrait du comportement d'Auguste Desmazes. Comme il avait été le témoin de ce qui s'était déroulé dans la chambre de l'hôtel de l'Aubrac, il pouvait convaincre Euphrasie Lavernhe qu'il était inutile de s'obstiner après Pierrounet. De la même manière, la Société de secours mutuel des médecins de l'Aveyron ne s'engagerait pas à la légère. Elle attendrait sûrement l'assemblée générale annuelle pour débattre de l'initiative de son confrère et de sa pertinence avant de prendre la décision de s'y associer ou refuser de la soutenir. Ses adhérents se réunissaient en octobre. Ils avaient convié le docteur Morange à participer à leur assemblée générale lorsqu'ils l'avaient organisée à Espalion, en souhaitant qu'il les rejoigne, à l'image de ses confrères lozériens de La Canourgue et de Meyrueis parmi les sociétaires qui n'habitaient pas dans l'Aveyron mais exerçaient aux frontières. Il ne s'y était pas déplacé, estimant qu'il n'y avait aucun intérêt. Quoi qu'il advienne, le docteur Aurélien Morange conseillait à Pierrounet de poursuivre ses activités en attendant que la justice se manifeste. « Continuez à accueillir des éclopés ! insista-t-il. Et à les soulager ! Ils comptent sur vous. Ne vous préoccupez pas des pisse-vinaigre et des grincheux. Il y en aura toujours… »

Même si le docteur Morange ne se montrait pas très inquiet, les Brioude n'étaient pas rassurés. Ils peinèrent, ce soir-là, à trouver le sommeil. Ils écoutèrent le hululement des chouettes sur les toitures et les aboiements des corniauds qui traînaient dans les rues, les trottinements des souris dans le grenier et leurs courses avec le chat, les sifflements du nordet sous les lauses. Puis ils s'assoupirent. Le lendemain, les mêmes questions les assaillaient au moment où ils récitèrent le bénédicité devant la soupière fumante de leur première collation de la journée. Cependant, ils essayèrent de ne pas laisser transparaître leurs inquiétudes devant les patients qui se présentèrent et qu'ils accueillirent de leur mieux, devant les deux assistants de Pierrounet ainsi que leur entourage familial. Deux de leurs cinq enfants s'étaient établis à Nasbinals et passaient souvent les embrasser. Béatrice avait épousé Émilien Batifol. Ensemble, ils avaient aménagé l'hôtel du Levant où ils habitaient avec leurs trois enfants. Quant à Antonin, il était devenu bourrelier et avait convolé avec l'héritière de son maître d'apprentissage à qui il avait succédé depuis quelques années. Geneviève, sa femme, s'occupait de leurs deux enfants et d'une mercerie dont sa grand-mère maternelle était à l'origine. Depuis le décès de sa mère, elle était secondée par une vendeuse. Béatrice était plus proche de ses parents que son frère, retrouvant parfois sa mère l'après-midi dès qu'elle avait un moment de relâche au Levant alors que ses enfants étaient en classe, mais toujours trop brièvement pour Rose. Béatrice ne remarqua point que sa mère était soucieuse. Elle avait certes demandé à plusieurs reprises si le « blessé de juillet », dont le passage au Levant l'avait marqué, s'était manifesté mais ses parents avaient répondu par la négative. Nombre de patients ne donnant pas de nouvelles, elle ne s'en était pas étonnée.

Empreintes de fraîcheur matinale même si elles

étaient toujours lumineuses, les journées de septembre s'écoulèrent. Rose guettait le passage du facteur avec la même angoisse. Elle redoutait que la gendarmerie ou le procureur de la République ne convoquent Pierrounet pour l'interroger. Mais le facteur ne leur apporta aucune enveloppe officielle, à son soulagement, tandis que l'affluence à son cabinet ne faiblissait pas. Le rebouteux accueillit même à la Saint-Michel deux propriétaires du Ségala de Naucelle qui souffraient d'une luxation à l'épaule pour le premier et d'une foulure du poignet pour le second. Ils profitèrent de leur déplacement sur l'Aubrac où ils comptaient se procurer des taureaux d'aubrac pour le consulter. En se présentant, ils mentionnèrent qu'ils connaissaient bien Édouard Lavernhe mais ils n'évoquèrent pas les accusations dont son épouse et le médecin l'avaient accablé dans leur courrier ni leurs menaces. La présence des deux éleveurs dans son cabinet confirma à Pierrounet qu'elles n'étaient peut-être pas devenues encore publiques et que, même si elles l'étaient désormais, elles n'avaient guère entamé, ou si peu, la confiance dont il bénéficiait dans ces communes de l'Aveyron. Il en était presque ragaillardi ! À l'occasion du marché aux bestiaux où il négocia la revente de ses vieilles vaches à l'engrais et du concours spécial de la race d'Aubrac à Laguiole le premier samedi d'octobre, il constata également que sa réputation était intacte. À Laguiole, on le gratifia de paroles amicales, on le remercia, on le sollicita avec la même spontanéité que chaque automne. Sur l'esplanade du Foirail où le concours se déroulait, quelques éleveurs insistèrent devant le maréchal des logis-chef et son acolyte pour qu'il les manipule dans l'arrière-salle d'une auberge. Les gendarmes en plaisantèrent mais ils ne s'y opposèrent pas. L'un d'entre eux ne l'avait-il pas sollicité à l'automne précédent pour une entorse à la cheville ?

5

Quelle cacophonie ! Le médecin de Sauveterre s'égosillait pour convaincre ses collègues que leur Société de secours mutuel avait l'obligation de déposer une plainte contre le rebouteux de l'Aubrac. Il défendait la médecine moderne, le progrès et la science contre le charlatanisme, la sorcellerie, l'archaïsme de certaines pratiques qui renvoyaient à l'obscurantisme longtemps entretenu par l'Église et la monarchie, déshonoraient l'héritage de la Révolution et bafouaient les principes fondamentaux de la République. Quelle flamme ! Ses jeunes confrères l'acclamaient. Les plus anciens contestaient avec véhémence son discours en affirmant qu'on ne pouvait pas rejeter la médecine populaire d'une manière aussi tranchée, que les deux pouvaient se compléter pour combattre la maladie et la souffrance. Grâce à leur expérience, ils étaient en mesure de le prouver ! Mais Bertrand Miquels ne les écoutait pas, ne relâchant pas la pression, persistant à discourir avec énergie dans le brouhaha. Le président se démenait pour essayer de ramener la sérénité dans l'assistance, permettre à chacun de s'exprimer calmement avant de prendre une décision. Mais il n'y parvenait pas, déconcerté par ces discussions passionnées auxquelles il ne s'attendait pas.

C'était le quatrième dimanche d'octobre 1903. Les adhérents de la Société s'étaient rassemblés dans les salons de l'hôtel Biney, à Rodez, pour leur assemblée générale statutaire. Cet après-midi-là, ils s'étaient retrouvés une trentaine sur les cent quinze membres, et pas seulement des Ruthénois ou des praticiens du proche Ségala. Certains avaient effectué des heures de voyage depuis Sévérac-le-Château, Villefranche-de-Rouergue et Najac. Tout aussi méritants, d'autres s'étaient déplacés du Lévézou, de Saint-Affrique, Bozouls, Marcillac et Sauveterre où était installé le docteur Bertrand Miquels. En ouverture, le Millavois Jacques Bompard, qui occupait la fonction de président, avait prononcé quelques paroles de bienvenue. Puis le secrétaire général avait présenté son compte rendu annuel avant que le trésorier expose d'une manière détaillée leurs comptes bien modestes, puisque les recettes se limitaient à quelques dons et aux cotisations. Le docteur Bompard avait ensuite abordé les questions d'actualité : la construction du sanatorium d'Aubrac qui s'achèverait prochainement, l'insuffisance des rémunérations proposées par les tribunaux aux médecins pour effectuer des vacations de légiste, les relations avec les hospices. Les échanges avaient été très courtois, comme à l'habitude, sous la conduite d'un président approchant la soixantaine, bedonnant, à la barbichette déjà blanche, au costume trois-pièces où l'on pouvait distinguer la chaîne en or de sa montre de gousset, à qui on reprochait souvent d'être trop arrangeant et débonnaire. Ces échanges s'étaient enflammés comme de l'étoupe lorsqu'il avait entrepris d'énumérer les agissements de guérisseurs et de charlatans dénoncés par des collègues de différents cantons de l'Aveyron à travers des courriers dont il avait donné lecture. Ces médecins qui habitaient à une trop grande distance de Rodez, dans la Montagne ou sur les abords du causse du Larzac, ne pouvaient participer à l'assemblée générale mais ils demandaient à la Société d'émettre à nouveau une protestation officielle contre ces pratiques « catastrophiques », qui suscitaient une concurrence déloyale mais abusaient également de la naïveté des familles.

Bertrand Miquels avait aussitôt réclamé la parole pour s'indigner qu'aucun tribunal ne cherche à poursuivre Pierrounet de Nasbinals, que les représentants de la République manifestent de l'indulgence à son encontre en discréditant les médecins dûment reconnus, que la Société n'entreprenne pas de procédure judiciaire comme si elle mésestimait son influence ou même le protégeait. Cette attaque et ses sous-entendus avaient provoqué de l'hostilité dans l'assistance qui se composait pour les deux tiers de praticiens qui avaient de la bouteille, occupaient souvent des fonctions électives et évitaient de brusquer les familles en respectant leurs opinions religieuses ou politiques, leurs traditions, même s'ils ne les approuvaient pas toujours. Un confrère du Lévézou avait rétorqué au docteur Miquels que la médecine ne s'apprenait pas seulement dans des amphithéâtres et des salles de dissection mais patiemment, semaine après semaine, auprès des malades. L'intéressé avait répliqué. Efflanqué et flottant dans son costume, la trentaine, les cheveux en bataille et la parole caustique, ce grand escogriffe paraissait un tantinet arrogant. « Un freluquet bouffi de suffisance et bourré de théories ! » en déduisit son confrère. Récemment installé dans la bourgade de Sauveterre qui rassemblait seulement quelques centaines d'habitants, il n'avait jamais participé à l'assemblée de la Société. Mais sa réputation de défenseur inconditionnel de la médecine moderne et de combattant de l'irrationnel était déjà parvenue jusqu'à Rodez où elle alimentait les conversations dans certaines coteries. Cet après-midi-là, il avait sollicité quelques jeunes médecins pour le soutenir et ces derniers, d'ordinaire paisibles, essayaient de justifier ses positions mais avec une effronterie déplaisant à certains confrères qui se demandaient comment parvenir à un compromis.

Exaspéré par leur insolence mais également par l'incapacité du docteur Jacques Bompard à imposer un minimum de sérénité dans des discussions qui étaient pourtant essentielles pour l'avenir de la profession, le secrétaire général abattit rageusement son poing sur la table. C'était un homme à poigne, redouté. On le pressentait déjà pour succéder à Jacques Bompard, qui avait l'intention de renoncer à ses fonctions dans deux ans. Déconcertés par son intervention et son autorité naturelle qui tranchait avec la mollesse du président, le docteur Bertrand Miquels et ses jeunes soutiens cessèrent soudain de débattre dans le désordre. Le silence retomba dans le salon. Le secrétaire général leur demanda alors de se rasseoir et au médecin de Sauveterre s'il avait un contentieux personnel avec le rebouteux de Nasbinals. Le docteur Miquels s'exprima calmement, soulignant que nombre d'habitants de Sauveterre, de Naucelle et des villages du Ségala effectuaient plusieurs journées de voyage pour rejoindre Nasbinals et le consulter, parmi lesquels Édouard Lavernhe, que la gangrène avait emporté après une intervention de Pierre Brioude. Il considérait qu'un exemple aussi tragique d'un exercice illégal de la médecine ne pouvait demeurer impuni et nécessitait des sanctions judiciaires. Puis il informa ses confrères que deux plaintes allaient être déposées : celle de la veuve et la sienne. Il paraissait logique, insista-t-il, que la Société s'associe à son initiative. Ses révélations ne déclenchèrent aucune opposition dans l'assemblée à l'inverse de sa première déclaration, enflammée et trop générale. D'emblée, s'il s'était expliqué de manière aussi précise, il n'aurait sûrement pas provoqué de l'animosité et une certaine incompréhension parmi ses confrères. Même le docteur Lambert qui s'était permis tout à l'heure de le moucher ne broncha pas. On signalait tellement peu de décès parmi les malades et les blessés qui fréquentaient les guérisseurs, rebouteux et charlatans, quoique la réalité fût sûrement différente, que cette affaire méritait bien l'attention de la Société. Elle disposait d'éléments irréfutables auxquels un procureur de la République et un juge d'instruction ne resteraient pas insensibles. Certes certains adhérents ne montrèrent pas d'enthousiasme devant la perspective d'entreprendre une procédure judiciaire, mais ils ne la contestèrent pas. Pour désamorcer les dernières crispations et pour que chacun puisse s'exprimer librement, le secrétaire général proposa de voter à bulletin secret, distribua des feuilles blanches puis transforma son chapeau en urne. Sous le contrôle du benjamin de l'assistance, en l'occurrence le docteur Miquels, le dépouillement démontra qu'il n'y avait pas d'opposants déclarés mais que certains confrères avaient déposé un bulletin blanc. Une majorité était, donc, favorable à cette procédure.

Depuis l'ouverture de ces discussions, un homme ne s'était pas manifesté mais il avait écouté attentivement tout en griffonnant sur son cahier d'écolier. C'était l'avocat de la Société. La cinquantaine, rondouillard, amateur de cigares et de bonne chère, les sourcils en broussaille, Hippolyte Maisonneuve ne manquait pas ce rendez-vous d'automne mais n'avait que rarement des occasions d'intervenir. Il se contentait d'habitude de dispenser ses conseils à des médecins en désaccord avec les présidents de tribunaux pour leurs vacations ou les directeurs des hospices. Certes il concédait que la loi du 30 novembre 1892 réglementant désormais la profession autorisait les syndicats de médecins à traduire des guérisseurs en justice et que tout exercice illégal de la médecine n'était plus sanctionné par une contravention, devenant passible d'amendes dont le montant était dissuasif et de peines correctionnelles parmi lesquelles de la prison ferme. Mais il s'empressa de prévenir l'assemblée que la procédure entraînerait forcément des dépenses pour la Société ainsi que pour le docteur Bertrand Miquels, mentionnant une première évaluation. Le trésorier répondit que la Société était en mesure de les honorer. Quant au médecin de Sauveterre, il précisa également qu'il pouvait les assumer. Toutefois, les jeunes praticiens insistèrent pour que la Société les prenne en charge. Il y eut une discussion, mais sans passion. Une majorité y étant favorable, le président trancha : la Société paierait. Les jeunes médecins applaudirent tandis que le docteur Bertrand Miquels remerciait ses collègues.

Le président proposa ensuite que la Société adresse à tous ses adhérents un courrier les informant du lancement de la procédure, les engageant également à communiquer au secrétaire général des témoignages sur des malades qui auraient consulté le rhabilleur de Nasbinals et qui s'en plaindraient. Le docteur Lambert, qui s'était opposé à son confrère de Sauveterre, souleva aussitôt une question de déontologie. Un médecin pouvait-il mentionner devant la justice le patronyme d'un malade sans qu'on l'accuse de ne pas respecter le secret professionnel ? Ce praticien avait toujours considéré que la confidentialité était fondamentale et qu'il importait aujourd'hui de la préserver. À nouveau, les discussions s'animèrent. Les opinions étaient partagées. Des médecins affirmaient qu'ils se montreraient catégoriques dans une pareille situation : ils ne divulgueraient rien ! À l'inverse, le docteur Miquels et de jeunes praticiens expliquaient qu'ils pourraient prévenir le procureur sans manquer à leur serment dès l'instant où l'entourage même du malade les informerait que ce dernier avait sollicité le rebouteux et qu'il en subissait les séquelles. « S'il est de notoriété dans sa famille ou auprès de ses voisins que le malade a bien consulté ce charlatan, nous pourrons le signaler à la justice sans éprouver le moindre scrupule ! proclama le médecin sauveterrat qui s'enflammait de nouveau. J'estime que c'est notre devoir. Personne ne pourra nous le reprocher… N'oublions pas que nous avons la mission de soigner les patients de notre mieux grâce à la médecine moderne. La véritable médecine… »

Ces discussions, le docteur Miquels et les jeunes praticiens les poursuivirent avec la même passion pendant le banquet tandis que leurs confrères débattirent de politique. Victor Ouvrier, leur collègue de Mur-de-Barrez, avait obtenu à nouveau la confiance des grands électeurs et s'apprêtait à retrouver son fauteuil au Sénat. Comme il occupait par ailleurs les fonctions de maire et de conseiller général de Mur-de-Barrez, il ne participait plus à l'assemblée générale de la Société depuis des années. Certains, à l'image du docteur Lambert qui le surnommait Tourne-Casaque ou Caméléon, le raillèrent pour son habileté à défendre des positions différentes en fonction de ses intérêts. Il avait décroché sa première élection au Sénat grâce aux suffrages républicains pour s'enferrer peu à peu dans des opinions conservatrices qui séduisaient maintenant un électorat de droite. Ils parlèrent également du docteur Bompaire, médecin-chef à l'hôpital de Millau, qui avait déjà annoncé son intention de se présenter aux municipales de 1904. Comment ces médecins organisaient-ils leurs journées pour honorer des obligations politiques prenantes tout en s'occupant des malades et en consacrant du temps à leur famille ? Pour le docteur Lambert, conseiller municipal dans sa commune du Lévézou, c'était un mystère. Ils parlèrent encore d'une question qui ne froissait personne : la chasse. Certains traquaient la bécasse ou le perdreau mais d'autres préféraient le lièvre. Ils émaillèrent leurs conversations d'anecdotes qui détendirent l'ambiance, prolongeant le banquet jusqu'à une heure avancée dans les volutes de cigare et le parfum des vieux alcools. Dans le même temps, regroupés à une extrémité de la table, les jeunes praticiens discutaient sans relâche de vaccinations, de tuberculose, de rhumatismes, des matrones qui mettaient en danger les jeunes mères et leurs nouveau-nés par le manque d'hygiène. Comme ils ne se rencontraient pas souvent, ils quittèrent le restaurant les derniers à l'invitation insistante du maître d'hôtel et gagnèrent alors les étages. À l'exception des Ruthénois, les participants avaient réservé une chambre dans l'établissement.

Le lendemain, ils s'étaient à nouveau rassemblés dans la salle à manger pour partager leur petit déjeuner avant de se séparer et de reprendre le chemin de leurs cabinets en diligence ou avec l'express. Le docteur Lambert les rejoignit pour les convaincre d'assouplir leur intransigeance à l'égard de la médecine populaire. La cinquantaine bien avancée, débordant d'humour, se montrant souvent conciliant mais sans renoncer à ses principes, il sillonnait à longueur d'année les plateaux du Lévézou balayés par les vents, la pluie et la neige, même si leur altitude était moins élevée que les grandes étendues herbeuses de l'Aubrac. Il expliqua à ses confrères que la médecine officielle n'était toujours pas en mesure, malgré les progrès réalisés depuis qu'il avait obtenu ses diplômes, de proposer aux malades la guérison de certaines affections. Lesquelles ? protestèrent-ils alors, sceptiques. Le docteur Lambert esquissa un sourire et les regarda avec quelque étonnement avant de leur demander avec insistance s'ils connaissaient des remèdes efficaces contre les brûlures et les maladies de la peau comme les zonas, l'eczéma ou les dartres. Ils répondirent aussitôt, avec la même unanimité et sans se démonter, en mentionnant quelques pommades et onguents préparés par les pharmaciens et qu'ils prescrivaient dans une pareille situation. Ces préparations avaient-elles vraiment montré leur efficacité ? rétorqua le docteur Lambert. Ils hésitèrent à l'affirmer mais ils se justifièrent en soulignant que les pharmaciens ne pouvaient pas leur proposer mieux, y compris les meilleurs de Toulouse, Montpellier, Bordeaux, Clermont, Lyon, même Paris. Nouveau sourire de Victorin Lambert. Il avait bien compris qu'ils n'étaient pas satisfaits des onguents des pharmaciens, pas plus que leurs patients, mais qu'ils ne voudraient pas le concéder. Sans les brusquer, il prétendit qu'une guérison de ces affections était possible sans médicament grâce à l'intervention d'un coupeur de feu et qu'il l'avait déjà constaté à maintes reprises depuis son installation. Les jeunes ricanèrent et deux d'entre eux le traitèrent d'arriéré. Il ne répliqua point, ignorant leurs railleries, mais il leur raconta qu'il conseillait depuis vingt-cinq ans à ses malades souffrant de dartres, de zonas et d'eczéma de consulter un coupeur de feu. Ils n'étaient jamais en peine d'en trouver : il y en avait dans chaque village ou presque. Et les malades le remerciaient ensuite, devant des résultats étonnants. Il considérait que ces pratiques ne relevaient pas de la sorcellerie mais s'appuyaient sur des dons que possédaient des hommes ou des femmes ordinaires et qui avaient démontré leur pertinence depuis des siècles. Ces coupeurs de feu n'étaient pas des suppôts de Satan, comme certains les en accusaient. Ils n'envoûtaient pas ! Leurs pouvoirs étaient bénéfiques, allégeant la souffrance. Le docteur Lambert martela ses paroles, se montrant persuasif pour essayer d'infléchir leurs préjugés. Ignoraient-ils que les souverains du royaume de France guérissaient les écrouelles à l'occasion de leur sacre par une simple imposition des mains ? Ses confrères ricanèrent en l'écoutant. Les pouvoirs thaumaturgiques ? Quelle foutaise ! rétorqua le docteur Miquels. Il expliqua que c'était autrefois une invention de l'Église de Rome et de la noblesse pour légitimer la monarchie en France. C'était aujourd'hui une croyance des conservateurs qui s'appliquaient à manipuler la population des campagnes mais que les républicains avaient désormais la mission de combattre en diffusant le progrès. Depuis une dizaine d'années, la République semblait consolidée après les tentatives avortées du général Boulanger d'imposer un gouvernement autoritaire ainsi que des légitimistes de restaurer la monarchie. Les jeunes médecins ne comprenaient pas pourquoi leur confrère du Lévézou ne défendait pas comme eux la science et se fourvoyait à soutenir des pratiques qu'ils condamnaient. Ils en concluaient qu'il était un réactionnaire. L'intéressé s'indigna ! Ils le connaissaient bien mal pour s'autoriser ce jugement primaire. Républicain, il l'était devenu sous Napoléon III au moment où il avait commencé sa médecine à Toulouse. Depuis, il l'était demeuré malgré les soubresauts de l'Histoire. Mais il n'avait peut-être pas la même conception qu'eux de la République ni de la médecine… Il s'exprima assez fermement, déterminé à défendre sa réputation.

Leur discussion promettant de s'envenimer, les jeunes médecins l'écourtèrent. Sans délaisser la passion du progrès qui les animait, ils parlèrent des tramways qui circulaient depuis l'été 1902 entre le centre-ville et la gare. Une ligne à voie métrique avait été construite avec une desserte du quartier du Faubourg et des boulevards puis un terminus au palais de justice. Un Ruthénois, le docteur Vergnes, la leur présenta avec une quantité de précisions qui abasourdit son confrère du Lévézou. Il détailla son alimentation en courant continu par une centrale thermique aménagée à proximité des bâtiments de la compagnie du Midi et qui consommait le charbon des mines de Cransac. L'équipement d'origine comportait cinq motrices pour les voyageurs et cinq pour les marchandises. Victorin Lambert l'écouta avec une grande attention puis l'accabla de questions auxquelles il s'attacha à répondre avec une facilité qui l'abasourdit. Cet homme aurait pu certainement devenir ingénieur ! en déduisit-il en oubliant leurs différends sur la médecine. Le docteur Lambert s'intéressait à la technique bien plus que l'imaginaient ses confrères, entre autres à la mécanique. Il comptait acheter une voiture dès qu'il le pourrait pour se déplacer plus aisément et gagner du temps pour les visites. Après les tramways, l'automobile alimenta donc la conversation au point qu'ils se séparèrent seulement dans le courant de la matinée. Certains d'entre eux, comme le docteur Lambert, se dirigèrent vers le terminus des diligences. À l'image du docteur Bertrand Miquels, d'autres rejoignirent avec le tramway les bâtiments d'exploitation de la compagnie du Midi pour reprendre un express. S'ils se saluèrent cordialement, Victorin Lambert était bien conscient qu'il n'était point parvenu à infléchir les positions de ses confrères, aveuglés par leur détermination à imposer des changements de mentalité auprès de familles qui détestaient qu'on cherchât à bousculer leurs habitudes et à contester leurs croyances. Il le regrettait.

Il remâchait toujours leur discussion quand la diligence l'emporta dans la direction de La Roquette, ressentant de l'amertume devant l'incompréhension qui persistait entre lui et le docteur Bertrand Miquels et ses jeunes collègues alors qu'il aurait été heureux de les retrouver de nouveau, de correspondre avec eux, les conseiller, partager ses observations et son expérience. En revanche, dans l'express qui le conduisait à Naucelle d'où il regagnerait Sauveterre en diligence, le docteur Miquels éprouvait la profonde satisfaction d'avoir arraché à la Société de secours mutuel le principe d'engager une procédure judiciaire à l'encontre du rebouteux de Nasbinals. Il considérait que Pierrounet bénéficiait de l'impunité depuis trop longtemps. Mais la bataille avait été rugueuse. Il s'y attendait depuis sa rencontre avec le secrétaire général en septembre. Bertrand Miquels avait sollicité un rendez-vous auprès de ce médecin ruthénois pour l'informer, au préalable, de ses intentions et connaître l'opinion de ses confrères, trop nouveau dans l'Aveyron et dans la profession pour s'engager à l'aveuglette. Il avait débarqué à Sauveterre à l'automne 1900, avec sa femme et leurs enfants, à l'invitation insistante d'un pharmacien albigeois qui y possédait une exploitation agricole. Ce camarade de promotion de son père considérait que la bourgade méritait bien de disposer des services d'un médecin. Certes la bastide n'était qu'un chef-lieu de canton, éloigné de la nationale de Rodez à Toulouse et méprisé par le chemin de fer qui n'avait point souhaité la desservir, mais il avait affirmé à Bertrand que l'ouverture d'un cabinet y serait appréciée. Le plus proche médecin se trouvait à Naucelle, séparé de Sauveterre par un chemin malaisé de six kilomètres, le ruisseau du Lézert et une vallée encaissée mais, surtout, de vieilles rivalités qui empoisonnaient depuis plusieurs générations les relations entre les habitants des deux bourgs. Les Ponts et Chaussées les avaient exacerbées, favorisant Naucelle pour dessiner l'itinéraire définitif de la voie ferrée qui avait été récemment construite entre Rodez et Carmaux. Pour ces multiples raisons, les Sauveterrats qui voulaient consulter un médecin rechignaient à solliciter le docteur Amans, de Naucelle, ou même à se déplacer jusqu'à son cabinet. L'apothicaire albigeois avait expliqué à Bertrand Miquels que cette situation était favorable à son installation, promettant de le présenter à de vieilles familles et à diverses relations. Il avait emporté la décision du jeune homme qui avait été embauché dans l'un des hôpitaux de Toulouse après l'obtention de son diplôme. Il avait abandonné Toulouse où il avait effectué ses études et où ses parents résidaient pour déménager à Sauveterre-de-Rouergue, malgré les réticences de sa femme que leur expatriation dans les campagnes de l'Aveyron n'emballait pas. Depuis qu'elle l'avait épousé, Viviane avait compris qu'il s'attachait à accomplir au quotidien une mission : s'occuper de son mieux des malades et les éduquer. Elle avait compris encore que la médecine était un sacerdoce et qu'il consentirait beaucoup de sacrifices pour pouvoir l'exercer le mieux possible. Ils en avaient discuté avant leur mariage. Elle ne l'ignorait donc pas au moment de l'épouser et ses sentiments l'avaient finalement emporté sur la crainte de ne pouvoir supporter longtemps cette situation. Elle le soutenait à sa manière, avec dévouement, obstination et même admiration, bien consciente de ses responsabilités de médecin, de son manque d'expérience et de sa solitude devant les patients dans cette localité où tous deux ressentaient l'isolement.

Pendant que les pâturages, les landes, les châtaigneraies et les champs défilaient derrière la fenêtre de son wagon, dans la grisaille de cette journée d'octobre, lugubre et fraîche, Bertrand mesurait sa chance. Il pouvait compter sur sa femme quoi qu'il advienne. Certes elle contestait souvent son intransigeance, mais elle ne se plaignait jamais, malgré le déchirement provoqué par la séparation d'avec ses parents, ses anciennes camarades de l'institution publique qu'elle avait fréquentée et Toulouse où elle avait grandi. De l'absence de sa famille, elle avait souffert pendant les deux premières années de leur installation. Sauveterre était au diable. Elle ne pouvait alors les retrouver facilement. C'était une aventure, surtout avec les enfants. Grâce au passage à Naucelle de l'express Rodez-Toulouse, elle pouvait désormais les rejoindre sans difficulté puisqu'un service de voiture avait été instauré entre Sauveterre et la station de Naucelle pour les usagers du train. Elle emmenait leurs enfants à intervalles réguliers à Toulouse où elle séjournait deux semaines à chacun de ses voyages. Il s'en félicitait, constatant qu'elle était plus détendue et devenait même souriante.

En cette journée d'octobre, il se réjouissait également d'accueillir un confrère qui préparait son installation à La Baraque de Fraysse, hameau des hauts plateaux du Ségala. Antoine Fraysse assisterait aux consultations dans son cabinet puis l'accompagnerait dans les familles. Bertrand l'avait rencontré à la faculté de médecine lorsque le jeune étudiant avait débarqué de Rodez après l'obtention de son baccalauréat, au moment où lui-même effectuait sa quatrième année. Dès les premières semaines, il avait remarqué que ses camarades de promotion le délaissaient ; il s'était rapidement rapproché de cet étudiant esseulé et timide qui se réfugiait près d'un grand pilier où il paraissait remâcher ses pensées pendant la demi-heure de relâche que les professeurs accordaient au milieu de la matinée et de l'après-midi. Antoine Fraysse avait alors confessé qu'il était déconcerté par l'enseignement si différent de ce qu'il avait imaginé mais, surtout, par Toulouse qui l'effrayait. Il y affrontait la solitude et se demandait s'il n'abandonnerait pas ses études pour retourner dans l'Aveyron et travailler dans le commerce familial de Rodez qui employait une dizaine de personnes. Pourtant, il se passionnait pour la médecine depuis son enfance, au point que ses parents avaient consenti à ce qu'il devienne médecin comme il le désirait et ne leur succède pas. Bertrand avait encouragé Antoine à persévérer, l'épaulant dans ses exercices et ses révisions, expliquant les chapitres les plus difficiles qu'il n'avait pas assimilés. Il avait même demandé à ses parents s'il pouvait déjeuner avec eux le dimanche pour qu'il puisse rompre sa solitude. Antoine Fraysse s'était accroché. Il n'avait ni capitulé ni redoublé. Dès qu'il avait obtenu le diplôme, Bertrand Miquels l'avait présenté à l'un des médecins-chefs de La Grave, qui l'avait engagé. Antoine travaillant toujours à Toulouse et Bertrand exerçant dans le Ségala s'écrivaient souvent, échangeant des conseils médicaux et des informations.

Le docteur Miquels avait accueilli la nouvelle de son installation à La Baraque de Fraysse avec satisfaction mais étonnement. Pourquoi décidait-il de s'établir dans ce hameau qui regroupait une dizaine de maisons seulement sur ce plateau à la rudesse presque légendaire où sévissaient le brouillard, la froidure, parfois même les congères pendant la période hivernale ? Pourquoi ne choisissait-il pas la préfecture de l'Aveyron, plus avenante et à la patientèle plus nombreuse ? Le docteur Antoine Fraysse s'en était expliqué dans une lettre. Son ancêtre, Baptistin Fraysse, était le fondateur de La Baraque de Fraysse. Au carrefour de deux nationales qui menaient pour la première de Toulouse à Lyon par Rodez et pour la seconde de Montauban à Montpellier, il avait construit une « baraque » où les diligences s'arrêtaient, les cochers changeaient de chevaux, les voyageurs mangeaient et dormaient. Dans les années 1880-1890, tandis que quelques propriétaires défrichaient les landes à genêts, ses descendants avaient complété ces services en proposant des semences, des engrais, de la chaux. Des négociants en vins et en outillage agricole s'y étaient implantés dès l'annonce de l'ouverture des travaux de la ligne de chemin de fer, puis une pharmacie et de nouvelles auberges puisque la localité organisait des marchés aux bestiaux. Son grand-oncle, Félicien Fraysse, toujours présent à La Baraque de Fraysse même si ses enfants le secondaient pour ses affaires, l'avait convaincu d'y ouvrir un cabinet avant qu'un confrère ne s'installe ; il était persuadé que ce hameau était appelé à s'étendre. Il comptait présenter Antoine à sa clientèle et l'emmener dans ses tournées. Les Fraysse avaient leur réseau de relations à travers les campagnes du Ségala, dont Bertrand avait l'intention de bénéficier pour rencontrer des « éclopés » qui auraient été manipulés par le rebouteux de Nasbinals et en souffraient toujours, rassembler des témoignages. Le docteur Miquels était conscient de ses handicaps. Il n'avait pas d'attaches familiales dans le Ségala. Il ne comprenait pas la langue familière que les habitants employaient au quotidien. Certes elle était mâtinée de français et d'occitan, comme dans les quartiers populaires de Toulouse, mais très différente au point de le déconcerter. On le considérait comme un étranger. Même s'il était Ruthénois, Antoine Fraysse appartenait à une famille du Ségala, connaissait les traditions et la langue. Bertrand avait bien réfléchi : il était le seul confrère sur lequel il pouvait s'appuyer. Il rechignait à solliciter le médecin de Naucelle, soucieux de ne pas le placer dans l'embarras tellement les crispations persistaient entre la population des deux communes. Il hésitait par ailleurs à s'adresser au docteur Paulin Cannac, propriétaire d'un grand domaine, qui partageait ses opinions politiques mais ménageait son électorat puisqu'il occupait les fonctions de premier magistrat de sa commune de Quins et de conseiller général de Naucelle. Quand l'express s'arrêta à la station de Carcenac-Peyralès, aménagée à quelques centaines de mètres de La Baraque de Fraysse, et qu'il reconnut son camarade Antoine près du charreton à bagages, Bertrand Miquels éprouva comme un indicible bonheur après les discussions animées qui avaient émaillé l'assemblée de la Société de secours mutuel. Sur le charlatanisme et les guérisseurs, ils avaient déjà échangé par courrier et Bertrand Miquels avait compris qu'ils avaient peu ou prou la même position. Un combat les attendait. Ils le livreraient ensemble.

6

Le docteur Miquels n'avait jamais ressenti une telle exaltation en rejoignant son domicile sauveterrat, son épouse et leurs enfants. Il rayonnait en compagnie d'Antoine Fraysse, au physique si différent qu'on aurait pu les surnommer Don Quichotte et Sancho Pança. Le descendant du négociant Fraysse était courtaud, ses bourrelets ne manquaient pas de distendre les coutures de ses vêtements mais il s'en moquait. Il avait le visage rougeaud tandis que son camarade l'avait émacié et même osseux. Tous deux arrivèrent à Sauveterre dans le courant de l'après-midi après une heure et demie de voiture depuis la station de Naucelle. Une première désillusion attendait le docteur Miquels quand son confrère découvrit que ses deux fillettes de trois et cinq ans souffraient d'eczéma. Il paraissait difficile de ne pas le remarquer. Sur le front de chacune d'entre elles, les lésions écarlates formaient une croûte. Aussitôt, Antoine Fraysse demanda à Bertrand pourquoi il n'avait pas sollicité un guérisseur. L'intéressé le foudroya du regard avant de répliquer sèchement : « Mes fillettes chez un charlatan ? Jamais ! » Ils venaient de retrouver les enfants et Viviane dans la salle à manger du premier qui baignait dans une douce chaleur. Tout en se débarrassant de son manteau et de son chapeau, Antoine rétorqua à son camarade que les guérisseurs se montraient plus efficaces que les médecins pour soigner les dartres et les eczémas, en employant les mêmes arguments que le docteur Victorin Lambert à Rodez. Chargée de ses vêtements qu'elle avait l'intention d'accrocher au perroquet du palier, Viviane triomphait en l'écoutant. Elle le rabâchait à son époux depuis des semaines mais il s'enferrait dans son rationalisme qui rejetait les guérisseurs, leur préférant les pommades du pharmacien qui ne produisaient aucun résultat. Pourtant, Sauveterre disposait d'un homme qui guérissait les eczémas, les dartres, les zonas. C'était le sacristain et sonneur de cloches de la paroisse, qui habitait à deux cents mètres de leur domicile. Viviane avait eu souvent la tentation d'y conduire les deux fillettes. Mais elle y avait renoncé, à regret, pour ne pas s'attirer les foudres de Bertrand. Les paroles d'Antoine la ragaillardirent et ses prunelles – couleur noisette – s'illuminèrent en s'animant de l'espoir que Bertrand changerait peut-être d'avis. Élancée, coquette, les cheveux châtains ramassés en chignon et le visage de porcelaine, elle avait une apparence réservée mais elle défendait âprement ses opinions même si son époux ne les partageait pas forcément et s'il emportait toujours les décisions. Bertrand n'interrompit pas Antoine dans ses explications. Mais dès qu'il termina, il le dévisagea durement avant de manifester sa déception. « Ressaisis-toi Antoine ! répondit-il. Tu me rappelles le docteur Lambert et son prêchi-prêcha de ce matin ! Nous n'arriverons jamais à éradiquer le charlatanisme et à imposer la médecine moderne si de jeunes confrères, comme toi, louvoient et manquent de fermeté. » Antoine ne répliqua pas mais n'avait pas l'intention de modifier ses positions sur la question. Il ne considérait pas les guérisseurs d'affections de la peau comme des charlatans, les distinguant des rebouteux qui réduisaient les fractures ouvertes, à l'image de Pierrounet.

Quelques minutes de silence s'écoulèrent et on n'entendit plus que le balancier de l'horloge. La maîtresse de maison et les fillettes en profitèrent pour s'éclipser tandis qu'Antoine se dirigeait vers une fenêtre pour regarder les canards s'ébattre dans les eaux sombres d'une grande mare proche de l'enceinte médiévale puis un attelage de bœufs circulant sur l'esplanade de La Murette. Il interrogea alors Bertrand sur la manière dont il organisait ses journées, les familles qui fréquentaient son cabinet, les maladies les plus courantes pour lesquelles on le consultait, les accouchements et ses déplacements dans la campagne. Le docteur Miquels répondit avec son amabilité retrouvée, comme s'il n'y avait jamais eu de différend entre eux, et des précisions qu'Antoine apprécia, conscient que la médecine de campagne était différente de la médecine hospitalière à laquelle il s'était habitué à Toulouse. Dès que l'obscurité envahit la salle à manger, Bertrand alluma une lampe à essence et ils continuèrent la conversation autour d'un verre de vin de noix. Ils échangèrent alors des souvenirs sur leurs anciens professeurs, des camarades, leurs plaisanteries après les dissections, les monômes de carabins dans les quartiers de Toulouse. Ils ne s'interrompirent pas au moment où la cuisinière dressa le couvert. Dès son installation à Sauveterre, le ménage Miquels avait engagé une jeune femme de la bastide pour s'occuper de la cuisine, du ménage et de la lessive comme lorsqu'il habitait à Toulouse. Même si sa patientèle était modeste, Bertrand ne souhaitait pas que sa femme assume des tâches ménagères et préférait qu'elle se consacre à leurs enfants. Tous deux originaires de familles bourgeoises, ils pouvaient se le permettre.

Dès le lendemain, Antoine l'accompagna dans des familles de la bourgade où Bertrand soignait des personnes âgées souffrant de maladies chroniques ou cardiaques, d'une insuffisance pulmonaire, nécessitant une surveillance régulière. Ces malades appartenaient à de vieilles lignées qui avaient compté des avocats et des notaires à l'époque de la monarchie quand la localité était un chef-lieu de bailliage, des magistrats sous la Révolution lorsqu'elle était l'un des neuf chefs-lieux de district de l'Aveyron. Possédant des immeubles à l'extérieur de la bastide, des placements financiers et parfois des exploitations agricoles, ils constituaient une patientèle précieuse pour un médecin, ne contestant pas les diagnostics ni les remèdes, n'hésitant pas à le solliciter pour des broutilles et ne rechignant pas à débourser. Mieux ! Certains d'entre eux l'invitaient avec Viviane à participer à des déjeuners réunissant les notables de la bastide. La situation était différente pour les habitants de condition modeste qui l'appelaient en urgence ou à la dernière extrémité quand un malade était condamné ou quasiment, parfois mourant, ne pouvant pas toujours s'acquitter des honoraires. Ce matin-là, Bertrand présenta Antoine et constata sans étonnement que la réputation des Fraysse était bien ancrée à Sauveterre. L'après-midi, ils poussèrent jusqu'à La Garinie rencontrer Euphrasie Lavernhe, qui recherchait depuis la disparition de son époux des hommes et des femmes qui avaient été manipulés par le rebouteux de Nasbinals et à jamais estropiés. Pour le docteur Miquels, elle représentait l'élément principal de la procédure. Ils s'y rendirent à pied. Bertrand n'avait pas de voiture à cheval ni à moteur. Il n'effectuait, dans la campagne, que quelques consultations régulières pour lesquelles il empruntait une jardinière. Pour les urgences, les habitants des hameaux accouraient avec un attelage pour le conduire jusqu'au chevet du malade et le ramener ensuite à Sauveterre.

Deux kilomètres séparaient Sauveterre de La Garinie. Comme la température était agréable et le soleil de nouveau généreux, ils apprécièrent la promenade et continuèrent leur discussion entamée pendant le déjeuner sur les vieilles familles de la bastide, la parenté du navigateur Lapérouse avec l'une d'entre elles. Dès leur arrivée à La Garinie, des corniauds au pelage jaune et aux dents acérées les dissuadèrent de pénétrer dans l'enceinte du domaine qui regroupait l'habitation et les bâtiments d'exploitation. On ne pouvait y accéder que par un porche. Les médecins ne le franchirent pas, attendirent que quelqu'un se manifeste. Les aboiements persistant, la porte de la maison s'ouvrit. Une femme ordonna aux bâtards de dégager et ils décampèrent sans traînailler en direction d'une remise. Elle était grande, maigre et habillée de noir. Bertrand reconnut dans l'instant Euphrasie Lavernhe, qui bredouilla quelques excuses pour l'accueil peu chaleureux. Les deux hommes traversèrent la cour fangeuse et contournèrent la fumière que les volailles perchées sur son sommet fouillaient activement, puis montèrent l'escalier aux larges marches de pierre. Ils rejoignirent alors la veuve d'Édouard, toujours campée devant la porte, qui les précéda à l'intérieur. La salle commune était déserte. Les hommes se trouvaient dans les champs à cette heure, surveillant les troupeaux et procédant aux dernières récoltes. De la souillarde parvenaient des chuchotements et des rires étouffés. Les deux hommes s'attablèrent, à l'invitation d'Euphrasie qui demeura debout, les bras croisés. Bertrand Miquels l'informa de la décision de la Société de secours mutuel d'entamer une procédure judiciaire à l'encontre de Pierrounet, confirmant qu'il déposerait également une plainte à la gendarmerie comme il s'y était engagé. Son visage creusé, sillonné de ridules, buriné par le soleil, s'éclaira faiblement. La douleur, le chagrin la rongeaient toujours. Elle ne décolérait pas après le rebouteux mais essayait de ne pas le montrer. La manière dont elle s'exprimait, ses mâchoires crispées, la trahissaient. Certes elle était satisfaite que le syndicat des médecins dénonce aussi les agissements de Pierrounet devant la justice mais elle reconnaissait avec amertume que ses premières recherches étaient décevantes. À l'occasion du marché aux bestiaux de Sauveterre, fréquenté par des éleveurs installés à une douzaine ou même une quinzaine de kilomètres alentour, elle avait rencontré des relations d'Édouard et des parents de leurs deux familles. Personne ne l'avait renseignée, ou de manière trop évasive, alors que certains d'entre eux avaient évoqué le rebouteux de Nasbinals en sa présence dans la grande salle du domaine devant Édouard, mentionnant même l'identité de quelques paysans du Naucellois qui l'avaient consulté mais qu'elle n'avait pas retenue. Elle n'imaginait pas, alors, qu'Édouard pourrait en être la victime. Elle redoutait, aujourd'hui, que les gendarmes ne parviennent pas à rassembler assez de preuves et que le rhabilleur de l'Aubrac bénéficie de la clémence des tribunaux. Toutefois, elle continuerait ses recherches et réclamerait réparation même si elle ne pourrait pas assumer les dépenses d'un avocat pour la défendre ni même se déplacer à Marvejols pour assister à l'audience. Elle adresserait un courrier au juge d'instruction pour raconter l'accident d'Édouard, son voyage à Nasbinals, l'aggravation de sa blessure et la gangrène, la pourriture, l'horrible puanteur baignant leur chambre et même la maison, les délires de son époux et l'agonie. Contrariée et nerveuse, le revoyant dans la chambre après son dernier souffle, refoulant ses larmes, Euphrasie tortillait un torchon entre ses mains noueuses. La révolte bouillait en elle.

Cette supplique, nous l'écrirons ensemble si vous le souhaitez, proposa le docteur Miquels. Elle accepta dans l'instant. Il mènerait sa propre enquête auprès des familles de ses malades et, au-delà, dans les villages du Ségala. Son camarade Antoine l'aiderait. Elle connaissait certainement, de réputation, les négociants Fraysse de La Baraque. Elle le confirma. Antoine était l'un de leurs parents et il s'apprêtait à s'installer à La Baraque. Bertrand pouvait compter sur sa collaboration. Antoine Fraysse ne démentit pas mais ne répondit pas. L'obstination de son camarade à éradiquer les guérisseurs, les rebouteux, les charlatans l'embarrassait. Il la jugeait excessive. Tandis que Bertrand s'exprimait, il regarda fixement les deux billots de châtaignier qui se consumaient dans la cheminée et la faiblesse des flammes, les deux chattes qui ronronnaient devant les braises. Pourquoi s'acharner après un paisible vieillard de soixante et onze ans et ne pas s'attaquer aux véritables charlatans qui trompaient la crédulité des malades avec des publicités mensongères dans les journaux et des boniments sur les marchés, promettant des guérisons avec leurs médicaments miraculeux ? Il les avait observés à plusieurs reprises dans les quartiers du Capitole et d'Esquirol à Toulouse, convaincu qu'ils étaient plus dangereux que le rebouteux de Nasbinals et les guérisseurs des villages.

Bertrand s'adressait toujours à Euphrasie. Il insisterait auprès de ses confrères de l'arrondissement d'Espalion pour qu'ils recueillent des témoignages contre Pierrounet, comme le secrétaire général de la Société de secours mutuel prévoyait de les y engager. N'étaient-ils pas les plus proches de l'Aubrac lozérien ? Il était persuadé que des familles d'Espalion, de Laguiole, Saint-Chély, Saint-Côme-d'Olt et Saint-Geniez consultaient le rebouteux de Nasbinals. Le docteur Capoulade, d'Espalion, ne s'en plaignait-il pas ? Euphrasie pourrait également compter sur le propriétaire de La Garinie pour rapporter aux gendarmes et à la justice la manière dont procédait Pierrounet pour les réductions de fractures. Elle l'interrompit aussitôt. Auguste Desmazes l'avait prévenu : il n'accablerait pas Pierrounet devant le président du tribunal et il pourrait confirmer si c'était nécessaire que le rhabilleur avait conseillé à Édouard de consulter un médecin dès qu'il rentrerait à Sauveterre mais que l'intéressé s'y était opposé, en réfractaire de la médecine. Fréquentant régulièrement les marchés aux bestiaux de Nasbinals, il n'entendait pas provoquer l'animosité des habitants de cette localité de l'Aubrac, ni des aubergistes, ni des marchands, ni des éleveurs dont la majorité soutenaient le rebouteux. Qu'y pouvait-elle ? Euphrasie comprenait sa position, même si elle ne l'approuvait pas mais elle ne la contestait pas, tellement elle était redevable à son employeur. Auguste Desmazes avait accepté de la conserver parmi le personnel du domaine comme « première » – la première des femmes –, y compris dès qu'il aurait embauché des nouveaux régisseurs. Elle était sensible à cette faveur après vingt-cinq années de service. Ses cinq enfants travaillaient à l'extérieur de l'exploitation. Elle pouvait rechercher un emploi ailleurs mais ne le souhaitait pas, attachée à La Garinie où elle avait des habitudes et des souvenirs heureux comme la naissance des cinq enfants, ou malheureux comme l'agonie de son époux. Elle se sentait chez elle dans cette maison, ces champs, ces pâturages, ces landes et ces bosquets qu'elle avait souvent arpentés. Aussi, elle n'obligerait pas Auguste Desmazes à témoigner.

On ne repartait jamais de La Garinie sans trinquer, même sur le pouce. C'était une tradition. Même lorsqu'il s'occupait d'Édouard, le docteur Miquels l'avait respectée pour ne pas froisser les Lavernhe. La piquette du domaine torturait les boyaux. Qu'importe ! C'était le passage imposé pour décrocher la confiance de certaines familles. Bertrand l'avait bien compris dès son installation et il s'y soumettait, à contrecœur, surmontant ses réticences. Euphrasie exhumait des entrailles de l'un des placards muraux une bouteille de rouge et des verres culottés lorsqu'ils entendirent les aboiements des corniauds. Elle se précipita à l'une des fenêtres qui donnaient sur la cour pour constater qu'un homme attendait sous le porche puis elle disparut pour le recevoir. L'instant d'après, elle les informa qu'on demandait un médecin à Rebintin pour une urgence. Ils quittèrent le domaine sur-le-champ, promettant de revenir pour qu'ils rédigent le courrier destiné au juge d'instruction.

Avec sa jument et sa jardinière, l'homme les conduisit d'abord à Sauveterre pour que le docteur Miquels puisse prendre sa sacoche puis à Rebintin. La lumière baissait, la fraîcheur tombait peu à peu. Ils arrivèrent dans le hameau après le coucher du soleil, au moment où hommes et femmes s'occupaient des bestiaux dans les étables, les bergeries et les porcheries. Leur voiturier les emmena jusqu'à la dernière maison mais ne descendit pas de son siège. Il se contenta de soulever poliment son chapeau, marmonna quelques paroles et s'empressa de rebrousser chemin. Les deux médecins affrontèrent à nouveau des corniauds hargneux qui alertèrent les occupants de la demeure. Le maître de maison accourut aussitôt, les remercia de s'être déplacés et les précéda dans la cuisine qui baignait dans une demi-pénombre. « C'est ici ! » souffla-t-il. Bertrand réclama aussitôt de la lumière. Étienne Viarouge alluma deux lampes à huile qui ne tardèrent pas à dégager une forte odeur de chou. À ce moment-là, les deux médecins découvrirent dans une alcôve la présence d'une femme qui gémissait, entourée de deux plus âgées qui jacassaient comme des pintades. La cuisine empestait le fumier de vache et la pourriture. Le parquet était gluant. Des paquets d'oignons et d'aulx pendaient aux poutres noircies par la fumée. Des toiles d'araignées épaisses et anciennes tapissaient les encoignures. Trois poules, un chien, deux chats allaient et venaient dans cette « tanière », comme le docteur Miquels surnommait les habitations aussi misérables et crasseuses dans lesquelles il s'était déjà déplacé. La plus âgée des deux femmes qui encadraient la malade, sa belle-mère, sa mère ou une voisine, leur indiqua que l'accouchement avait commencé en début d'après-midi mais que la délivrance ne survenait toujours pas. Pour la provoquer, elle avait appliqué un cataplasme de bouse de vache sur l'abdomen de la parturiente. De la bouse de vache ? Les deux hommes étaient horrifiés. Depuis son installation, Bertrand Miquels n'avait jamais rencontré une pareille situation. Il demanda aux deux matrones d'enlever la bouse, de changer la chemise de la jeune femme et les draps, de préparer une provision de torchons propres, de remplir un grand chaudron d'eau et de le mettre à chauffer. Elles s'exécutèrent sans enthousiasme en grommelant et en échangeant des paroles incompréhensibles mais que les médecins imaginèrent peu aimables à leur encontre. Ils demandèrent encore le balayage du parquet qui était jonché de détritus, l'expulsion des poules, des chats et du chien. Quant à Antoine Fraysse, il réclama des feuilles de menthe sèches, dont chaque famille possédait des réserves pour les infusions hivernales, et les répandit sur les braises pour chasser la puanteur.

L'une des femmes avait rechargé la cheminée mais avec trop de parcimonie. Antoine y ajouta deux billots puis surveilla le chaudron. Dès qu'il remarqua un frémissement à la surface de l'eau, s'aidant d'une lampe pour l'observer tellement la cuisine était sombre, il en remplit une jarre en grès et l'emmena dans l'alcôve. La parturiente marinait encore dans ses eaux et la bouse. Il retroussa sa chemise et entreprit une toilette complète comme il les avait apprises durant son internat. La pestilence était écœurante. Quand la jeune femme reposa dans une chemise et une literie propres, les deux médecins l'examinèrent. Son pouls battait faiblement. Elle avait de la fièvre et sombrait dans le délire. Ils se demandèrent si elle survivrait à cette épreuve et, avant de la délivrer, ils réclamèrent la présence de son époux pour connaître son opinion : préférait-il préserver son enfant ou sa femme ? Arrivant de la bergerie avec des sabots crottés, il répondit sans hésitation en mentionnant le prénom de son épouse. Les manches remontées, la chemise maculée de sang, transpirant comme s'ils charriaient des billots de chêne, Bertrand et Antoine se démenèrent près d'une heure autour de la jeune femme avant que l'enfant pousse son premier cri. La mère et le bébé étaient sauvés. Pour l'instant… Bertrand Miquels transmit ses instructions aux deux femmes, promettant de revenir le lendemain pour vérifier si elles les avaient observées, examiner la mère et l'enfant. Le père exultait ; il avait tellement redouté de les perdre l'une et l'autre. Les médecins étaient exténués mais soulagés. Pour les remercier, il leur proposa du fromage, de la saucisse et du pain rassis. Ils mangèrent avec appétit, debout, dans la cuisine obscure et lugubre où la mort rôdait toujours. Ils ne refusèrent pas l'affreuse piquette, la jugèrent même buvable tellement ils avaient le gosier sec. Le voiturier qui les avait convoyés depuis La Garinie les ramena à Sauveterre à la lumière d'une lune ronde, pleine et blanche. En chemin, Bertrand demanda à son camarade s'il comprenait pourquoi il combattait sans relâche médecine populaire et charlatanisme, pourquoi était nécessaire un jugement exemplaire à l'encontre des guérisseurs et des rhabilleurs pour empêcher que les anciennes pratiques – le lait ferré, l'eau-de-vie, l'urine de rat, le vin chaud, la bouse de vache – se perpétuent et convaincre la population d'accepter la médecine moderne. Après ce qu'il avait découvert avec effarement dans cette maison et qu'il n'aurait pas imaginé, Antoine Fraysse ne pouvait pas contester ses arguments. Il redoutait, cependant, qu'il se trompe de combat avec Pierrounet et il considérait comme une stupidité de ne pas solliciter les guérisseurs lorsque la médecine était incapable de soulager. Ce raisonnement pragmatique, Bertrand Miquels ne pouvait l'entendre. Son camarade le regrettait.

7

Toujours pas de courrier officiel et Pierrounet s'en félicitait. Tous les matins, depuis l'automne, son épouse surveillait avec angoisse le passage du facteur. Y avait-il une convocation des gendarmes, du juge d'instruction ? Dès qu'il la rejoignait dans la cuisine après une matinée consacrée à ses blessés, la même question revenait et le rebouteux était soulagé d'entendre la même réponse négative. Les journées et les semaines s'enchaînèrent sans que personne ne se manifeste. Ni les gendarmes de Nasbinals, ni le juge d'instruction. Il n'était le destinataire que de messages de remerciements et il s'en réjouissait. Il se demandait si le médecin de Sauveterre et l'épouse d'Édouard Lavernhe n'auraient pas renoncé à le poursuivre. C'était l'hypothèse que le docteur Morange persistait à défendre dès qu'ils se rencontraient et évoquaient l'affaire. Les procédures entraînaient des tracasseries administratives, des dépenses, des déplacements au tribunal. Nombre de plaignants y réfléchissaient mûrement avant de persister dans leurs intentions. Pourtant, le rebouteux n'était pas pleinement rassuré.

Les fêtes de Noël passèrent et janvier survint avec son cortège de journées hivernales qui ne surprenaient personne. Les habitants étaient habitués au froid et à la neige, aux tempêtes, aux congères qui bloquaient la circulation. Les produits d'épicerie n'arrivaient plus mais les familles s'étaient organisées dès l'automne pour constituer des provisions. Les nouvelles de la Lozère et de France n'arrivaient pas davantage. Personne ne s'en plaignait, surtout pas Pierrounet. À cette époque de l'année, il pensait d'ordinaire au voyage à Paris. Il éprouva alors des hésitations à rejoindre la capitale en février et à répondre à l'invitation de la Chambre syndicale des marchands de charbon de la Seine. Il redoutait une dénonciation d'un charbonnier mécontent ou même d'un médecin informé de ses pratiques et qui s'acharnerait après les rebouteux, comme le docteur Miquels. Il en débattit avec le docteur Morange, qui le poussa à ne point modifier ses habitudes. Attendu par des dizaines de commis et de patrons, il susciterait des déceptions s'il manquait à sa parole. La parole était essentielle pour un homme de l'Aubrac. Elle l'engageait plus qu'un contrat passé devant un notaire. Malheur à qui ne la respectait pas. Son honneur était bafoué, sa crédibilité à jamais perdue. Pierrounet en avait conscience, il ne souhaitait pas que sa défection entame la confiance dont l'honoraient la Chambre syndicale et ses adhérents. Se rangeant à l'opinion du docteur Morange, il prépara son voyage et son bagage dès la dernière semaine de janvier, avant même que les services des Ponts et Chaussées rétablissent la circulation sur la nationale. Puis il expédia un télégramme à Paulin Gardes pour le prévenir de son arrivée.

Par une matinée lumineuse mais glaciale de février, un traîneau le conduisit à Aumont où il emprunta un express pour Neussargues et Clermont. Se moquant de la neige et du verglas, les voituriers de la Lozère affrétaient des traîneaux pour se déplacer sans trop de difficultés en période hivernale. Ces modèles spécifiques à l'Aubrac et fabriqués localement par des charrons accueillaient moins de personnes que les diligences mais ils étaient plus exposés aux caprices du temps, dont les voyageurs se protégeaient grâce à des pelisses de renard et à des bonnets de fourrure. Quand le ciel était dégagé et que le soleil brillait, Pierrounet appréciait les quatre à cinq heures d'excursion dans les pâturages enneigés. Sur les vingt-cinq kilomètres séparant Nasbinals d'Aumont, on ne traversait que trois modestes localités, où le voiturier s'arrêtait toujours pour que les passagers puissent se réchauffer à l'auberge. Le paysage était sublime, les burons à demi enterrés sous la neige à distance de la route constituant comme une chaîne de fortins. Le regard affûté, Pierrounet observait les lièvres sautiller dans la neige, les renards détaler sur les drailles dont il devinait la présence à ces pierres de basalte qui couronnaient les murettes délimitant les chemins sur les montagnes, sur lesquelles la neige avait fondu. Claquemuré à

Nasbinals dès que sévissaient les tempêtes, il ne pouvait découvrir l'Aubrac de cette manière qu'à l'occasion de son seul déplacement hivernal à Aumont pour rejoindre Paris. C'était un bonheur dont il ne se lassait point ! Les cristaux de neige scintillant sous le soleil, la couleur bleutée de la neige, le tintement des grelots aux colliers des chevaux, le crissement des patins sur la glace, l'immensité silencieuse… Pierrounet ne résistait pas à ce spectacle. Sa clientèle hivernale, qui s'aventurait en traîneau jusqu'à Nasbinals pour le consulter, s'émerveillait. Certains patients affirmaient même que les plateaux enneigés de l'Aubrac rappelaient les steppes de la Sibérie. La Lozère était-elle une petite Sibérie ? Peut-être. Dès qu'il arriverait dans la capitale, les charbonniers presseraient Pierrounet de questions. Comment étaient les plateaux autour de Malbouzon et Marchastel ? Qu'avait-il remarqué à son passage ? Qui avait-il rencontré à l'auberge et que leur rapportait-il comme nouvelles ?

Pierrounet effectuait toujours le voyage en deux jours, dormant à Clermont où il avait ses habitudes au Terminus, et arrivant ensuite le lendemain, dans le milieu de l'après-midi, à Paris-Gare de Lyon. Le président Paulin Gardes l'y attendait fidèlement pour le conduire jusqu'à la pension de famille du passage du Cheval-Blanc, près de la place de la Bastille, où il descendait chaque année en février et dont la patronne était lozérienne. On y parlait la langue d'oc ; on y échangeait des nouvelles des villages de l'Aubrac ; on y évoquait les réussites de compatriotes, les soirées du samedi dans les bals musettes de la Bastille. Il n'y était nullement dépaysé, retrouvant d'année en année les mêmes visages, égrenant des souvenirs de cantalès avec des buronniers qui travaillaient dans les montagnes du printemps à l'automne avant de transporter le charbon dans les quartiers parisiens, de la Toussaint à Pâques. Le rebouteux appréciait également la proximité de la place de la Bastille, qui était desservie par des tramways et des omnibus à chevaux avant de l'être bientôt par le métropolitain. Le métro ? Il l'avait emprunté en février 1903 sur l'insistance de Paulin Gardes et il avait été impressionné par ce premier voyage dans les entrailles de Paris. Peu d'habitants de l'Aubrac avaient eu cette chance. Grâce à son activité de rhabilleur et à la Chambre syndicale, il avait également découvert le chemin de fer, les quartiers de la capitale et les grands monuments. C'était inespéré pour un cantonnier.

Le lendemain, un marchand de charbon l'attendait à la réception lorsqu'il descendit pour prendre son petit déjeuner. Déjà ? Il n'était que sept heures et demie. L'un de ses commis avait besoin de ses services, souffrant d'une luxation à l'épaule depuis deux jours après le déchargement d'un wagon. Son patron exploitait un chantier à la porte de la Chapelle. Ils partirent aussitôt. Un bras en écharpe, le blessé guettait leur arrivée dans un bureau en désordre et sombre où un poêle diffusait une douce chaleur. Pierrounet l'examina puis appliqua sa méthode de réduction, mobilisant deux grands gaillards pour le seconder. Une demi-heure plus tard, transpirant, exténué et grimaçant de douleur, l'intéressé le remerciait avant de disparaître et de rejoindre son logement pour se reposer. La matinée était déjà bien avancée et l'estomac de Pierrounet gargouillait ! Le marchand l'emmena dans une auberge du quartier – une espèce de bouillon – où on pouvait se restaurer à bon marché dans la matinée ou même dans l'après-midi. Ils se régalèrent avec une soupe épaisse, de la charcuterie fabriquée par la patronne, de la fourme de Cantal. Dans la chaleur de ces agapes, le rebouteux ne pensa plus à tout ce qui le tracassait avant son départ. Comme le patron avait travaillé dans son adolescence sur les montagnes de l'Aubrac, ils comparèrent le fromage de Laguiole et la fourme du Cantal, leurs qualités et leurs faiblesses.

Soudain, un homme déboula dans la salle, referma la porte sans précaution au point que les vitres tremblèrent, se précipita jusqu'au comptoir où la patronne essuyait des verres tout en allant et venant entre le zinc et la cuisine. Il recherchait Pierrounet, dont la présence était déjà signalée dans le quartier. Le rebouteux, le charbonnier et le tenancier s'étaient installés dans un recoin, certes mal éclairé mais à distance de deux tables où des commis et leurs patrons parlaient bruyamment. On réclamait Pierrounet dans un entrepôt où l'un des employés était tombé d'un wagon de charbon qu'il avait commencé à décharger, se blessant grièvement à une jambe. Il souffrait et ses camarades l'avaient transporté dans un bureau. « On vous attend, insista-t-il. Le patron m'a demandé de vous ramener. » En l'espace de quelques secondes, des souvenirs remontèrent à sa mémoire. Il revoyait Édouard Lavernhe allongé sur la couverture dans l'une des chambres du Levant, sa blessure, les chairs tuméfiées, l'os fracturé qui avait transpercé la peau. Depuis l'automne, il ne procédait plus à des réductions de fractures ouvertes ni même fermées, suscitant mécontentement et incompréhension. Il ne souhaitait pas aggraver sa situation si Euphrasie Lavernhe, le docteur Miquels et la Société de secours mutuel des médecins de l'Aveyron le poursuivaient. Ses hésitations n'échappèrent à personne. Le marchand de charbon, le tenancier et le commis le regardèrent fixement, intrigués. « On vous attend ! C'est urgent ! » rabâcha le jeune homme, presque agacé.

Pierrounet soupira longuement avant de s'arracher à la quiétude de l'auberge pour reprendre son manteau et son chapeau, rejoindre l'entrepôt Gombert. « Je viens avec vous ! » souffla le marchand de charbon. Le rebouteux accepta aussitôt, en esquissant un sourire. Il crachinait plus encore que le matin, l'humidité imprégnait tellement les vêtements que le rebouteux la ressentait jusqu'à la peau et qu'il en frissonnait. Le commis se pressa de regagner son entrepôt pour prévenir son patron que Pierre Brioude arrivait. Quelques centaines de mètres séparaient l'auberge des bâtiments et de la parcelle que Célestin Gombert avait achetés pour son négoce en gros de bois et de charbons. Pierrounet le connaissait, le retrouvant chaque année aux deux banquets organisés par la Chambre syndicale. Originaire de Saint-Amans-des-Côts, il employait pendant la période hivernale une quinzaine de personnes. Pierrounet et le charbonnier qui l'avait invité à l'auberge traversèrent un grand espace de terre battue où les attelages patientaient en file indienne avant le pesage. Ils se dirigèrent vers l'entrée des bureaux où le comptable les accueillit et s'empressa d'appeler Célestin Gombert, qui les conduisit jusqu'au blessé. Dans une pièce sombre, fraîche, empestant le tabac et le renfermé, l'homme reposait sur une civière de fortune que ses collègues bûcherons avaient fabriquée avec des planches et des chevrons. Recouvert d'une couverture déchirée par endroits et qui ne paraissait pas très propre, il geignait de douleur. Quand les employés l'avaient transporté à l'intérieur, peu après son accident, Célestin Gombert avait pratiqué une « fenêtre » dans l'étoffe du pantalon pour nettoyer la plaie et la désinfecter avec les produits de premier secours dont il disposait toujours. Il arrivait souvent que les bûcherons se blessent avec la hache ou la scie. Il les soignait et les expédiait ensuite chez un médecin du quartier ou le pharmacien si l'entaille était trop profonde et si le sang ne cessait de couler. À la lumière faiblarde d'une lampe, Pierrounet examina le commis puis remarqua qu'il présentait la même blessure qu'Édouard Lavernhe. Il demanda à Célestin Gombert de prévenir un médecin ou, mieux, d'amener le blessé jusqu'à l'hôpital le plus proche avec l'un de ses attelages. Appeler un médecin ? Se rendre à l'hôpital ?

Furibond, le négociant le regarda fixement. Avant même que le rebouteux ne se justifie, il répondit que la Chambre syndicale le rémunérait pour qu'il soulage les souffrances des adhérents et de leur personnel : il avait l'obligation de s'acquitter de sa mission. La quarantaine, ce gaillard rougeaud et baraqué ne décolérait pas. Il ne payerait ni le médecin ni l'hôpital ! Pierrounet ne repartirait pas sans s'être occupé de son employé. L'hiver dernier, n'avait-il pas rhabillé l'un de ses collègues souffrant également d'une fracture à la jambe ? Il concédait que l'os n'avait pas perforé la peau mais la blessure était aussi sérieuse. Il demandait déjà au comptable de rapporter de la grande armoire de son bureau ce qui était nécessaire et qu'il avait toujours en réserve en prévision d'un accident à l'entrepôt – de l'amidon, des bandes et du carton –, de remplir une marmite d'eau et la mettre à chauffer, puis de ramener du sucre, de préparer du vin chaud. Pendant qu'il distribuait ses instructions, le rebouteux ne broncha pas et guetta le moment où il pourrait s'exprimer. Le comptable disparut. Il s'écoula une poignée de minutes pendant lesquelles le soufflé retomba peu à peu. Pierrounet entreprit alors d'expliquer pourquoi il ne souhaitait pas intervenir, soulignant qu'il s'apprêtait à être poursuivi devant le tribunal après le décès d'un homme dont il s'était occupé en juillet, qui souffrait de la même blessure et avait succombé à la gangrène. Stupéfiés par ses révélations, les deux négociants et le blessé se regardèrent mais ne l'interrompirent pas. Puis Célestin Gombert se confondit en excuses, en lui assurant qu'il appellerait un médecin. Ils se séparèrent après une bourrade amicale et Pierrounet retourna à la pension de famille, sans regretter sa décision même si elle était difficile à accepter pour certains. Qu'y pouvait-il ? Il subissait cette situation, déplorant l'entêtement de Lavernhe qui l'avait engendrée de manière stupide en n'imaginant pas une seconde qu'elle pourrait le frapper aussi durement.

Célestin Gombert informa le président de la Chambre syndicale, qui débarqua à la pension de la famille pour rencontrer le rhabilleur. Une question tenaillait Paulin Gardes. Comment pourrait-il soutenir Pierrounet si ses détracteurs s'obstinaient pour que les tribunaux le condamnent ? Il s'interrogeait. La machine judiciaire était tellement puissante, à l'image de l'administration ! Certains de ses adhérents, des bougnats accusés de fraude, l'avaient constaté à leurs dépens. *L'Auvergnat de Paris* et Louis Bonnet, son fondateur et directeur, avaient dénoncé l'acharnement des rats-de-cave à leur encontre. À l'occasion du banquet auquel il assisterait, Paulin Gardes pourrait informer Louis Bonnet des déboires de Pierrounet. Il était persuadé qu'il le défendrait dans *L'Auvergnat de Paris*. L'intéressé tempéra son enthousiasme. Pour l'instant, il était préférable de redoubler de précautions puisqu'il ne connaissait pas les intentions de la justice. Non seulement il souhaitait qu'il ne prévienne pas Louis Bonnet et *L'Auvergnat de Paris,* mais encore qu'il s'abstienne de toute allusion dans son discours, à l'occasion du banquet, pour ne pas provoquer de polémique. Paulin Gardes s'y engagea mollement, à contrecœur, mais inutilement. Connaissant bien ses adhérents, souvent bavards autour d'une chopine de rouge après leur journée, il ne nourrissait à ce propos aucune illusion.

En effet, il semblait très difficile d'imposer une discrétion absolue à Célestin Gombert et à ses employés, qui parlèrent sans retenue. Même si l'incertitude persistait quant aux poursuites judiciaires, elle se transforma rapidement en affirmation. Pierrounet était attaqué devant les tribunaux par les médecins de l'Aveyron, entendait-on. Le rebouteux recevait déjà des messages de sympathie partout où on le réclamait ! Certains s'indignaient, proposant de prévenir les sénateurs et députés pour qu'ils interviennent auprès de la Société de secours des médecins, l'amènent à renoncer à toute procédure. D'autres demandaient à la Chambre syndicale de transmettre une protestation à cette même Société et de la compléter par plusieurs témoignages de satisfaction d'adhérents. D'autres encore voulaient informer le directeur de *L'Auvergnat*, comme l'avait suggéré Paulin Gardes, mais également les rédacteurs des journaux de la Lozère. Habitué à la modestie, à la discrétion, Pierrounet était embarrassé par ce qu'il entendait chez les charbonniers et qui paraissait parfois excessif, notamment l'animosité à l'encontre des jeunes médecins. Il pouvait témoigner que le docteur Morange avait été excellent dès son installation à Nasbinals, survenue au lendemain de l'obtention de son diplôme à Montpellier.

Le dimanche où la Chambre syndicale convoqua ses adhérents pour l'assemblée générale, personne n'ignorait plus les déboires du rebouteux. Pierrounet y retrouva Célestin Gombert dont le commis était toujours absent de son entrepôt, se remettant peu à peu de sa blessure. Il avait été transporté à l'hôpital Lariboisière avec l'un des attelages de l'entreprise. Le négociant admettait que ses conseils avaient été judicieux : la gangrène l'avait épargné, mais de justesse, grâce à sa surveillance par un médecin du quartier. Pierrounet ne répondit pas et se contenta d'esquisser un sourire, soulagé d'avoir échappé à de nouvelles attaques, conforté plus que jamais dans sa détermination de ne plus intervenir pour les fractures ouvertes.

Avant l'assemblée générale, dans la bousculade des arrivées et le brouhaha, il rencontra également Louis Bonnet – le directeur de *L'Auvergnat de Paris* – qui était d'ores et déjà disposé à combattre la stupidité des médecins de l'Aveyron, et l'ancien sénateur Joseph-Amans Fabre, aveyronnais et républicain. Il ne partageait guère les positions politiques de ces deux hommes mais il les respectait, très heureux de les compter parmi ses soutiens, en soulignant volontiers que les luxations et les fractures n'avaient pas d'opinions. Après les interminables discussions sur la concurrence déloyale des grandes compagnies de combustibles, ils s'exprimèrent pour annoncer qu'ils prendraient la défense de Pierrounet si c'était nécessaire. Pendant l'apéritif, de nombreux adhérents l'entourèrent puis le pressèrent de questions sur le différend qui l'opposait aux médecins de l'Aveyron. Que s'était-il passé ? Que risquait-il devant un tribunal ? Une peine de prison ferme ? Ou une simple amende ? Ils s'alarmaient. Malgré le vacarme, il répondit à chacun avec le sourire. Ensuite, pendant le banquet, le président Gardes ne manqua pas de souligner, comme d'habitude, le dévouement de Pierrounet et qu'il pourrait toujours compter sur la Chambre syndicale. Après le dessert et les liqueurs, tandis que les cabrettaïres interprétaient la première bourrée et que les couples se formaient pour danser, un jeune homme rejoignit la table d'honneur, où Pierre Brioude avait été convié, et se présenta. La trentaine, grand et svelte, coquet dans son costume sombre, il s'appelait Romain Douziech. Originaire de Malbouzon, en Lozère, il avait grandi dans le monde parisien du charbon. Son père exploitait toujours un important chantier dans le 17e arrondissement mais en association avec l'un de ses frères. À l'univers des bougnats et du commerce, Romain avait préféré les études. Il était devenu avocat, défendant aujourd'hui ses compatriotes laitiers, cafetiers, bougnats, charbonniers contre le laboratoire d'hygiène de la ville de Paris, les services des fraudes, l'administration fiscale. C'était le plus souvent le combat du pot de terre contre le pot de fer. Mais Me Douziech se passionnait pour les attaques injustes et les causes difficiles. Il proposa à Pierrounet de le défendre devant le tribunal de Marvejols s'il était poursuivi. Les médecins étaient puissants ? Qu'importe ! Il plaiderait sans complexe et prouverait qu'il n'était pas un criminel ni même un charlatan.

Le rebouteux répondit qu'il pouvait se déplacer seul devant le tribunal. Qu'avait-il à se reprocher ? Rien ! Depuis un demi-siècle, il n'avait jamais fabriqué de médicaments et n'en avait jamais proposé ; il avait seulement conseillé à ses patients blessés des décoctions de plantes pour calmer les douleurs. Il n'était jamais intervenu sur une fracture ouverte avec un bistouri ni un couteau. À Édouard Lavernhe, il avait appliqué une méthode depuis longtemps éprouvée et ne se considérait pas responsable de la négligence de cet homme. Il n'avait jamais demandé de rémunération ni transformé son don en « commerce », comme certains qui ouvraient des « cabinets » dans les bourgades et les chefs-lieux de canton à l'occasion des foires. Romain Douziech en convenait, mais il souligna qu'il se retrouverait opposé à l'avocat de la Société de secours mutuel des médecins de l'Aveyron et du docteur Miquels, ce qui déséquilibrerait peut-être la confrontation devant le tribunal. Il pourrait être déconcerté par les questions de l'avocat, du président, du procureur de la République, qui chercheraient à contester son honnêteté et ses arguments, à le déstabiliser sûrement. Il était préférable qu'un avocat le représente pour mieux le défendre. Pierrounet n'y avait pas songé jusqu'alors ; il s'interrogeait. Ce jeune homme avait peut-être raison. À l'inverse des avocats, il n'était pas habitué à s'exprimer devant un tribunal et son manque d'expérience ne manquerait pas de le desservir. Mais il hésitait à accepter. Recourir à un avocat entraînerait des dépenses qui promettaient d'être d'autant plus élevées que Romain

Douziech habitait la capitale et qu'il plaiderait en Lozère. Son déplacement et son séjour à Marvejols au moment de sa comparution s'ajouteraient à ses honoraires. Refusant de prendre une décision à la légère, il y réfléchirait lorsqu'il rentrerait à Nasbinals. Il n'y avait pas d'urgence. Romain Douziech n'insista pas mais indiqua au rebouteux à quelle adresse il pourrait toujours le joindre. En rangeant sa carte de visite dans son portefeuille tandis que le jeune homme prenait congé puis retournait à sa table, il éprouva l'étrange sensation que la machine judiciaire était déjà en marche et, surtout, que la bataille dépassait sa simple personne pour se transformer en une confrontation entre médecine populaire et médecine moderne, entre l'ancien monde et le nouveau monde qui essayait de s'imposer depuis le passage au XXe siècle. Pourtant, la justice n'avait encore rien décidé.

Avant de reprendre un express pour Aumont, il en débattit avec Paulin Gardes, qui le poussa à accepter les services de cet avocat, déterminé à proposer que la Chambre le rémunère si le rhabilleur devait comparaître devant le tribunal. Son dévouement le justifiait. N'intervenait-il pas de manière gracieuse depuis des années ? Son attention toucha Pierrounet. Il remercia chaudement le président qui considérait par ailleurs que des adhérents pourraient peut-être témoigner en sa faveur, si c'était nécessaire. Me Douziech les aiderait à rédiger une lettre pour le parquet ou le juge d'instruction. Toutes ces initiatives ne pouvaient que ragaillardir Pierrounet. Elles l'incitaient à poursuivre son activité malgré les menaces ; elles démontraient que la médecine populaire n'était pas condamnée même si certains cherchaient à l'éradiquer, que des hommes et des femmes persistaient à l'apprécier, qu'on le soutiendrait autant dans la capitale qu'en Lozère. Il en éprouva du soulagement et de la satisfaction.

8

Désormais, la machine judiciaire était en marche ! Personne ne l'arrêterait. Pierrounet en avait conscience. Jusqu'à son retour de la capitale, il nourrissait toujours l'espoir qu'il n'y aurait aucune plainte déposée. Mais sa convocation par le juge d'instruction de Marvejols confirmait que le docteur Miquels et la famille Lavernhe s'entêtaient à le traduire en justice pour exercice illégal de la médecine, comme ils l'avaient déjà signifié dans leur courrier. Le chagrin et la douleur d'Euphrasie Lavernhe, la croisade passionnée du médecin l'avaient emporté. Le préposé des Postes apporta l'enveloppe du tribunal au domicile des Brioude par une matinée printanière qui baignait déjà dans la douceur amenée par l'autan et dans de timides parfums de fleurs. Les bourgeons pointaient aux branches. Les oiseaux gazouillaient. Les pâturages verdissaient lentement mais sûrement tout autour de la bourgade. C'était la renaissance si longtemps attendue, semaine après semaine, mais la déception et même l'abattement pour Rose et Pierre Brioude. Pacifiques, empreints de sagesse paysanne, ils n'avaient pas un caractère chicaneur. Cette situation les contrariait. Aussitôt après le déjeuner, le rebouteux accourut chez le médecin pour le consulter sur la conduite à adopter. Persistait-il à accueillir sa clientèle ? Ou était-il préférable d'y renoncer dès à présent pour ne pas alourdir les charges que le tribunal pourrait prendre en compte ? « Continuez jusqu'au procès ! répondit Aurélien Morange. Que risquez-vous ? On ne vous dénoncera pas à Nasbinals… Vous aviserez après… » Dans l'après-midi, le praticien informa le premier magistrat – Honoré Richard –, qui proposa ensuite à Pierre Brioude de le conduire à Marvejols avec sa jardinière et sa jument. Comme il chassait souvent la bécasse avec le juge, Ferdinand Issanchou, il en profiterait pour le rencontrer après son audition et en apprendre davantage sur les plaintes déposées. Dès le lendemain, Pierrounet adressa un courrier à Me Romain Douziech pour le prévenir que la procédure judiciaire était désormais enclenchée. Il souhaitait qu'il le conseille pour pouvoir préparer sa première entrevue au tribunal. L'avocat regretta de ne pas séjourner en Lozère au moment de son rendez-vous chez le juge d'instruction. Mais, en revanche, il exposa au rhabilleur des principes simples qu'il pourrait adopter ce jour-là : ne pas se précipiter pour répondre aux questions, prendre le temps de la réflexion, s'expliquer clairement et avec précision.

Trois semaines plus tard, par une matinée lumineuse, Pierrounet et Honoré Richard quittèrent Nasbinals après un casse-croûte chez Émilien Batifol, à l'hôtel du Levant. Ils passèrent quatre heures à supporter la poussière qui voletait à leur passage et les ornières qui n'étaient pas encore réparées après les rigueurs de l'hiver. Ils arrivèrent à Marvejols à l'instant où les cloches sonnaient l'angélus et s'arrêtèrent à l'hôtel du Nord, qui disposait d'une remise pour les voitures et d'une écurie pour les chevaux. Ils y déjeunèrent tranquillement. À 14 heures précises, tous deux se présentèrent au secrétariat de Ferdinand Issanchou puis patientèrent dans un couloir équipé de chaises dont trois étaient occupées par deux gendarmes encadrant un prévenu menotté. Ils attendirent près de deux heures, observant les allées et venues. Deux avocats les saluèrent puis les gendarmes disparurent avec le prévenu dans la direction du bureau du procureur. Enfin, un secrétaire les introduisit dans le bureau de Ferdinand Issanchou, où flottaient des nuages de fumée. Les cheveux grisonnants, la barbichette et la moustache bien entretenues, joufflu et légèrement couperosé, la pipe pendouillant à la commissure des lèvres, il avait largement dépassé la cinquantaine. Il abandonna les dossiers encombrant son bureau pour les accueillir et se confondre en excuses pour l'attente.

À l'inverse d'Honoré Richard, Pierrounet se rongeait les sangs. Son cœur cognait dans la poitrine ; son sang battait jusqu'à ses tempes ; ses jambes flageolaient et son estomac était noué. Il n'avait jamais été confronté à pareille situation. Ils échangèrent des politesses avant de s'asseoir. Au grand soulagement du rebouteux, Ferdinand Issanchou accepta la présence d'Honoré Richard à son interrogatoire, comme s'il était son avocat, et confirma qu'il pourrait le conseiller ou l'assister puisqu'il le connaissait bien. Le greffier les rejoignit avec son écritoire et des feuilles de papier, s'installa à une petite table, prépara sa plume et contrôla le contenu de son encrier. Grand, le visage émacié, les cheveux très courts, il semblait timide. Déposant sa pipe près de sa blague à tabac et du briquet, plantant ses coudes sur le sous-main en cuir, le magistrat regarda fixement Pierrounet pour l'informer que trois plaintes étaient déposées à son encontre pour exercice illégal de la médecine par Bertrand Miquels, médecin à Sauveterre-de-Rouergue, la Société de secours mutuel et de prévoyance des médecins de l'Aveyron, et Euphrasie Lavernhe. Il s'adressa ensuite à son greffier :

– Monsieur Chambert, inscrivez, s'il vous plaît ! Nous, Ferdinand Issanchou, juge à la chambre d'instruction du tribunal de Marvejols, avons interrogé sans désemparer Pierre Brioude appelé Pierrounet ou Pierrounel, habitant à Nasbinals, en présence d'Honoré Richard, propriétaire à Nasbinals, maire et conseiller général de Nasbinals…

On entendit les crissements de la plume d'acier sur la feuille. Un moment de silence s'écoula puis les questions se succédèrent. Les premières portèrent sur son identité et les suivantes sur son passé judiciaire.

– Avez-vous déjà été condamné ?

– Jamais.

– Ni pour braconnage ?

– Jamais.

– Vraiment ? Pendant votre jeunesse, vous avez travaillé sur les montagnes. Il est de notoriété publique que les buronniers sont des braconniers…

– Dans certaines montagnes, ils sont condamnés à braconner : les propriétaires leur rationnent la nourriture.

– Et vous avez certainement braconné à l'époque où vous êtes buronnier…

Pierrounet demeura impassible.

– Certainement ! en déduisit Ferdinand Issanchou. Vous n'avez jamais été condamné pour fraude ?

– Jamais.

– C'est étonnant. Sur l'Aubrac, on ne respecte pas trop les lois…

Leur caractère rebelle l'encourageait à suspecter les familles de l'Aubrac de s'affranchir des lois ou de les contourner habilement et même d'entraver la justice.

– Ni pour de menus larcins quand vous étiez jeune ?

– Jamais.

Pierrounet répondit sans hésitation, sans broncher. Sceptique, le magistrat sollicita l'opinion d'Honoré Richard.

– Vous confirmez ?

– Absolument, cher ami ! Pierre Brioude est un honnête homme qui ne s'est jamais autorisé une seule entorse à la loi.

Ferdinand Issanchou esquissa un sourire ironique.

– Vraiment ? L'amitié que vous portez à monsieur Brioude vous aveugle ! Tout le monde ne partage pas votre opinion.

Se tournant à nouveau vers Pierrounet, il poursuivit :

– Reconnaissez-vous avoir pratiqué la médecine illégale à votre domicile de Nasbinals ?

Le magistrat le regarda avec plus d'insistance. Pierrounet tortilla la bordure de son chapeau de feutre entre ses doigts nerveux avant de protester :

– Pratiqué la médecine illégale ? Non. Je ne suis pas médecin et je n'ai jamais eu la prétention de l'être.

– Pourtant, on vous le reproche de…

– Je n'ai jamais ordonné un quelconque remède à un malade, je n'ai jamais fabriqué de médicament.

– Vous recevez des malades ?

– Non, monsieur le juge. Ce sont des blessés.

L'angoisse qui tenaillait Pierrounet à son arrivée dans ce bureau s'était estompée. Il avait retrouvé peu à peu son assurance au point que les questions devenues de plus en plus insidieuses n'arrivaient pas à le désarçonner. Il était fermement déterminé à se défendre de ces accusations infondées même s'il ne respectait pas toujours les conseils de Me Romain Douziech. Pas d'arrogance ni de provocation ni d'esclandre quand on vous interrogera ! avait-il expliqué dans son courrier.

– Malades ou blessés : c'est la même chose, rétorqua Ferdinand Issanchou, avec agacement.

– Je reconnais qu'on me sollicite souvent…

– Enfin ! Nous y voilà !

– On ne me consulte pas pour des maladies qui sont soignées par les médecins comme les bronchites et les angines, les fluxions, les insuffisances cardiaques ou rénales, mais pour des blessures.

– Vous vous moquez, monsieur Brioude ! Les blessures comme les maladies relèvent de la médecine.

Originaire de la Haute-Loire mais en fonction à Marvejols depuis plus d'une quinzaine d'années, il connaissait bien la réputation des paysans de l'Aubrac. Il était convaincu que Pierrounet cachait de la roublardise sous une apparence débonnaire et qu'il n'avouerait pas facilement.

– On me demande d'intervenir pour des luxations, des fractures. Je rhabille ces patients à la manière dont procédaient nos ancêtres depuis des générations et dont personne ne se plaignait autrefois. Certains médecins n'en sont pas capables... Et je vous le prouverai si c'est nécessaire...

– Vous pratiquez donc la médecine illégale, monsieur Brioude ! triompha le magistrat.

Le rhabilleur s'appliqua à conserver toute sa sérénité devant ses insinuations répétées.

– Vous vous trompez, monsieur le juge ! insista-t-il. Ce n'est pas de la médecine. Je n'utilise pas de médicaments, ni de bistouri, ni d'instruments de chirurgie. J'ai un don ! Des dizaines de personnes peuvent en bénéficier chaque année en me consultant.

– Si je comprends bien, vous êtes un magicien !

– Magicien ? Non ! Je ne suis pas un homme de cirque. Mais je possède un pouvoir naturel.

– Si ce n'est pas de la médecine ni même de l'illusion, c'est alors de la sorcellerie ! s'exclama Ferdinand Issanchou, qui essayait de le déstabiliser pour le pousser à capituler. Nous pourrions donc vous poursuivre pour vos pratiques de sorcellerie.

– De la sorcellerie ? Vous n'y pensez pas, monsieur le juge. Pas d'incantations ni de préparations bizarres ni même d'imposition des mains... Je suis un rhabilleur. Ou un rebouteux si vous préférez...

Impuissant à obtenir ce qu'il souhaitait, le magistrat l'entraîna sur le terrain de l'argent.

– On raconte que vous recevez, à Nasbinals, plusieurs dizaines de personnes chaque semaine.

– Je ne le conteste pas.

Honoré Richard les observait tous les deux. Il avait l'impression de se retrouver sur le champ de foire de Nasbinals à l'occasion des marchés aux bestiaux. Il y avait parfois rencontré Pierrounet quand il y emmenait ses animaux à l'automne et constaté que le rhabilleur était redoutable en affaires, déployant habileté et patience.

Le magistrat et le prévenu s'affrontaient sans ménagement mais à fleurets mouchetés, redoublant d'astuces oratoires et accrochés à leurs positions.

– Vous confirmez, monsieur Richard ?

L'intéressé acquiesça.

– C'est donc de notoriété publique ! claironna aussitôt Ferdinand Issanchou avec jubilation.

S'adressant à nouveau à Pierrounet, il demanda :

– Combien de personnes chaque semaine ? Une trentaine ? Ou une quarantaine ? Ou davantage ?

Pierrounet considéra qu'il était inutile de finasser, de travestir la réalité. S'il minimisait l'importance de sa clientèle, une enquête des gendarmes montrerait que des courriers spéciaux étaient organisés d'Aumont à Nasbinals pour ceux qui désiraient le consulter, que les réclames de certains voituriers les signalaient dans les journaux de la Lozère.

– Une quinzaine ou une vingtaine dans la journée ! répondit-il.

Ne manifestant aucun étonnement comme s'il était bien informé, le magistrat bourra lentement sa pipe, actionna le briquet et l'alluma avant de s'enfoncer dans son fauteuil et de savourer deux ou trois bouffées au milieu de volutes bleutées.

– D'où viennent-ils ?

– De Montpellier, Toulouse, Bordeaux, Castres, Sète, Marseille ! énuméra le rebouteux. Et, bien évidemment, de la capitale !

– Et même d'ailleurs ?

– Des États-Unis et d'Afrique ! précisa-t-il fièrement.

– Une vingtaine dans la journée ? C'est beaucoup !

– On me supplie de rhabiller. Je ne peux pas refuser…

– Vous êtes-vous enrichi grâce à votre don ?

– Je ne demande jamais un centime à personne.

– Et pourtant… Vous possédez une maison à Nasbinals et douze hectares de pâturages.

Le patrimoine ! L'argent ! Cette allusion n'était pas innocente. On reprochait souvent aux habitants de l'Aubrac leur âpreté au gain.

– Vous conviendrez que c'est inhabituel pour un cantonnier ! Les pensions ne sont pas très élevées.

Il semblait bien renseigné, le suspectant sûrement de soutirer de l'argent à sa clientèle.

Pierre Brioude le trouvait même coriace. Riposter pied à pied, ne surtout pas relâcher la vigilance, opposer les meilleurs arguments à ses sous-entendus.

– J'avais déjà des économies au moment de mon mariage.

– Peut-être, peut-être... Toutefois, j'observe que vous n'avez pas effectué votre service militaire. Votre frère vous a remplacé.

Il connaissait tout ou presque de son existence, ayant sûrement ordonné une enquête pour le prendre en défaut.

– Il me l'avait proposé.

– Contre une somme d'argent ?

– À mon époque, on dédommageait toujours son remplaçant...

– C'était une pratique réservée aux familles de notables... Pas à des familles pauvres...

Pierrounet ne répondit pas et se demanda pourquoi il cherchait à l'humilier. Parce qu'il disposait pour l'heure de peu d'éléments pour l'inculper ? Ou parce que sa notoriété dépassait les frontières de la Lozère et qu'il ne l'acceptait pas ? Ou parce qu'il défendait, comme les jeunes médecins, la science et le progrès, et voulait l'accabler ?

– D'où vous venait cet argent ?

– J'étais cantalès à dix-sept ans, j'avais un très bon salaire, je n'étais pas dépensier.

– Et vous manipuliez déjà les animaux et les hommes ?

– Oui.

– Pour de l'argent ?

Le magistrat le harcelait sans relâche dans l'espoir qu'il céderait et avouerait qu'il gagnait de l'argent avec son don depuis près d'un demi-siècle.

– Pour rendre service.

– Mais on vous donnait de l'argent.

– Certains m'invitaient à partager une chopine à l'auberge ou un casse-croûte après les vêpres du dimanche.

– On vous donnait aussi de l'argent.

– Quelques piécettes, seulement, mais pas très souvent…

– Des piécettes qui ont ensuite rapporté.

Pierrounet était exténué mais ne comptait pas capituler. Honoré Richard abrégea le supplice en exhumant sa montre de gousset de la poche de son gilet et en interpellant le magistrat.

– L'heure avance, monsieur le juge ! Il me semble que monsieur Brioude a répondu à vos questions…

– Pour aujourd'hui seulement, rétorqua Ferdinand Issanchou. Je le convoquerai de nouveau parce que nous n'en avons pas terminé. Il nous racontera comment il s'est occupé de ce pauvre paysan que la gangrène a ensuite emporté…

Le greffier demanda alors au rhabilleur de relire le procès-verbal et d'y apposer sa signature. Silencieux, Pierrounet s'exécuta. Entre-temps, le magistrat et Honoré Richard avaient déserté le bureau. Il les retrouva dans le couloir et, dès son arrivée, ils interrompirent la conversation. Pierrounet et Ferdinand Issanchou se saluèrent alors poliment mais froidement.

Le rebouteux et Honoré Richard regagnèrent l'hôtel du Nord, où patientait leur jument. On approchait déjà de 18 heures au moment où ils s'éloignèrent de la sous-préfecture pour reprendre la direction de Nasbinals. Ressassant son après-midi au tribunal, les questions sournoises et pointilleuses, Pierre Brioude attendit une demi-heure avant de s'exprimer. Il n'avait pas apprécié l'attitude du magistrat et sa suffisance, éprouvant comme la désagréable impression qu'il ne le considérait pas mieux qu'un délinquant ou un braconnier. Honoré Richard en convenait mais il n'en était nullement étonné. Ferdinand Issanchou avait la réputation d'être un homme inflexible vis-à-vis des prévenus et soucieux d'exploiter à son avantage la moindre faiblesse. C'était un fouineur qui ordonnait des enquêtes fouillées, comme Pierrounet avait pu le constater. Il aurait pu travailler pour les services de police ou même de la Sûreté générale. Le rhabilleur n'avait pas apprécié également la manière insidieuse dont il cherchait à associer ses activités à des pratiques de sorcellerie. À l'évidence, Ferdinand Issanchou était un rationaliste qui s'inscrivait peut-être parmi les plus radicaux. Honoré Richard le confirma. Lorsqu'ils chassaient ensemble la bécasse, il ne décolérait pas après les charlatans et guérisseurs qui pullulaient sur les marchés lozériens pour proposer leurs remèdes miraculeux mais qu'il ne parvenait jamais à poursuivre, ou très rarement, parce qu'ils ne cessaient de se déplacer pour échapper aux gendarmes. Il défendait âprement la science et le progrès, instruisant les plaintes contre l'exercice illégal de la médecine avec la même fermeté que les affaires criminelles, regrettant depuis des années l'inaction des médecins de la Lozère. D'ores et déjà, Pierre Brioude pouvait se préparer à une bataille difficile.

9

Bredouille ! Le docteur Miquels ne décolérait pas. Il avait sillonné la campagne, pendant deux semaines, avec son camarade Antoine Fraysse, mais vainement. Il avait poursuivi son enquête à Pâques dès que les chemins étaient redevenus praticables, mais sans plus de succès. Il avait interrogé des dizaines d'hommes, de femmes et de vieillards avec les mêmes résultats. À Sauveterre, à Naucelle et dans les villages alentour, personne n'avait effectué de voyage en Lozère pour consulter le rhabilleur. Tous le clamaient avec aplomb. Ils ne connaissaient pas Pierrounet. Cette amnésie soudaine et leur mensonge le révoltaient. Car Euphrasie Lavernhe était catégorique. Comme Édouard, plusieurs dizaines d'habitants du Ségala avaient accouru à Nasbinals pour supplier Pierrounet de les soulager et elle persistait à le prétendre. Elle avait indiqué au docteur Miquels des familles qui avaient sollicité le rebouteux ces dernières années ; il les avait rencontrées mais aucune d'entre elles n'avait reconnu qu'elle s'était déplacée en Lozère. C'était désespérant ! Leur mutisme, leur mauvaise foi, leur attachement aux pratiques dépassées d'autrefois l'avaient contrarié. Il ne comprenait pas pourquoi elles s'obstinaient à manifester une pareille méfiance vis-à-vis de la médecine alors que la mortalité des nourrissons et des enfants en bas âge était importante, la tuberculose, le tétanos, la diphtérie et la rage causaient toujours des ravages. Il avait comme le sentiment que le monde moderne et le progrès les effrayaient ou les rebutaient, se demandant même si ces familles saisiraient la possibilité que leur offraient depuis peu le chemin de fer et les négociants en engrais de pouvoir se soustraire à la pauvreté et à la misère qu'il avait constatées après son arrivée à Sauveterre en effectuant ses premières visites dans les hameaux mais, surtout, depuis l'automne dernier avec son enquête à travers la campagne. Désormais, s'ils le désiraient, les paysans pouvaient défricher des landes à genêts qui servaient de pacages à moutons, les amender avec de la chaux, leur apporter des engrais, remplacer le seigle par le froment, planter plus de pommes de terre, semer de la luzerne, du trèfle et du sainfoin pour améliorer leurs élevages en engrangeant de meilleurs fourrages. À l'occasion de leurs tournées, observant des laboureurs travailler dans leurs champs en prévision des semailles de l'automne, Bertrand Miquels en avait longuement discuté avec Antoine Fraysse qui se passionnait pour l'évolution de l'agriculture, dont il débattait avec son grand-oncle. Ils s'étaient accordés sur le même jugement : il y avait urgence à provoquer un changement des mentalités pour moderniser l'économie, le quotidien des habitants, pas seulement dans les bourgades comme Naucelle ou Sauveterre, mais également dans les hameaux les plus éloignés de la nationale, accrochés aux pentes abruptes ou nichés au fond d'une vallée. La médecine ne pourrait qu'y être gagnante. Toutefois les familles n'y étaient pas préparées. Moins de deux années après l'ouverture de la ligne de Rodez à Carmaux, certaines d'entre elles ne se montraient-elles pas encore méfiantes vis-à-vis du chemin de fer ? Elles craignaient que les escarbilles rejetées par la cheminée des machines à vapeur incendient les récoltes à leur passage, que les chaudières explosent si les chauffeurs les poussaient trop pour gagner de la vitesse, que les accidents se multiplient et que les locomotives déraillent en causant des morts. Dans ces conditions, le docteur Miquels se demandait plus que jamais comment imposer une médecine moderne.

En cette matinée estivale, il s'apprêtait à rejoindre en diligence la station de Naucelle où il emprunterait l'express pour Rodez. Il avait rendez-vous avec le docteur Raoul Blanquet, secrétaire général de la Société de secours mutuel, pour constituer le dossier à adresser à la chambre d'instruction à Marvejols. Il était cinq heures du matin. La diligence pour Naucelle-Gare s'élancerait de la place centrale de la bastide dans cinquante minutes. Habillé, coiffé, rasé, le médecin avait allumé une lampe à essence dans la cuisine pour prendre son petit déjeuner. L'obscurité enveloppait encore l'esplanade de La Murette. En entrouvrant la fenêtre, il avait observé que des traînées rougeâtres éclairaient déjà le firmament. La Saint-Jean approchait ; les journées étaient lumineuses, longues et déjà chaudes, charriant des parfums de fleurs et d'herbe coupée. Des rossignols des murailles piaillaient au-dessus de la fenêtre ; ils avaient emménagé sous l'avancée de la toiture, en bâtissant leur nid contre un chevron. Viviane retrouva son époux, dans la cuisine, au moment où il rallumait le fourneau pour réchauffer du café. En chemise, les paupières lourdes de sommeil, ses beaux cheveux retombant sur ses épaules rondes, elle l'embrassa tendrement puis s'empara de la miche de pain pour en découper quelques tranches qu'elle déposa sur la table. Entre-temps, il avait exhumé du placard des cuillères et des bols ainsi que du fromage et de la confiture. Ils s'attablèrent puis mangèrent en silence. Le médecin ressassait sa déception, après son enquête infructueuse, mais il espérait que ses confrères auraient été plus chanceux, notamment à Espalion et sur les contreforts de l'Aubrac, où nombre de familles étaient habituées à solliciter le rebouteux. Quant à Viviane, elle regrettait toujours que ses fillettes continuent à souffrir d'eczéma et que la médecine ne puisse pas y remédier. Au printemps, profitant d'un voyage dans sa famille à Toulouse, elle les avait emmenées de nouveau chez un dermatologue qui leur avait prescrit une pommade différente mais qui n'avait pas démontré son efficacité. Enrageant de ne remarquer aucune amélioration notable, elle avait eu de nouveau la tentation de s'affranchir de l'autorité de son époux et de ne pas respecter son interdiction pour se précipiter chez le guérisseur de la bastide. Mais elle y avait renoncé pour ne pas le braquer, susciter des crispations qui empoisonneraient le quotidien. Elle s'inquiétait également de ce que leur cuisinière rapportait des commerces lorsqu'elle y effectuait ses emplettes. Les habitants des alentours et certaines familles de Sauveterre n'appréciaient pas que son époux combatte avec autant d'entêtement rebouteux et guérisseurs. Ils avaient le sentiment qu'il les dénigrait, s'attaquait à leurs traditions. Viviane estimait qu'il n'y gagnerait pas, craignant que sa clientèle, déjà modeste, se réduise s'il persistait. Comment l'amener à la raison ?

Le tramway déposa le docteur Miquels sur le boulevard Gally en milieu de matinée. Il rejoignit alors la place d'Armes et un immeuble bourgeois où Raoul Blanquet l'attendait. Une désillusion le guettait. Parmi les adhérents de la Société, personne n'avait encore répondu à la circulaire qu'il avait envoyée à chacun d'eux après l'assemblée générale de l'automne. Pas de signalement de patients mécontents du rebouteux ni même de témoignage sur ses méthodes. Comment était-ce possible ? Des médecins d'Espalion, de la vallée du Lot et de l'Aubrac s'étaient adressés à la Société pour qu'elle engage une procédure judiciaire à son encontre puis obtienne sa condamnation. Pourquoi ne se manifestaient-ils toujours pas ? Le docteur Miquels conservait le souvenir du courrier envoyé au président, à l'automne, par l'un de ses confrères d'Espalion pour protester vigoureusement contre les agissements et l'influence de Pierre Brioude auprès de sa clientèle. Jacques Bompard en avait donné lecture. Le médecin de Sauveterre était abasourdi par son silence et le mutisme de ses confrères. Craignaient-ils l'hostilité des familles qu'ils visitaient s'ils transmettaient l'identité de malades qui auraient été manipulés par Pierrounet et en souffriraient encore ? Sûrement. Ou les intéressés étaient-ils frappés par une amnésie soudaine, ne se rappelant plus s'ils connaissaient le rebouteux et s'il les avait rhabillés ? Dans ses tournées, il avait été confronté à plusieurs reprises à cette situation qui l'exaspérait. Il avait rencontré deux hommes qui boitillaient, une femme handicapée par une luxation ancienne de l'épaule et qui ne pouvait plus accomplir désormais certains mouvements, mais qui lui avaient assuré qu'ils n'avaient jamais sollicité Pierre Brioude alors qu'Euphrasie Lavernhe prétendait le contraire. Le docteur Blanquet comprenait son agacement, qu'il partageait, et redoutait, par avance, qu'ils n'obtiennent aucune information intéressante pour la chambre d'instruction de Marvejols. L'absence de témoignages de malades, de précisions, de descriptions médicales ne pourrait que bénéficier à Pierrounet et atténuerait sûrement sa condamnation si l'audience du tribunal ne se concentrait que sur l'affaire Édouard Lavernhe. La clémence du jugement l'inciterait à poursuivre ses activités en toute impunité, pousserait les guérisseurs et les charlatans qui pullulaient à continuer leurs tournées dans les bourgs et les villes, à abuser de la crédulité des malades et, souvent, à mettre en danger leur santé. Comment obtenir justice ?

Ils déjeunèrent avec leur confrère ruthénois, le docteur Vergnes, qui avait soutenu la position du médecin de Sauveterre à l'encontre de Pierrounet à l'occasion de l'assemblée générale. Ils ne parlèrent quasiment que de charlatans. Les correspondances envoyées ces dernières semaines au président ou au secrétaire s'y prêtaient. Le docteur Lemasson, installé à Saint-Jean-du-Bruel, se plaignait d'un publiciste de sa localité qui affirmait procurer la guérison durable de certaines maladies chroniques grâce à la « médecine végétale » et à la collaboration de la pharmacie Richelieu à Paris. Les médecins de Decazeville s'insurgeaient, depuis plusieurs années déjà, contre le desservant de la paroisse de Saint-Projet-de-Cassaniouze, aux frontières de l'Aveyron et du Cantal, qui accueillait chaque semaine dans son presbytère près de deux cents malades du bassin houiller pour les soulager de différentes affections avec la complicité d'une pharmacie de Decazeville qui fournissait les remèdes prescrits. Ils demandaient maintenant au président de la Société d'adresser une protestation à l'évêque de Saint-Flour pour déplacer l'ecclésiastique et l'empêcher de poursuivre ses consultations déloyales. À Aubrac, où il était à l'origine du sanatorium désormais en service, le docteur Saunal était confronté à la présence inquiétante d'un aventurier qui se prétendait boulanger-pâtissier, barbier, dentiste, pharmacien et médecin. Ce charlatan, qui se nommait Pierre Alméras, avait enlevé une verrue à une jeune femme du village qui avait ensuite accouru dans le cabinet du docteur Saunal dès qu'elle avait eu de la fièvre. Il avait alors constaté que la blessure avait dégénéré en phlegmon. Grâce à son intervention, l'infortunée avait échappé à l'amputation. La nouvelle s'étant répandue dans Aubrac, Pierre Alméras essayait d'intimider le médecin, multipliant ses attaques verbales dès qu'il le rencontrait, l'inondant de lettres d'insultes et de menaces de mort. Le docteur Saunal avait déposé une plainte auprès des gendarmes de Saint-Chély-d'Aubrac, souhaitant que la Société l'appuie ensuite auprès de la justice.

Cette prolifération de charlatans et la multiplicité des contentieux avec les médecins officiels, les jeunes docteurs Miquels et Vergnes ne l'acceptaient plus. Ils regrettaient la complexité des procédures, l'interminable instruction des dossiers et l'indulgence des tribunaux. Pendant le déjeuner, le docteur Vergnes proposa une tribune dans les journaux aveyronnais pour dénoncer cette situation et mettre en évidence les dangers que les familles encouraient en sollicitant des charlatans. Il connaissait le rédacteur du *Courrier Républicain* et il était convaincu qu'il la publierait. Le docteur Blanquet esquissa une grimace. Conservateur, il préférait *L'Union Catholique* aux journaux républicains. Le docteur Vergnes objecta que *L'Union Catholique* et *Le Journal de l'Aveyron*, d'opinion royaliste, ne consentiraient pas à une parution de cette tribune dans leurs colonnes : ils défendaient les traditions, à l'inverse des républicains qui se dépensaient pour le triomphe du progrès et de la science. Aujourd'hui, plus que jamais, la politique du président du Conseil, Louis Combes, opposait les conservateurs et les républicains. L'expulsion des congrégations religieuses et, surtout, la préparation de la loi de séparation de l'Église et de l'État dont la discussion par les députés et sénateurs était programmée pour le printemps 1905, suscitaient de virulentes et de multiples crispations. Une guerre de tranchées était déclarée entre les deux camps. Le docteur Blanquet considérait que la Société et ses adhérents n'avaient nullement à y participer. Une tribune sur les charlatans ne pourrait qu'alimenter la polémique entre journaux républicains et conservateurs, toujours à la recherche d'une controverse. Non seulement il ne voulait pas s'y associer mais souhaitait que ses deux confrères assument seuls la paternité de cette tribune, en ne se réclamant pas de la Société de secours mutuel. Les docteurs Vergnes et Miquels répondirent alors qu'ils l'écriraient même si elle n'était publiée que par un seul journal, parce que c'était leur devoir.

Après le déjeuner, les deux jeunes médecins se retrouvèrent sur la place du Bourg où le docteur Vergnes et sa famille résidaient, au premier étage d'un bel immeuble dont le cabinet occupait le rez-de-chaussée. Le médecin ruthénois apposa aussitôt une affichette sur la porte d'entrée pour prévenir ses patients qu'il ne consulterait pas cet après-midi-là, sauf urgences. Ils s'y réfugièrent pour travailler à la rédaction de leur tribune qui appellerait les familles de l'Aveyron à abandonner les anciennes pratiques et à n'accorder leur confiance qu'à des médecins dûment patentés. Ils mentionnèrent Pierrounet de Nasbinals parmi les charlatans qui méritaient d'être condamnés. « Vous connaissez sûrement tous – écrivirent-ils – la réputation de ce rebouteux qui prétend être capable de disloquer un agneau puis de le remettre sur ses pattes, de réduire les luxations du genou, du coude et de l'épaule, de consolider les fractures les plus graves par manipulation et sans manœuvres violentes. Ce cantonnier qui s'est peut-être plus préoccupé pendant sa carrière de sa clientèle que de l'entretien des chaussées, est un citoyen de Nasbinals en Lozère. Il est plus célèbre que le zouave Jacob ! On accourt de la capitale et de la France entière pour le consulter… Des médecins, affirme-t-on, le sollicitent. Il est pourtant à l'origine de la gangrène qui a emporté le régisseur d'une exploitation agricole de Sauveterre-de-Rouergue parce qu'il n'avait pas consolidé de manière correcte une fracture. La médecine est une profession. Elle s'apprend dans les facultés à Montpellier et à Toulouse. On y dissèque les cadavres. On y étudie les maladies, l'anatomie. Les charlatans et les rebouteux n'ont pas de connaissances médicales ni même d'instruction. Ils tâtonnent et expérimentent, réussissent très rarement et échouent souvent. Leur ignorance n'apporte que le malheur dans les familles. Des malades meurent d'une manière stupide parce qu'ils les ont écoutés ou sont estropiés pour toujours parce qu'ils ont été mal soignés. Maintenant que nous sommes au XXe siècle, on ne peut plus accepter que des camelots proposant des produits "miraculeux", des rebouteux, des guérisseurs prétendent aujourd'hui remplacer les médecins comme à l'époque de nos grands-parents où il y en avait si peu dans les campagnes et même dans certaines de nos villes. Il est nécessaire que les tribunaux soient intraitables et les condamnent pour que les superstitions et les croyances stupides disparaissent... »

Après une heure de discussions animées et de corrections, tous deux parurent satisfaits de cette tribune. Ils l'apportèrent sans plus attendre au *Courrier Républicain*, qui avait ses bureaux dans la rue de La Barrière, à deux ou trois cents mètres de la place du Bourg. Le propriétaire de cet hebdomadaire était également imprimeur ; il proposait aux Ruthénois des faire-part de mariage, de fiançailles, de naissance et de décès, des cartes de visite. Il vendait par ailleurs des petits guides illustrés sur l'Aveyron mais, surtout, des ouvrages de républicains affirmés, à l'image de Victor Hugo que les militants ne pouvaient guère se procurer à la librairie de *L'Union Catholique* ! Un vacarme assourdissant retentissait dans l'immeuble lorsque les deux médecins entrèrent dans le vestibule. Les presses tournaient, imprimant la dernière édition du journal. Un homme d'une trentaine d'années, en chemise blanche, en cravate, abandonna son bureau pour les recevoir. Thomas Bonnet reconnut dans l'instant le docteur Vergnes, qui présenta alors son confrère avant d'expliquer pourquoi ils souhaitaient le rencontrer. Découvrant leur tribune, le journaliste s'enflamma. Une critique des charlatans par des médecins ? Enfin ! Pierrounet poursuivi devant les tribunaux pour exercice illégal de la médecine ? C'était justifié. Chez ses concurrents, personne n'avait annoncé la nouvelle jusqu'à présent. Il se précipita en direction des machines en brandissant les deux feuillets pour les remettre à son directeur, une grande gigue en blouse bleue, qui surveillait le tirage. L'homme les parcourut. Son visage s'illumina. Excellent, excellent ! murmura-t-il en les restituant à Thomas Bonnet qui retourna dans le vestibule pour transmettre aux deux médecins ce commentaire qui correspondait à un assentiment. La rédaction publierait leur tribune dans l'une de ses prochaines éditions. D'ores et déjà, le journaliste pressentait que les conservateurs riposteraient dans leurs journaux pour défendre le rebouteux de Nasbinals, catholique pratiquant qui appliquait les Évangiles en essayant de soulager de son mieux les souffrances de son prochain. Les républicains combattaient tout ce qu'ils soutenaient : la religion de Rome, la tradition, les idiomes qui étaient néfastes à l'unification de la langue, le patronat qui s'alliait à l'Église pour exploiter le prolétariat. Cette tribune était une aubaine pour l'hebdomadaire à la recherche permanente de témoignages et d'informations susceptibles d'accréditer la pertinence des positions du *Courrier Républicain*. Thomas Bonnet imaginait déjà comment, avec l'accord de son directeur, il soutiendrait le docteur Miquels, la Société de secours mutuel et l'infortunée victime du rebouteux avec des chroniques régulières sur la préparation du procès. La direction le dépêcherait sûrement à Marvejols pour qu'il rapporte ensuite aux lecteurs la comparution de Pierre Brioude et des témoins devant le tribunal, les plaidoiries et le réquisitoire du procureur puis l'annonce de la décision des juges. Il souhaitait que le rebouteux ne bénéficie d'aucune indulgence ; il le martèlerait. Une nouvelle bataille pour le progrès s'engageait.

10

Viviane avait prévenu son époux lorsqu'il était revenu de Rodez, triomphant, avec les deux feuillets de sa tribune. Il provoquerait de nouvelles animosités à son encontre dans les campagnes même si *Le Courrier Républicain* y comptait bien moins de lecteurs que son concurrent, *L'Union catholique*, mais également parmi la population de Sauveterre. La bourgade pouvait s'enorgueillir de ses traditions républicaines. En décembre 1851, les Sauveterrats avaient marché en compagnie des Villefranchois sur la préfecture de l'Aveyron pour protester contre le coup d'État du prince-président Louis Bonaparte et la restriction des libertés. Certains d'entre eux avaient été arrêtés et poursuivis devant les tribunaux puis condamnés à la déportation en Algérie, dont le premier magistrat de la commune qui n'était jamais retourné à Sauveterre, décédé dès l'année suivante. Cette initiative courageuse avait marqué les familles dont la majorité était acquise aux républicains. Néanmoins, sur certaines questions, les opinions étaient partagées ou nuancées. Le pharmacien albigeois qui l'avait encouragé à s'installer dans la bastide l'avait expliqué au médecin en l'exhortant à redoubler de prudence avant d'adopter une position trop catégorique sur les traditions, la religion, l'instruction publique. Viviane avait assisté à leur discussion, elle s'était toujours souvenue de ce qu'il avait prétendu alors. La clientèle d'un médecin, comme celle d'un pharmacien, se constituait patiemment grâce à la compétence, à la confiance, à la discrétion et au dévouement. Elle regrettait que son époux manquât de discrétion depuis l'automne et défende des opinions trop tranchées que l'on pouvait trouver effectivement dans les colonnes du *Courrier Républicain* auquel il était abonné depuis leur aménagement à Sauveterre, dont elle était devenue également une lectrice assidue mais bien plus critique ! Comme Bertrand, elle appartenait à une famille de républicains toulousains. Leurs parents se recevaient et elle connaissait Bertrand depuis son enfance avant qu'ils se fréquentent, lorsqu'il avait entamé ses études de médecine. Elle les avait souvent entendus débattre, s'intéressant à la politique dès l'adolescence, ce qui n'était pas commun : les femmes n'étaient jamais consultées. Les deux familles avaient leurs convictions mais les exprimaient le plus souvent avec une modération que Bertrand avait peu à peu abandonnée lorsqu'il avait rencontré des étudiants en philosophie et en histoire dans des cafés de la place Esquirol ou du

Capitole, adoptant davantage de fermeté dans son discours. Au lendemain de leur mariage, Viviane ne s'en était pas trop inquiétée. Elle s'en préoccupait depuis qu'ils n'habitaient plus Toulouse mais une bourgade de l'Aveyron aux mentalités différentes, plus encore en parcourant leur tribune. Bertrand et son confrère y affirmaient la suprématie de la médecine officielle sur les pratiques populaires et sur l'empirisme. Quelle suffisance ! Elle se demandait si tous deux avaient bien conscience qu'ils n'étaient pas infaillibles, malgré leurs connaissances. Ils pouvaient se tromper de diagnostic, sous-estimer une inflammation, une poussée de fièvre, des douleurs diffuses, un évanouissement. Jusqu'à présent, Bertrand n'avait pas commis de lourde méprise et personne n'avait contesté ses décisions. Si par malchance il se fourvoyait gravement, la jeune femme était certaine qu'on se souviendrait alors de sa prétention et de ses attaques. Il le payerait très chèrement. Elle redoutait par avance qu'ils se trouvent dans l'obligation de déménager.

L'analyse était pertinente. La semaine même de la parution de la tribune, lorsqu'il effectua ses consultations au domicile de certaines familles catholiques et conservatrices qui constituaient une minorité agissante à l'occasion de chaque élection municipale et législative, le docteur Bertrand Miquels essuya des remarques désagréables. Depuis son installation, elles avaient toujours supposé à certaines discussions ou à des allusions qu'il ne partageait pas leurs opinions, mais elles estimaient qu'il était préférable de disposer d'un médecin dans la bastide même et, pour cette raison-là, avaient accordé leur confiance à ce jeune praticien adoubé par un pharmacien albigeois qui avait des attaches à Sauveterre mais qui était républicain. Elles avaient ressenti comme des attaques personnelles les critiques des docteurs Miquels et Vergnes dans leur tribune du *Courrier* qu'elles n'achetaient pas mais que des relations s'étaient empressées de leur signaler. Elles indiquèrent au docteur Miquels qu'elles n'étaient pas des arriérées et ne rejetaient pas le progrès. Soucieuses de ne pas déclencher de brouille durable, deux d'entre elles se contentèrent d'un avertissement. Plus catégorique que ses voisines, la troisième l'informa fermement qu'elle ne le solliciterait plus et s'adresserait à son confrère de Naucelle, malgré la distance. Elle ne souhaitait pas l'entendre dénoncer en permanence les guérisseurs, les rebouteux et les remèdes naturels. Chez les républicains, les réactions étaient partagées, à l'étonnement de Bertrand Miquels qui s'imaginait qu'ils le soutiendraient sans hésitation. Les plus modérés regrettaient sa rigidité. Ils consultaient parfois des guérisseurs, en toute discrétion, mais surtout pas le sacristain de la paroisse pour pouvoir échapper aux railleries des « blancs » ; ils se rendaient dans les villages des alentours et n'avaient pas à s'en plaindre. Pourquoi ne distinguait-il pas les guérisseurs des charlatans ? À l'inverse, Charles Caussanel le félicita chaudement. Ce radical tendance socialiste qui figurait parmi les influents avait un caractère emporté qui le poussait à invectiver sans cesse les conservateurs. C'était une personnalité contestée : roublarde et remuante. Il avait réussi dans le commerce grâce à sa présence constante sur les marchés de l'arrondissement, et s'était constitué une clientèle devenue son électorat. Cet ancien député occupait les fonctions de premier magistrat. Qu'il défendît dans les auberges de Sauveterre et sur les marchés les positions du docteur Miquels était encombrant pour l'intéressé, au point que les « blancs » classèrent le médecin parmi les « rouges ». La bagarre était permanente entre les deux camps, d'autant plus que 1904 était une année d'élection. Émanant des plus fanatiques, les insultes, les injures, les menaces frappèrent les Miquels qui avaient été épargnés jusqu'à présent par les buissons noirs, les courriers anonymes glissés sous l'entrée, les cordelettes envoyées sous enveloppe ou les chouettes clouées sur les portes. Viviane n'en dormit plus, rechigna à s'aventurer avec les fillettes sur les « promenades » qui ceinturaient l'ancienne enceinte. Si elle s'était écoutée, elle aurait préparé aussitôt ses bagages pour emmener ses fillettes à Toulouse et retrouver ses parents pendant quelque temps. Mais elle ne voulait pas que Bertrand affronte seul la fronde des « blancs ». Ces attaques personnelles, les réflexions de certaines familles de malades affectèrent le médecin. Même s'il persistait à affirmer que son combat était justifié, elles ébranlèrent ses certitudes et l'amenèrent à prendre conscience du fait qu'il était peut-être excessif. Son épouse l'encouragea à plus de modération et de modestie, de tolérance et de discrétion, à ne s'occuper strictement que de ses malades. Il s'y engagea pour ne pas compromettre son avenir professionnel à Sauveterre et ne pas exposer inutilement sa famille. Néanmoins, il ne comptait pas renoncer à sa plainte contre Pierrounet. S'il capitulait sous la pression, il perdrait sa crédibilité et la médecine ne pourrait que régresser.

Comme le supposait Thomas Bonnet, rédacteur du *Courrier*, les conservateurs ripostèrent aussitôt dans les colonnes du *Journal de l'Aveyron* qui leur étaient toujours ouvertes, même si le propriétaire, l'imprimeur-éditeur ruthénois Carrère, avait annoncé dès 1900 qu'il abandonnait l'engagement politique. Qui organisa cette réplique ? Les docteurs Miquels et Vergnes s'interrogèrent en apprenant que ce journal avait consacré une chronique élogieuse au rebouteux de l'Aubrac. Des catholiques ? Probable. Pierrounet avait la réputation d'être très pratiquant et d'avoir hérité d'un don octroyé par Dieu. Ou des notabilités ? Peut-être. Elles connaissaient son rayonnement et n'entendaient pas décevoir leur électorat en refusant de le soutenir. Mais les deux médecins n'y croyaient pas. Un sénateur, un député, un conseiller général auraient endossé la paternité de la chronique en expliquant leur position sans la moindre ambiguïté. Pourquoi pas des médecins ? Le docteur Miquels avait bien compris que certains d'entre eux n'approuvaient pas la Société de poursuivre Pierrounet devant les tribunaux et ils avaient peut-être cherché à prendre leur revanche. Certes la chronique était anonyme, mais elle mentionnait que des médecins aveyronnais avaient conseillé à des malades de consulter le rhabilleur et ces éclopés n'avaient eu qu'à s'en féliciter. Elle était bien rédigée, concise et efficace comme si c'était déjà une plaidoirie d'avocat dans un prétoire. « Pierrounet n'a, bien entendu, jamais étudié la médecine, soulignait-elle. C'est un homme simple dans ses manières, ses paroles. Il est aussi dévoué qu'un médecin. On peut frapper à sa porte de jour et de nuit. Au premier comme au dixième appel, il est aussitôt debout. Son humeur est inaltérable. Il n'a jamais demandé de gratification à quiconque ni ordonné des remèdes ridicules avec une adjonction de prières, de mortifications et d'autres œuvres pieuses. Ce n'est pas un charlatan… Pierrounet bénéficie depuis toujours d'une considération amplement justifiée. Bien peu d'hommes d'une condition aussi modeste sont parvenus à soulager leurs semblables avec autant de réussite et d'une manière aussi désintéressée. Lorsqu'il disparaîtra, tous les habitants de Nasbinals le regretteront et porteront le deuil… » Ce plaidoyer avait abasourdi le docteur Miquels. Quelle audace ! Trois plaintes étaient déposées contre Pierrounet et on le présentait comme un bienfaiteur ? C'était une provocation. Il redoutait déjà que ses partisans orchestrent une campagne dans les journaux pour essayer d'influencer la justice en obtenant la clémence du tribunal. Son impression se confirma avec la publication de cette chronique anonyme dans *L'Union Catholique* puis *L'Aveyron Républicain,* dont les opinions politiques devenaient de plus en plus conservatrices pour défendre les religieux expulsés ou menacés en rejoignant les cléricaux. Thomas Bonnet ne s'était pas trompé. Rouges et blancs s'affrontaient autour de Pierrounet. Le docteur Miquels ne l'aurait jamais imaginé quand il avait déposé plainte à la brigade de Sauveterre. Ce combat légitime ne risquait-il pas de le dépasser pour devenir de plus en plus politique ?

11

Pierrounet était partagé entre satisfaction et inquiétude, en cette journée de juillet. Ses derniers malades de la matinée reconduits, il avait retrouvé son épouse dans la cuisine où il avait découvert une enveloppe épaisse parmi son courrier. Elle contenait un exemplaire de *L'Aveyron Républicain*, de *L'Union Catholique*, du *Courrier* et du *Journal de l'Aveyron*, expédiés par Joseph-Amans Fabre, qu'il avait rencontré à plusieurs reprises à l'occasion de l'assemblée générale de la Chambre syndicale des marchands de charbon de la Seine et du banquet d'Aubrac. Ce républicain aveyronnais, ancien sénateur, les avait accompagnés de deux feuillets dans lesquels il confessait son admiration pour le rebouteux. S'il n'avait pas apprécié l'attaque des médecins, comme nombre de ses relations, il avait approuvé la chronique qui essayait de le réhabiliter. C'était une satisfaction pour Pierrounet à l'approche de sa nouvelle convocation dans le bureau du juge d'instruction, à Marvejols. Toutefois, Joseph-Amans Fabre regrettait que les poursuites judiciaires contre le rhabilleur suscitent déjà des affrontements politiques. C'était également l'inquiétude de l'intéressé devant les commentaires caustiques dont les directions des journaux conservateurs avaient bombardé les docteurs Miquels et Vergnes, en présentant une réponse anonyme à leurs attaques. Cette agitation rappela à Pierrounet le différend qui avait opposé *Le Journal de l'Aveyron* et *L'Aveyron Républicain*, en 1888 déjà, mais toujours à son propos. Le premier s'était distingué par la publication d'une chronique louangeuse qui avait entraîné une réplique acerbe des médecins ruthénois dans les colonnes du deuxième, soutenue avec flamme par la direction. Aujourd'hui, Pierrounet observait avec étonnement que ces deux journaux mettent autant de conviction à le défendre devant les médecins alors que *L'Aveyron Républicain* l'avait descendu sans ménagement en 1888. Il se demandait si les journalistes n'avaient pas de conscience, de mémoire, de scrupule. Les rouges contre les blancs ? C'était la bataille permanente avec ses règlements de comptes, ses violences verbales et physiques. Il redoutait en parcourant de nouveau les journaux de l'Aveyron qu'elle se cristallise désormais autour de sa personne à travers la Lozère. Elle ne se manifesterait sûrement pas à Nasbinals, qui comptait très peu de républicains. La commune avait un électorat conservateur, à l'image de ses voisines. Marc-Antoine Charrier, notaire à Nasbinals, n'avait-il pas convaincu des centaines de paysans, au printemps

1793, de s'emparer des principaux pouvoirs républicains du département pour les contrôler puis restaurer la monarchie ? La situation était bien plus nuancée sur le causse de Mende, différente dans les Cévennes de Florac, sur le Sauveterre et le Méjean où les républicains étaient mieux implantés. Comment réagiraient-ils ? Et les journaux de la Lozère ? Au moment de l'attaque des médecins aveyronnais en 1888, ils avaient conservé leur distance vis-à-vis de la polémique. S'y associeraient-ils ? Et comment se comporterait le syndicat des médecins de la Lozère ? Pierrounet avait interrogé le docteur Aurélien Morange, qui l'avait rassuré. Ni ses confrères ni le syndicat n'avaient bronché en 1888. Pourquoi porteraient-ils plainte alors qu'ils disposaient d'éléments suffisants, depuis une vingtaine ou une trentaine d'années, pour poursuivre le rebouteux devant les tribunaux s'ils le désiraient ? Certes le docteur Morange ne pouvait prévoir les décisions qu'ils prendraient, à l'automne, à l'occasion de l'assemblée générale. Mais il avait le sentiment après quelques échanges avec des confrères qu'ils voudraient demeurer en dehors de ce tintamarre.

Ferdinand Issanchou avait convoqué Pierrounet pour la dernière semaine de juillet et souhaitait l'entendre le vendredi à 9 heures, ce qui était contraignant pour le prévenu. Soit il quitterait Nasbinals à 3 ou 4 heures du matin, grâce à l'attelage d'Honoré Richard qui avait proposé de nouveau de l'emmener à Marvejols et de l'assister. Soit il rejoindrait la sous-préfecture la veille avec la diligence, dînerait et dormirait dans l'un des hôtels. Honoré Richard le retrouverait alors le lendemain dès 9 heures au tribunal. Les chaleurs avaient débuté après la Saint-Jean ; elles persistaient et fatiguaient le rhabilleur, qui se résigna finalement à prendre la diligence dès le jeudi après-midi. Une semaine avant le rendez-vous, Romain Douziech l'informa par télégramme qu'il l'accompagnerait à Marvejols. Comme il prévoyait de séjourner dans sa famille à ce moment-là, il pourrait effectuer le déplacement en sa compagnie et intervenir pendant l'interrogatoire si c'était nécessaire. Ce jeudi-là, les deux hommes quittèrent donc Nasbinals après le déjeuner et affrontèrent la chaleur sous la bâche pendant plus de quatre heures. Le voiturier s'arrêta à deux reprises dans une auberge où ils purent se désaltérer. Lorsqu'ils arrivèrent à Marvejols, ils se rendirent sans plus tarder à l'hôtel du Nord. Dans une chambre qui avait conservé sa fraîcheur grâce aux ombrages d'un immense marronnier, Pierre Brioude se reposa jusqu'au dîner. Les deux hommes parlèrent alors de la polémique provoquée dans les journaux de l'Aveyron par l'attaque des deux médecins contre le charlatanisme. Le rebouteux avait transmis les coupures à l'avocat dès leur première entrevue. Comme Pierrounet, Honoré Richard et le docteur Morange, Romain Douziech craignait que la passe d'armes dans les journaux entre les rouges et blancs indispose Ferdinand Issanchou. La manœuvre de ses partisans ne le tromperait pas.

Un magistrat détestait toujours qu'on cherche à l'influencer. Ferdinand Issanchou essaierait peut-être de l'accabler de questions bien plus insidieuses qu'à la première audition.

Romain Douziech et Pierrounet se promenèrent dans Marvejols avant de se présenter au palais de justice. Le vendredi accueillait le marché aux veaux. Ils s'y rendirent, flânèrent près des bêtes où les marchands et les éleveurs discutaient déjà des cours. Ils saluèrent nombre d'entre eux que le rebouteux avait rencontrés sur le foirail à Nasbinals ou souvent même rhabillés. Certains étaient informés de ses déboires avec la justice et de son rendez-vous au tribunal. Ils l'encouragèrent à ne pas se « déboutonner devant ces couillons de médecins qui commettent également des asenades et remplissent les cimetières ». Ils promirent de le soutenir au moment du procès, à travers leur présence au tribunal, insistant déjà pour qu'il continue à rhabiller même si on le condamnait.

Les deux hommes attendirent quelques minutes seulement puis un secrétaire les introduisit dans le bureau de Ferdinand Issanchou empestant toujours le tabac et les vieux papiers, même si la fenêtre demeurait ouverte. Romain Douziech se présenta et le magistrat ne manqua pas d'observer que les activités de rebouteux rapportaient certainement beaucoup pour que le prévenu s'adresse à un avocat parisien plutôt qu'à l'un de ses confrères lozériens, soulignant que le barreau de Marvejols comptait quatre excellents avocats. Pierre Brioude ne répondit pas. Il regardait le greffier s'installer à sa table, préparer sa plume et contrôler le contenu de son encrier comme au printemps pour la première audition. Le visage toujours émacié, les cheveux coupés très court, à l'évidence terrorisé par le magistrat, Pierrounet remarqua qu'il s'était autorisé, toutefois, une fantaisie : il n'avait pas boutonné le premier bouton de sa chemise.

Ferdinand Issanchou compulsa les papiers contenus à l'intérieur d'une chemise cartonnée avant de leur donner lecture d'un courrier d'Euphrasie Lavernhe qui rapportait les circonstances de l'accident de son époux, son déplacement à Nasbinals et sa manipulation par Pierrounet, le voyage éprouvant qui l'avait ramené à Sauveterre en deux journées, les complications de la blessure, la découverte de la gangrène tardivement diagnostiquée par le médecin de Sauveterre. Puis les premières questions survinrent.

– Pourquoi avez-vous accepté de manipuler cet homme malgré la gravité de sa blessure ?

– Il m'était difficile de refuser. Je l'avais déjà rhabillé par le passé et il y avait urgence.

– Quelle inconscience, monsieur Brioude ! Un chirurgien pouvait sûrement intervenir en dehors de l'hôpital. Pas vous.

– Dans les armées de Napoléon, les chirurgiens ne procédaient pas différemment.

– Qu'en savez-vous ?

– Des anciens le racontaient à la veillée quand j'étais gamin. Ils étaient en Russie ; ils en ont réchappé par miracle. Les chirurgiens employaient des couteaux, des scies et de la gnôle. Ils travaillaient avec des moyens de fortune ; ils fabriquaient des appareillages qui ressemblaient certainement aux miens…

Romain Douziech tempéra la flamme de Pierrounet d'une simple pression amicale sur l'avant-bras.

– Intervenir sur un blessé aussi gravement atteint lorsqu'on n'est pas chirurgien, c'est de l'inconscience ! tempêta le magistrat.

– Édouard Lavernhe s'est opposé à ce que j'appelle le médecin de Nasbinals pour qu'il puisse au moins m'assister…

– Le docteur Morange ?

Pierrounet confirma.

– Il vous assiste souvent ? s'étonna-t-il.

– Dès que je le sollicite.

– Vous vous improvisez professeur de médecine alors que vous ne possédez aucun diplôme ! ironisa le magistrat. Pas même un brevet d'officier de santé ou d'infirmier.

Pierrounet haussa les épaules.

– Ne vous moquez pas, monsieur le juge ! Le docteur Morange m'a toujours accordé sa confiance, nous travaillons ensemble…

– Vous travaillez ensemble ?

– Oui. Dans les situations difficiles, il me seconde pour redresser la jambe fracturée puis il désinfecte la blessure avant d'administrer des calmants au malade pendant que je fabrique l'appareillage.

– Comme c'est étrange et inattendu. Un médecin travaillant avec un rebouteux…

– Où trouver un chirurgien lorsqu'on habite Nasbinals ? À Mende ou à Rodez. Mais comment s'y déplacer lorsque la tempête souffle, les diligences ne circulent plus ni les traîneaux ? C'est impossible… L'éloignement et l'isolement nous ont encouragés à rassembler nos compétences lorsque c'est nécessaire. Et notre attelage fonctionne correctement, à la satisfaction de beaucoup…

– Je comprends ! concéda Ferdinand Issanchou avec une moue dubitative. Mais c'est tout de même étrange ! Nous interrogerons le docteur Morange.

Le rhabilleur ne sourcilla pas, persuadé que le docteur Morange ne contesterait pas ses déclarations.

– Revenons au blessé ! Vous ne l'aviez pas convaincu d'appeler le médecin.

– Des témoins peuvent l'attester.

– Qui donc ?

– Mon gendre, Émilien Batifol, qui exploite l'hôtel du Levant où il avait réservé une chambre comme son patron. Gustave Libourel et Étienne Lafage, deux habitants de Nasbinals, étaient là aussi…

– Madame Lavernhe ne les mentionne pas.

– Elle n'était pas présente… Demandez à Auguste Desmazes ; il vous le confirmera.

– Nous enverrons une commission rogatoire à notre collègue de Rodez qui le convoquera.

– Et mes témoins ?

– Rassurez-vous, monsieur Brioude. Nous les entendrons.

– Le propriétaire du domaine…

– Justement ! Qu'en pensait-il ? l'interrompit le magistrat.

– Que la présence d'un médecin était nécessaire.

– Surtout après deux journées de voyage avec un attelage sous la chaleur ! triompha Ferdinand Issanchou tout en bourrant la pipe. C'était la plus élémentaire prudence. Pourquoi n'a-t-il pas appelé le docteur Morange ?

– Je vous le répète, monsieur le juge ! Édouard Lavernhe s'y est opposé. C'était un cabochard.

– Nous demanderons à Alphonse Desmazes...

Le magistrat soupira longuement avant de continuer :

– Pratiquez-vous souvent des réductions de fractures ouvertes à la jambe ?

– Ce n'est pas le plus fréquent mais j'y suis habitué.

– C'est pourtant un véritable travail de chirurgien ! objecta-t-il en maugréant. Et qui ne s'improvise pas, surtout quand on ne connaît pas l'anatomie... Où avez-vous appris ?

– Sur les montagnes.

– Auprès des troupeaux ?

– Naturellement !

La réponse stupéfia le magistrat.

– Mais qui vous a appris ?

– Un cantalès m'a enseigné sa méthode pour soigner les veaux lorsqu'ils se cassent une patte en s'amusant sur les pâturages ou dans l'affolement pendant un orage.

– Et vous l'avez appliquée aux hommes ?

– Après bien des années mais en l'améliorant…

– Vous avez transposé la médecine vétérinaire, ou ce que vous prétendiez en connaître, sur les hommes et les femmes ? s'indigna Ferdinand Issanchou, en abattant son poing sur le bureau.

Le greffier sursauta avant de continuer à écrire.

– Et vous vous étonnez ensuite qu'on vous traduise en justice ? Mais vous travaillez comme un boucher !

Romain Douziech répliqua aussitôt :

– Un boucher ? C'est insultant pour mon client, monsieur le juge. Il s'est occupé de son mieux de milliers de blessés et personne n'a jamais contesté la manière dont il les a manipulés puis appareillés après une fracture.

– Vous ne manquez pas d'aplomb, maître ! s'insurgea aussitôt le magistrat. Ces blessés n'ont peut-être pas eu le courage de le faire. Ou la gangrène les a emportés si rapidement qu'ils n'en ont pas eu le temps…

S'adressant au prévenu, il enchaîna :

– Dommage que nous ne puissions pas retrouver aujourd'hui les milliers de blessés que vous avez manipulés ou rhabillés. Je suis persuadé que les estropiés y sont nombreux ! Mais ils n'admettront jamais que vous êtes à l'origine de leur handicap.

– Vous l'accusez sans disposer de preuves ! tempêta l'avocat en bondissant sur sa chaise. Hormis madame Lavernhe, personne n'a déposé plainte contre monsieur Brioude…

– Pour l'instant !

Pierrounet et Romain Douziech le regardèrent, intrigués.

– Les plaintes pourraient peut-être s'additionner si les médecins de l'Aveyron rassemblent des témoignages accablants contre vous, poursuivit le magistrat à l'adresse de Pierrounet. Ils s'y emploient ; ils cherchent auprès de leurs malades et de leurs relations. Je suis persuadé qu'ils trouveront sûrement. Les médecins de l'Aveyron se plaignent quasiment tous de la concurrence déloyale que vous leur imposez depuis des années. C'est le président de leur syndicat qui le prétend ! Mon collègue de Rodez l'entendra également... Vous les exaspérez tellement qu'ils se démèneront pour nous remettre des documents irréfutables...

Les deux hommes encaissèrent et se regardèrent de nouveau en se demandant si Ferdinand Issanchou essayait de les bluffer ou si les médecins de l'Aveyron avaient entrepris leur propre enquête parce qu'ils souhaitaient une condamnation exemplaire.

– Continuez-vous à intervenir sur des fractures ouvertes ?

– Non !

– J'espère bien. Vous pourriez toutefois nous expliquer comment vous procédez.

Le rhabilleur réclama une feuille blanche et un crayon à papier, dessina une jambe et ses os puis l'appareillage qu'il constituait et la fenêtre qu'il pratiquait autour de la blessure, détaillant les matériaux qu'il employait : le carton, l'amidon, les bandes, le vin chaud sucré. Le magistrat l'écouta avec attention avant de transmettre la feuille à son greffier.

– Vous verserez cette pièce au dossier ! précisa-t-il.

Se tournant à nouveau vers le rebouteux, il demanda :

– Continuez-vous à accueillir de la clientèle ?

Embarrassé, Pierrounet répondit :

– Il m'est difficile de refuser. On me supplie tous les jours. Je ne voudrais fâcher personne.

– Continuez, continuez, monsieur Brioude ! termina ironiquement le magistrat. Vous estimez sûrement que c'est votre devoir ?

Il attendit sa réponse et on n'entendit plus que le piaillement des oiseaux au dehors puis le tintement des cloches. Mais le rebouteux demeura silencieux.

– Sûrement, sûrement ! C'est comme une drogue. Vous ne vous en passerez donc jamais ? Songez que vous avez déjà soixante-douze ans ! Il me paraîtrait plus raisonnable que vous raccrochiez, sinon vous ne pourrez qu'aggraver votre situation…

12

Raccrocher ? Raccrocher ? Pierrounet ressassait l'injonction du magistrat en traversant le palais de justice avec Romain Douziech. Pourquoi ? Les guérisseurs et les rebouteux ne connaissaient point la cessation d'activité que les règlements imposaient aux employés des tribunaux, à l'ensemble des fonctionnaires, aux cantonniers. Ils consultaient jusqu'à leur dernier souffle. Pourquoi se comporterait-il d'une manière différente ? Qu'y avait-il de répréhensible à soulager son prochain ? Il ne raccrocherait que si le jugement en comportait l'obligation et si le tribunal le condamnait sévèrement. Il en avait déjà débattu avec son avocat au cours de leur dîner de la veille, à l'hôtel du Nord. Certes Romain Douziech n'imaginait pas que le président et ses assesseurs expédieraient un vieillard de soixante-douze ans dans une cellule pendant des semaines, comme un délinquant, mais il redoutait des sanctions financières pour l'empêcher de continuer à accueillir de la clientèle. Toutefois, le tribunal ne pourrait pas imposer devant le domicile de Pierrounet la présence permanente des gendarmes de Nasbinals pour contrôler si sa décision était appliquée, d'autant plus que le maréchal des logis-chef le sollicitait parfois, avec discrétion, pour l'un de ses collègues. Le rebouteux avait prévenu l'avocat qu'il respecterait l'interdiction de recevoir des blessés si elle était prononcée, parce qu'il était devenu moins frondeur avec l'âge, mais à contrecœur, ce qui le conduirait à s'accorder forcément des exceptions. Maintenant que le deuxième interrogatoire était terminé, il avait la conviction qu'il ne bénéficierait d'aucune indulgence. L'inflexibilité du magistrat, l'acharnement des médecins de l'Aveyron le laissaient sous-entendre. À l'évidence, ni Ferdinand Issanchou arc-bouté sur ses positions rationalistes ni les praticiens aveyronnais ne toléraient sa notoriété indiscutable et son efficacité à soulager les malades. Que pèseraient devant le tribunal les déclarations de ses deux assistants et du docteur Morange ? Il s'interrogeait d'autant plus que de nouvelles plaintes pourraient être déposées dans les prochaines semaines, certainement destinées à l'enfoncer. Il se demandait pourquoi les médecins cantaliens ne se manifestaient pas alors qu'il recevait depuis toujours des Cantalous à Nasbinals. Mèneraient-ils également une enquête auprès de leurs malades ? Voudraient-ils le poursuivre ? Il le découvrirait seulement à l'automne lorsque le magistrat le convoquerait à Marvejols pour la troisième audition. En attendant, il se morfondrait.

Ses inquiétudes n'échappèrent point à Romain Douziech. Il avait des cousins à Pierrefort, dans le Cantal, qu'il retrouvait à l'occasion de ses vacances estivales. Il profiterait de son passage chez eux pour rencontrer le médecin de cette localité et essayer de connaître les intentions de ses confrères du Cantal. Dès la semaine suivante, le jeune avocat rapporta à Pierrounet une nouvelle rassurante : les médecins cantaliens ne comptaient pas s'associer à la procédure judiciaire entreprise par leurs confrères de l'Aveyron. Les rebouteux étaient encore plus nombreux dans le Cantal qu'en Lozère, puisque la population y était plus importante. Depuis des années, dans des villages excentrés des monts du Cantal, ils avaient démontré qu'ils ne constituaient pas toujours une concurrence pour les médecins et qu'ils étaient capables de soulager un blessé avant que le praticien le plus proche puisse se déplacer jusqu'à son chevet.

L'avocat était à peine revenu de Pierrefort qu'il avait emprunté la diligence pour rejoindre Nasbinals sans plus attendre et informer le rebouteux de son entrevue avec le docteur Malbert. Il débarqua par une matinée orageuse. Une dizaine de personnes patientaient sous les ombrages, dans la courette de Pierrounet. Rose l'accueillit dans la grande cuisine avec étonnement puisqu'il n'avait pas prévenu de son passage mais, surtout, un immense soulagement en apprenant l'heureuse nouvelle tellement elle redoutait une offensive concertée des syndicats de médecins de l'Aveyron, du Cantal et de la Lozère. Certes Pierrounet en éprouva également de la satisfaction dès qu'il la découvrit de la bouche de Romain Douziech, mais la position des Cantalous ne le surprenait point. Il la commenta à sa manière, avec cette sagesse qui le caractérisait : « Les Cantalous ont toujours été moins exclusifs et moins obstinés que les Rouergats. » Depuis qu'il fréquentait les marchands de charbon de la Seine, il avait remarqué que les Rouergats cherchaient à dominer et à contrôler maintenant qu'ils étaient les plus nombreux à exercer cette profession parmi la communauté des originaires du Massif central. Les Lozériens et les Cantalous avaient désigné à la présidence de la chambre syndicale de la Seine l'un des leurs – Paulin Gardes –, mais ils n'appréciaient pas toujours leur caractère hégémonique, que traduisait également leur comportement sur l'Aubrac. Laguiole s'en proclamait capitale, négligeant les deux chefs-lieux de canton de Nasbinals en Lozère et de Saint-Urcize dans le Cantal, dont les marchés aux bestiaux et le commerce étaient actifs. Depuis que leur syndicat s'était engagé dans une procédure judiciaire à son encontre, Pierrounet avait bien compris que les médecins de l'Aveyron ne supportaient point qu'un rebouteux lozérien bénéficie dans leur département d'une notoriété aussi ancienne et importante, et empiète sur leur territoire. Il imaginait qu'ils ressentaient cette situation comme une offense. Rebouteux et Lozérien ? Le handicap était double. Romain Douziech en convenait. Certaines insinuations perfidement répandues par des Aveyronnais à son encontre, depuis son installation dans la capitale, ne l'avaient pas trompé. Aussi, le jeune avocat comptait préparer la défense du rebouteux avec une grande minutie pour pouvoir opposer à tous les arguments des médecins des éléments marquants. Les Brioude le convièrent à déjeuner. Ils continuèrent la conversation qu'ils avaient commencée autour de sa rencontre, à Pierrefort, avec le docteur Maubert. Comme la diligence d'Aumont ne repartait qu'à 18 heures, il leur demanda de compulser les messages de remerciements qu'ils avaient conservés.

Après la fourme de Laguiole, Pierrounet rejoignit leur chambre et en rapporta un grand tiroir de l'armoire dans lequel ils conservaient leurs documents familiaux, les cartes postales et les lettres que des « rhabillés » leur avaient envoyés. Rose débarrassa et Romain s'y plongea aussitôt. Il s'attacha à dépouiller le moindre feuillet comme un historien un paquet d'archives, avec méthode, sans relâcher son attention et sans négliger une phrase dans sa lecture. Il n'avait pas terminé lorsque la pendule indiqua la demie de cinq heures, au point qu'il sursauta. Déjà cinq heures et demie ? Dans une demi-heure, la diligence s'élancerait du champ de foire en direction de Malbouzon et Aumont. Il proposa à la maîtresse de maison de poursuivre ce travail fastidieux mais nécessaire dès le lendemain, si sa présence ne la dérangeait pas. Elle le regarda avant d'esquisser un sourire : « Ne vous tracassez pas pour la diligence ! Continuez jusqu'à l'heure de l'angélus. Ne vous pressez pas ! Vous mangerez avec nous, vous nous parlerez de ce que vous avez trouvé et vous dormirez chez nous… » Il accepta dans l'instant, avant de reprendre le dépouillement systématique de ces messages à l'écriture parfois hésitante ou malhabile, aux tournures de phrases souvent bancales mais aux intentions toujours sincères. Certains étaient intéressants et méritaient d'être mentionnés dans une plaidoirie pour essayer de démontrer que les activités de Pierrounet ne s'apparentaient pas à du charlatanisme. Mais il regretta qu'ils ne comportent pas toujours de patronyme ni d'adresse précise ; il ne pourrait pas transmettre des documents anonymes à la chambre d'instruction ni au président au moment de l'audience.

Les sonneries de l'angélus du soir avaient déjà été remplacées par des grondements de tonnerre que Romain Douziech s'obstinait toujours à déchiffrer les messages malgré une demi-pénombre qui envahissait maintenant la grande cuisine. Le ciel s'était obscurci et les nuages couleur d'encre s'amoncelaient. Les oiseaux volaient de plus en plus bas en piaillant. L'orage ne tarderait pas à éclater. Les premières gouttes s'écrasaient dans la poussière de la courette au moment où Pierrounet reconduisit un ménage de Parisiens jusqu'à la porte d'entrée. Ces bougnats étaient les derniers « éclopés » de la journée. Revenant dans la cuisine, le rebouteux s'installa alors sur la banquette de l'un des cantous de la cheminée pour accabler le jeune avocat de questions. Qu'avait-il découvert cet après-midi ? Ces témoignages étaient-ils utilisables ? Romain Douziech en avait sélectionné quelques-uns, quoiqu'il les jugeât trop laconiques et manquant de précisions. Pierrounet s'étonna qu'il n'ait pas retrouvé les deux feuillets envoyés par l'épouse de ce médecin biterrois qui l'avait sollicité pour une luxation du coude et remercié ensuite pour son efficacité. C'était sûrement le plus explicite et le plus percutant, susceptible de moucher les médecins sceptiques et critiques sur sa méthode, d'impressionner le président du tribunal et les assesseurs puis d'infléchir leur jugement. Impatient d'en prendre connaissance, Romain Douziech farfouilla dans les enveloppes encore éparpillées sur les longues et larges planches de hêtre de la table tandis que la maîtresse de maison allumait une lampe. Il essaya de la repérer au tampon du bureau de poste depuis lequel elle avait été expédiée. Il s'écoula ensuite quelques minutes pendant lesquelles on n'entendit plus que le balancier de la pendule et le ronronnement de la chatte. Soudain, le jeune homme s'exclama tout en brandissant une lettre : « Béziers, Hérault ! Nous y sommes peut-être… » Pierrounet ne se souvenait plus de son patronyme mais son épouse l'avait conservé précieusement en mémoire. Comment l'oublierait-elle ? Elle n'avait jamais possédé de bijoux dans sa jeunesse, originaire d'une famille de paysans bien trop modestes, ni après son mariage, à l'exception de son alliance. L'attention de cette femme l'avait touchée mais elle n'avait pas profité de cette bague qui était trop belle pour elle et ne correspondait pas à sa condition. Rose l'avait rangée dans un tiroir, ouvrant parfois son écrin pour la regarder scintiller sous les rayons du soleil ; elle la léguerait à ses enfants, qui pourraient s'en séparer s'ils le souhaitaient. Romain Douziech l'arracha brusquement à ses réflexions. S'agissait-il de madame Aurore Ancourt ? Dans l'instant, Rose confirma. Les deux feuillets avaient été rédigés d'une écriture régulière et élégante. Le courrier remontait au printemps 1889 alors que la compagnie du Midi proposait depuis quelques semaines des services quotidiens entre Béziers et Clermont, par Aumont-Aubrac, après l'achèvement des travaux de la ligne des causses conduisant du Languedoc à Neussargues dans le Cantal. Il ne résista pas à la tentation de procéder à une lecture à voix haute.

« Monsieur Brioude,

Comment vous remercier ? Avec madame Brioude, vous nous avez accueillis avec tellement de gentillesse après notre arrivée par la diligence. Nous étions frigorifiés, les flammes de votre cheminée nous ont réchauffés ! C'était le printemps dans le Languedoc où les amandiers étaient en fleurs dans les vignes mais encore l'hiver sur les plateaux de l'Aubrac qui étaient blancs de neige. Je souffrais et j'étais fatiguée après cet interminable voyage depuis Béziers. Mon bras était raide. Je ne pouvais plus le plier ni même m'en servir. Le moindre mouvement m'arrachait des cris de douleur ! M'habiller et me chausser, manipuler un couteau, une fourchette et une cuillère pour manger ? C'était un calvaire. Mes journées étaient un calvaire. Sans notre cuisinière à demeure, que serais-je devenue ? Je me le demande ; il est évident que je n'aurais pu me suffire. Cette femme a un cousin qui travaille à la Compagnie du Midi comme chauffeur. Il s'était déboîté l'épaule en rechargeant la chaudière de la machine et, comme il assurait alors le service de Béziers à Clermont, il vous avait sollicité. Les cheminots de Marvejols, Aumont, Saint-Chély et Saint-Flour vous connaissent… Les médecins de Béziers m'avaient recommandé des onguents qui se sont révélés inefficaces, puis les thermes de Lamalou… Pourquoi ne pas vous consulter ? C'est mon époux, pourtant médecin, qui a eu cette initiative. Que risquions-nous à vous rendre visite ? Lorsque la médecine est impuissante à soulager… Vous m'avez examinée dans la grande cuisine dès que le feu de cheminée et une exquise infusion de calament, préparée par votre épouse, m'ont eu bien réchauffée ! Vous avez compris que je souffrais d'une luxation du coude. Vous avez demandé alors à mon époux de vous seconder pour que vous puissiez me manipuler. J'ai entendu des craquements d'os ou d'articulation, j'ai crié de douleur, j'étais devenu blanche comme un linceul, je transpirais comme si je travaillais dans une laverie, j'ai manqué de m'évanouir mais… Sans les calmants que mon époux avait emportés, je me demande comment j'aurais effectué le voyage en diligence de Nasbinals à Aumont puis l'interminable retour en express jusqu'à Béziers. Et pourtant… Vous m'avez soulagée et ma guérison n'est pas miraculeuse ! »

Les roulements de tonnerre l'interrompirent, devenant de plus en plus rapprochés, tandis que l'averse redoublait. Mais ils n'altérèrent pas son enthousiasme. Enfin, Romain avait découvert le document qu'il espérait tellement, le plus détaillé et le plus convaincant, dont il pourrait reprendre des extraits dans sa plaidoirie. Pierrounet et son épouse se regardèrent, retrouvant leur sourire. Indifférent à l'orage qui s'abattait sur Nasbinals, le jeune avocat continua sa lecture à la lumière de la lampe.

« Le docteur Christian Ancourt, mon époux, vous a bien observé travailler. Il affirme que vous possédez un fluide, un pouvoir naturel ou un "doigté" qui vous permet de remettre en place tout ce qui s'est déboîté. C'est sûrement exact ! J'en ai profité, je m'en félicite. Dès mon retour à Béziers, j'ai rééduqué mon bras comme vous me l'aviez indiqué avec de la patience et de la douceur. Peu à peu, j'ai pu en retrouver l'usage et j'en étais bien soulagée. Avant de vous rencontrer, je m'étais résignée à accepter ce handicap, ce qui était toutefois difficile à admettre pour une jeune femme de 38 ans. D'ici quelques semaines, mes souffrances ne seront plus qu'un mauvais souvenir grâce à vous. Je vous en serai toujours reconnaissante… N'hésitez pas à nous solliciter, si c'est nécessaire, et soyez assurés que nous essaierons de vous satisfaire… »

Romain Douziech s'attarda sur les deux dernières phrases. Une évidence s'imposait : s'adresser à Aurore et Christian Ancourt pour leur demander de témoigner. La déclaration du docteur Ancourt ne pourrait que difficilement être contestée par des médecins ni même le président du tribunal. Pierrounet éprouvait quelques scrupules à les solliciter. Leur requête les plongerait peut-être dans l'embarras. S'il y répondait positivement, le docteur Ancourt pouvait discréditer ses confrères qui s'acharnaient après le rebouteux ; il ne le désirait certainement pas même s'il avait reconnu, en son temps, l'efficacité de sa méthode. Romain Douziech balaya aussitôt ses arguments. Il enverrait un courrier à ce praticien biterrois à l'adresse indiquée sur les deux feuillets à en-tête du cabinet, signalerait la procédure que les médecins de l'Aveyron intentaient à Pierre Brioude, expliquerait qu'un témoignage circonstancié permettrait sûrement de l'absoudre de certaines accusations. S'il refusait de se déplacer à Marvejols, à l'occasion de l'audience correctionnelle, pour ne pas indisposer ses confrères plaignants, il pourrait rapporter par courrier au président du tribunal la manière dont Pierrounet s'était occupé de son épouse au printemps 1889 et comment il avait obtenu sa guérison. Quelle audace ! Pierrounet et sa femme étaient abasourdis. Habitués à la modestie et à la discrétion, ils n'oseraient jamais présenter pareille demande à un médecin. Ils admiraient la flamme, la jeunesse et les convictions de Romain. Pouvaient-ils imaginer meilleur défenseur ?

13

C'était sa dernière chance. Il en était bien conscient. Depuis des semaines, le docteur Miquels s'était démené comme un diable pour convaincre ses confrères de la Société que Pierrounet bénéficierait de la clémence du tribunal s'ils ne parvenaient pas à transmettre à la chambre d'instruction de Marvejols des informations irréfutables, des situations précises, des patronymes de malades manipulés par le rebouteux de Nasbinals. Or, les praticiens les plus anciens ne se souvenaient plus de leurs patients qui les avaient sollicités pour des complications de blessures après leur passage à Nasbinals, ou des infirmités consécutives à ses manipulations. L'assemblée générale annuelle de la Société de secours mutuel avait été organisée à Villefranche-de-Rouergue, cet automne 1904, pour répondre à des demandes insistantes de médecins installés dans l'arrondissement qui se considéraient souvent négligés par leurs confrères ruthénois. Le docteur Bertrand

Miquels en attendait beaucoup. Peut-être trop. Parmi les treize adhérents de l'arrondissement d'Espalion auxquels il avait adressé un courrier, deux seulement s'étaient manifestés. Le docteur Saunal s'était confondu en excuses de ne pouvoir apporter le moindre élément contre Pierrounet quoiqu'installé à une dizaine de kilomètres de Nasbinals. Ses journées étaient accaparées par la direction du sanatorium du village d'Aubrac, alors qu'il était toujours confronté à la présence d'un charlatan au cœur même de la localité, dont la concurrence était bien plus redoutable que les agissements du rhabilleur. Quant au docteur Capoulade, critique à l'encontre de la Société à laquelle il reprochait son inactivité contre Pierrounet et qui n'avait jamais déposé de plainte, il l'avait informé qu'il réservait à l'assemblée générale les résultats de son enquête auprès de ses malades. Qu'avait-il recueilli auprès d'eux ? Des éléments précieux pour la justice ou des banalités ? Le docteur Miquels s'interrogeait. Sur ce confrère d'Espalion reposaient ses espoirs.

Rejoindre Villefranche depuis Sauveterre ressemblait toujours à une expédition. L'assemblée générale se déroulant un dimanche, le médecin avait emprunté la diligence dès le samedi après-midi pour rejoindre Naucelle puis Rodez par express. Son camarade Antoine Fraysse l'avait retrouvé à Carcenac-Peyralès. Ils étaient descendus à l'auberge du Cheval-Blanc pour prendre le lendemain la diligence de Villefranche avec le docteur Vergnes. Pendant leurs sept heures de voyage ponctuées d'arrêts multiples et plus ou moins longs, ils discutèrent surtout de la réplique des conservateurs à leur tribune. Le docteur Miquels en ressentait de l'amertume alors qu'il estimait le combat justifié. Sa position avait alimenté les animosités. Quatre familles ne l'appelaient plus, préférant solliciter le docteur Amans, de Naucelle, même s'il était moins disponible pour se déplacer. Sa situation devenait précaire ; son épouse en souffrait, ressentant de plus en plus d'isolement. Dès que Viviane rencontrait des femmes de la bonne société dans les boutiques, sous les arcades, sur l'une des promenades ceinturant l'enceinte médiévale où elle emmenait les fillettes, leurs échanges demeuraient toujours courtois mais très laconiques et hypocrites. Ces femmes observaient désormais de la distance alors qu'elles l'avaient accueillie à l'automne 1900 avec de la sympathie. Les invitations s'étaient raréfiées comme s'ils étaient des pestiférés ! Bertrand était conscient des difficultés que Viviane affrontait. Pensant en priorité au bonheur de sa femme et de leurs deux enfants, il ne s'opposait plus à ce qu'ils déménagent et retournent à Toulouse, où il retrouverait un emploi de médecin dans un hôpital. Toutefois, il souhaitait attendre le jugement de Pierrounet avant de prendre une décision. Il envisageait de conserver son cabinet à Sauveterre si le rebouteux était condamné sévèrement et ses positions sur le charlatanisme confortées. En revanche, il le fermerait sans hésitation et emmènerait sa famille à Toulouse si les peines étaient trop légères et le ridiculisaient. Ses parents et beaux-parents se montraient bien plus catégoriques. La carrière de Bertrand, le bien-être de Viviane, l'avenir des deux fillettes, le bonheur de la famille : tout les poussait à s'éloigner de Sauveterre et même de l'Aveyron pour réemménager à Toulouse où ils mèneraient une existence moins spartiate, où ils renoueraient facilement avec leurs relations d'avant leur départ, où ils pourraient compter sur leur entourage familial. Viviane partageait leur opinion mais ne souhaitait pas provoquer des crispations dans son ménage en imposant à Bertrand un ultimatum : déménager ou entraîner les fillettes avec elle de plus en plus souvent à Toulouse pour échapper à l'atmosphère pesante et délétère qui l'étouffait. Le pharmacien albigeois qui les avait convaincus de s'installer dans la bastide leur conseilla d'y réfléchir sans se précipiter et les exhorta à la patience. Certes il reconnaissait que les élections municipales et cantonales avaient exacerbé les passions, comme à l'habitude, mais il avait le sentiment que le soufflé ne tarderait pas à retomber. Bertrand l'espérait ; Viviane était sceptique.

Le cosignataire de la tribune avait déclenché moins de virulence parmi sa clientèle. Certes certaines familles n'avaient pas apprécié cette critique des guérisseurs et des rebouteux. Mais elles avaient conservé leur confiance au jeune médecin dont la famille bénéficiait d'une notoriété enviable à Rodez, et souvent jalousée, comptant un restaurateur, un quincaillier, un négociant en charbons et boissons, un huissier de justice. Le docteur Vergnes concédait par ailleurs à son collègue sauveterrat que l'ambiance était différente à Rodez et moins villageoise. Même si la population ne dépassait guère 20 000 habitants et entretenait depuis toujours des relations d'affaires avec la campagne, les racontars y occupaient moins d'importance. Dans les différentes administrations, à la préfecture, au palais de justice, à l'hôpital-hospice, à l'asile psychiatrique, on dénombrait beaucoup de fonctionnaires étrangers au département qui s'intéressaient peu à ces polémiques. C'était un avantage de pouvoir exercer dans une préfecture comme Rodez, quoique bien modeste, et d'autant plus si on appartenait à une famille ancienne.

Antoine Fraysse, qui écoutait ses confrères depuis leur départ de Rodez, en convenait. Il plaignait son camarade Bertrand et Viviane de cristalliser des inimitiés qui pouvaient paraître stupides et même dépassées en ce début du XXe siècle. Il les soutenait de son mieux. Depuis son premier passage à Sauveterre à l'automne dernier, il se présentait souvent à leur domicile de manière impromptue s'il avait à se déplacer dans un village ou un hameau à distance raisonnable de la bastide. Entre la Toussaint et Pâques, son grand-oncle l'avait emmené dans ses tournées pour l'adouber auprès de sa clientèle. Antoine avait découvert dans ces familles des vieillards souffreteux, des enfants malades et des femmes anémiées. Comme il emportait toujours sa sacoche sur l'attelage de Félicien, il les avait examinés gracieusement avant de rédiger une ordonnance, de leur conseiller des fortifiants ou même de leur en remettre puisqu'il avait constitué une réserve. Certains d'entre eux l'avaient ensuite remercié pour la pertinence de son diagnostic et sa gentillesse. Avant même son installation, ils l'avaient de nouveau sollicité. Depuis l'ouverture de son cabinet à La Baraque, la semaine de Pâques, Antoine Fraysse se consacrait totalement à la médecine sans s'accorder de relâche. La Baraque étant peu peuplée, il y consultait uniquement le samedi, qui correspondait pour les négociants de la localité à la plus grosse journée d'affluence dans la semaine, puis à l'occasion des marchés aux bestiaux mensuels, qui étaient très fréquentés. L'essentiel de la semaine, il se trouvait donc sur les chemins avec son tilbury équipé d'une capote et sa jument. Célibataire, ces constantes errances ne le dérangeaient pas. Il était heureux qu'elles puissent le conduire à intervalles réguliers jusqu'à Sauveterre où il était toujours accueilli chaleureusement par Bertrand et Viviane Miquels. Les deux fillettes l'avaient adopté et il était devenu pour elles l'oncle Toine ! Dans la demeure de la famille Miquels, il avait son couvert réservé et même une chambre parce qu'il discutait souvent jusqu'à une heure tardive avec son camarade Bertrand, dormant sur place. Ils échangeaient leurs opinions sur des diagnostics difficiles à élaborer, des malades chroniques, certaines affections et l'efficacité de différents remèdes qu'ils pouvaient prescrire, les derniers progrès de la médecine dans le domaine de la vaccination. Antoine Fraysse, qui manquait encore de pratique en campagne et redoutait de se tromper, s'enrichissait de ces rencontres qui permettaient au ménage Miquels d'échapper à l'isolement. Viviane s'était découvert une passion commune avec le médecin de La Baraque : l'œuvre de Jules Verne. Même s'il était accaparé par ses patients, Antoine Fraysse trouvait du temps pour la lecture. Avant, durant ou après les repas, tous deux discutaient du capitaine Nemo, de *Vingt mille lieues sous les mers*, de *La Terre à la Lune*, des *Enfants du capitaine Grant* devant Bertrand, qui avait toujours préféré les romans de Victor Hugo. Pouvaient-ils renoncer à ces moments précieux d'amitié partagée ? Antoine ne le pensait pas, se démenant pour encourager son camarade et son épouse à ne pas capituler pour retourner à Toulouse. Il était convaincu que la médecine moderne finirait par triompher. Dans combien de temps ? demandait Bertrand lorsqu'un sentiment de lassitude l'envahissait. Résisterait-il ?

Ils ne discutèrent librement que des Farguettes à Lanuéjouls, au moment où ils se retrouvèrent seuls dans la voiture. Ils parvinrent à Villefranche à l'approche de 14 heures et en descendirent devant le comptoir de la Banque de France. Ils pénétrèrent dans la première auberge pour déjeuner rapidement puis rejoignirent Le Commerce. Une vingtaine de personnes patientaient dans l'une des deux salles à manger, échangeant par groupes. Le docteur Miquels ne reconnut que quelques confrères déjà rencontrés à la précédente assemblée générale, parmi lesquels le docteur Victorin Lambert, du Lévézou, et Hippolyte Maisonneuve, avocat-conseil de la société. Il leur présenta Antoine Fraysse, dont les adhérents avaient à examiner l'admission. Les politesses terminées, il demanda alors au secrétaire général si le docteur Capoulade avait confirmé sa présence. Il répondit par la négative, à sa vive déception. Bertrand Miquels s'installa près de l'une des fenêtres et observa les allées et venues de l'avenue. La séance ouverte, il poursuivit sa surveillance. Vainement. Leur collègue d'Espalion n'apparut point après le rapport d'activité ni après le rapport financier. Dès lors, le jeune médecin en déduisit qu'il ne se déplacerait pas. Pourquoi n'avait-il prévenu personne de son absence alors qu'il avait l'intention de dévoiler les résultats de son enquête sur Pierre Brioude ? Avait-il eu une urgence avant son départ ? Peut-être. Ou aurait-il renoncé à remettre au président des témoignages contre Pierrounet pour ne pas être convoqué, ensuite, par la chambre d'instruction, comparaître à l'audience et apparaître comme le pourfendeur du rebouteux de Nasbinals, ce qui risquerait de le desservir auprès de sa clientèle et de la population ? Bertrand Miquels s'interrogeait.

Inévitablement, le docteur Blanquet s'attarda dans le rapport des activités de la Société sur les différentes démarches qui avaient été entreprises contre le charlatanisme depuis l'assemblée générale de Rodez. Les résultats obtenus étaient bien maigres. La Société avait demandé à quatre reprises à l'évêque de Saint-Flour la mutation du desservant de Saint-Projet-de-Cassaniouze, paroisse limitrophe de l'Aveyron, qui persistait à accueillir toutes les semaines deux cents malades de la vallée du Lot et du bassin houiller avec la complicité d'un pharmacien de Decazeville pour la fourniture de médicaments. L'ecclésiastique n'avait répondu qu'après la réception du quatrième courrier mais par la négative, n'admettant pas la moindre ingérence dans le fonctionnement de son diocèse. La Société n'avait pas été plus chanceuse à l'encontre du pharmacien de Decazeville, dont les pratiques n'avaient toujours pas été sanctionnées. L'apothicaire et le chanoine cantalien poursuivaient leur « commerce ». Ils n'étaient pas les seuls ! Le secrétaire général énuméra les courriers que des confrères avaient envoyés à la Société comme chaque année pour dénoncer les agissements des charlatans ambulants qui écumaient le département à l'occasion des marchés et des foires, installant un « cabinet » éphémère pour une journée ou deux dans l'arrière-salle douteuse d'une auberge où ils s'improvisaient pharmacien, dentiste ou médecin, consultant, arrachant des dents, écoulant leurs potions et leurs pommades. Ils ne publiaient généralement pas d'annonces dans les journaux et informaient les habitants de la localité de leur passage en placardant partout des affiches, comme les camelots. De nouveau, des plaintes avaient été déposées auprès des procureurs de la République de Rodez, de Saint-Affrique, de Millau, d'Espalion et de Villefranche-de-Rouergue, mais sans plus de succès que les années précédentes. Les charlatans envolés aussi rapidement que des moineaux, personne ne réussissait à les arrêter.

Cette situation encouragea le docteur Miquels à intervenir avant même que l'assemblée n'aborde l'affaire Pierre Brioude. Il souligna la nécessité de parvenir à un jugement exemplaire contre le rhabilleur pour protéger la population et de rassembler des témoignages pour le magistrat instructeur de Marvejols. Le secrétaire général précisa que personne n'avait répondu à la circulaire adressée aux adhérents à l'automne dernier, entre autres le docteur Capoulade, d'Espalion, dont on attendait toujours les « révélations ». Cet échange suscita sur-le-champ des discussions passionnées, comme à l'occasion de l'assemblée de Rodez. Le docteur Victorin Lambert expliqua à son confrère sauveterrat que les médecins n'étaient pas des auxiliaires de la justice et qu'ils ne pouvaient pas transmettre à un magistrat les patronymes de malades manipulés par le rebouteux mais qui ne souhaitaient pas déposer de plainte, même s'ils étaient estropiés et en souffraient, encore moins répondre aux questions d'un brigadier de gendarmerie ou d'un tribunal. On ne pouvait pas le leur imposer et il était important de respecter leur liberté, insista-t-il. Une majorité de l'assistance partageait cette opinion, y compris Antoine Fraysse, qui avait souvent essayé d'en convaincre son camarade depuis des semaines sans y parvenir. L'entourage d'un malade pouvait bien se plaindre de Pierrounet, personne n'obligerait l'intéressé à admettre qu'il s'était fourvoyé en le consultant et était finalement l'une de ses victimes. C'était une nouvelle désillusion pour le docteur Miquels ! Il comprenait maintenant pourquoi personne, parmi ses collègues de l'arrondissement d'Espalion, n'avait répondu d'une manière positive à ses courriers mais également pourquoi le docteur Capoulade ne s'était pas déplacé à Villefranche. Ils ne voulaient pas froisser leurs malades et leurs familles.

Il demanda alors au secrétaire général et au président quelle attitude ils adopteraient devant le magistrat qui les interrogerait. Se doutant qu'il poserait cette question, le docteur Blanquet proposa aussitôt à l'assistance de se prononcer sur une déclaration qui pourrait recueillir l'assentiment de la majorité tout en manifestant de la fermeté contre Pierrounet. Ils en débattirent près d'une heure avant de s'accorder avec le précieux concours de leur avocat-conseil sur une formule qui ne satisfaisait pas les docteurs Miquels et Vergnes – ils la trouvaient bien trop générale – mais qui présentait l'avantage de pouvoir associer à la procédure l'ensemble des médecins du département. « D'une longue discussion engagée sur Pierre Brioude, rebouteux à Nasbinals (Lozère), il apparaît que les infractions commises par cet individu sont innombrables depuis tellement d'années mais qu'il n'est guère possible de communiquer des précisions qui ne sont pas demeurées présentes à l'esprit des médecins. Le magistrat instructeur pourra sans difficulté constater les flagrants délits. Tous les médecins de l'Aveyron sans exception ont été plus ou moins, et le sont encore tous les jours, victimes des agissements et des appréciations malveillantes de Pierre Brioude. La crédulité publique est habilement entretenue par des légendes, des affirmations fantaisistes et souvent même diffamatoires contre les médecins, que répandent à profusion le cantonnier ainsi que les industriels (voituriers, hôteliers) de l'Aubrac, qui profitent largement de ses activités illicites. »

Le docteur Miquels ne pouvait pas s'opposer à cette déclaration mais avait le sentiment qu'elle n'apporterait rien à l'instruction, trop imprécise, et que la Société de secours mutuel n'arriverait jamais à éradiquer le charlatanisme dans l'Aveyron si elle ne manifestait pas plus de détermination. De plus en plus désabusé, il se demanda s'il pratiquerait longtemps dans ce département la médecine comme il la concevait si personne ne le soutenait.

14

Dès qu'il fut rentré à Sauveterre, le docteur Miquels demanda par télégramme à son confrère d'Espalion s'il pouvait le recevoir. Il était impatient de le rencontrer, tellement son absence à leur assemblée générale l'avait intrigué et même contrarié. Dans la diligence qui les avait ramenés à Rodez, il en avait débattu avec Antoine Fraysse et Ludovic Vergnes, qui avaient chaudement encouragé son initiative. Le docteur Jean-Baptiste Capoulade avait annoncé des révélations sur Pierrounet ; il ne pouvait pas se rétracter, aujourd'hui, sans s'en expliquer. Bertrand Miquels était bien conscient qu'il n'avait aucune autorité ni même légitimité pour obtenir une quelconque justification de son comportement et qu'il s'exposerait peut-être à une rebuffade. Qu'importe ! La curiosité le dévorait... Il souhaitait connaître ce que son confrère avait découvert même s'il ne comptait pas transmettre ses informations au magistrat instructeur. L'accepterait-il ? Le jeune médecin se prépara à une réponse négative et, même, à l'absence de réponse. Le docteur Capoulade se manifesta mais attendit deux semaines. Il envoya alors un courrier où il proposait de l'accueillir à Espalion, de l'emmener dans des familles de la vallée du Lot et des contreforts de l'Aubrac et de le présenter à des malades manipulés par Pierrounet mais qui refusaient de dénoncer ses méthodes et de « l'ennuyer inutilement » en le traduisant devant les tribunaux. « Si vous pouviez me consacrer deux ou trois jours, vous comprendriez mon changement d'attitude ! » avait-il souligné. Le docteur Miquels s'était empressé de le prévenir de son arrivée. Novembre s'écoulait avec ses journées brumeuses, venteuses, fraîches et pluvieuses. Il préférait honorer son invitation avant que l'hiver ne débute vraiment et paralyse la circulation.

Bertrand Miquels débarqua à Espalion un après-midi maussade. Il crachinait et l'humidité imprégnait les voyageurs jusqu'aux os. Le brouillard enveloppait les quartiers et descendait jusqu'à la surface de la rivière où il se déchirait alors en lambeaux. Les Capoulade résidaient sur le boulevard qui franchit le Lot sur le Pont Neuf. Leur immeuble avait été construit en grès rose, plus élégant que le grès rouge de l'église Saint-Hilarian dont la masse et la couleur criarde avaient frappé le jeune médecin au passage. Il était si différent des demeures du Ségala en schiste – pierre grisâtre –, imposant avec une porte d'entrée à deux battants, aux jolies ferrures et au heurtoir ouvragé, des encadrements de fenêtre en pierre de taille, un rez-de-chaussée abritant le cabinet médical et les bureaux d'un notaire, ainsi que l'indiquaient les plaques de cuivre, ses deux étages. Une affichette apposée sur la porte du cabinet informait la clientèle que le médecin était en consultation à l'extérieur et qu'il était nécessaire pour les urgences de se présenter à son domicile au premier étage. Bertrand Miquels s'engagea aussitôt dans l'escalier monumental, aux marches fraîchement cirées, et frappa. Il entendit des lattes de parquet grincer puis une voix de femme le prévenir de son arrivée. La porte s'ouvrit. Il se présenta. Une femme souriante, coquette, la cinquantaine et les cheveux châtains coiffés en chignon, l'accueillit chaleureusement avant de le conduire jusqu'au salon en expliquant que son époux était en déplacement dans la campagne. Madeleine Capoulade proposa de préparer une infusion de calament d'Aubrac et disparut en direction de la cuisine avant de réapparaître avec une tisanière et deux tasses. Elle alluma une lampe Berger déposée sur un guéridon avant de remplir les tasses. Le docteur Miquels ne connaissait pas le calament, ou thé d'Aubrac. Aussi la maîtresse de maison souligna-t-elle qu'elle renouvelait sa provision annuelle sur les estives de l'Aubrac ; ils s'en délectaient. Ils parlèrent ensuite d'Aurore et de Bastien, les enfants du ménage, qui avaient l'intention de prendre le même chemin que leur père. La première effectuait ses études de sage-femme dans une maternité de Montpellier et elle envisageait, après l'obtention de son diplôme, de s'installer à Espalion pour pouvoir assister les parturientes des hameaux de la vallée du Lot et même des contreforts de l'Aubrac. Le deuxième avait commencé sa médecine à Montpellier, impatient d'être en mesure de seconder son père dans ses tournées et à son cabinet d'ici quelques années. Madeleine était fière de ses enfants. Bertrand Miquels était admiratif devant l'affirmation d'une vocation à laquelle Jean-Baptiste Capoulade n'était sûrement pas étranger.

L'horloge de l'église Saint-Hilarian avait sonné huit heures et la sous-préfecture s'assoupissait déjà lorsque le médecin les rejoignit. Son attelage l'avait conduit jusqu'au Cayrol dans les rafales de vent et le brouillard. Exténué, il s'effondra dans un fauteuil et dégusta en compagnie de son confrère de la liqueur de gentiane, spécialité de leur cuisinière, en évoquant les malades de l'après-midi. Sa femme le pressait d'acquérir une voiture pour se déplacer plus rapidement, mais il éprouvait quelques hésitations. Il redoutait que la neige et le verglas l'immobilisent souvent alors qu'il arrivait à circuler sans trop de difficultés avec sa jardinière et sa jument qui était ferrée à glace. Ils abordèrent ensuite les procédures engagées contre Pierrounet, le changement d'attitude du docteur Capoulade et leur programme du lendemain. Le médecin espalionnais n'avait jamais approuvé les hommes et les femmes qui consultaient le rebouteux de Nasbinals pour une fracture, ouverte ou même fermée. Il avait toujours affirmé que ces manipulations étaient trop dangereuses et il persistait dans cette position qui l'avait encouragé à demander à plusieurs reprises au président de la

Société de secours mutuel de se décider enfin à intervenir auprès des tribunaux. Dans le même temps, il admettait que Pierrounet excellait dans la réduction des luxations de l'épaule, qu'il était moins chanceux pour les hanches et les coudes. Après la réception de la circulaire du secrétaire général à l'automne dernier, il avait entrepris une enquête discrète auprès de ses malades et de leur voisinage. Ces familles de la vallée du Lot et des contreforts de l'Aubrac, des paysans pour leur majorité, le recevaient depuis une vingtaine d'années ; certaines d'entre elles connaissaient son père, pharmacien à Espalion, chasseur de lièvres et fameux cueilleur de cèpes. Il était parvenu, année après année, à obtenir leur confiance qu'il n'entendait surtout pas tromper. Les paysans étaient exposés, en s'adonnant à longueur d'année à des travaux physiques sur leur exploitation, à des entorses, des luxations ou des fractures. Il avait remarqué qu'ils ne le sollicitaient pas ou si peu pour ces affections, pourtant courantes à la campagne, et il les avait souvent suspectés de s'adresser à Pierrounet. Certains l'avaient volontiers confessé à l'occasion de son enquête, concédant même que les manipulations n'avaient pas toujours été concluantes. Il y avait eu des estropiés et même une victime de la gangrène avant son installation à Espalion, pour laquelle il y avait prescription. En septembre, il avait rencontré un robuste vieillard de 85 ans qui avait conservé toute sa mémoire, n'avait jamais consulté un médecin, avait demandé à Pierrounet de le « rhabiller » après une luxation de la hanche droite et claudiquait depuis une quinzaine d'années mais n'avait jamais eu l'intention de le poursuivre devant la justice. Le docteur Capoulade avait cherché à comprendre pourquoi. Le vieillard avait expliqué que le rebouteux n'avait assassiné ni escroqué personne. Ce n'était pas un meurtrier ni un homme malhonnête. Il estimait qu'il n'avait pas eu de chance, que son « doigté » n'avait peut-être pas été assez puissant pour le remettre d'aplomb. Malgré son handicap, il s'abstenait d'accabler le rebouteux. C'était un homme et il n'était pas infaillible. Il considérait les médecins de la même manière. Certes ils connaissaient mieux l'anatomie que le cantonnier et ils étaient bien plus savants mais ils pouvaient se tromper. Il leur arrivait de commettre des erreurs qu'ils n'étaient pas capables de réparer ensuite. Mais les traînait-on pour autant en justice ? Non ! Même si peu de familles étaient abonnées à un journal dans les villages, les informations circulaient avec les marchands ambulants et sur les marchés aux bestiaux. La nouvelle du prochain jugement de Pierrounet devant le tribunal de Marvejols était parvenue au hameau de Mandailles où ce vieillard s'occupait toujours de ses quelques vaches. Il n'acceptait pas qu'on s'attaque à un homme aussi dévoué et intègre même s'il n'avait pas respecté les lois. En l'écoutant, attablé devant de la piquette dans sa cuisine enfumée, sombre et crasseuse, le docteur Capoulade avait compris qu'il ne le convaincrait pas de dénoncer Pierre Brioude, ni d'autres estropiés de déposer plainte contre le rebouteux. Désormais, le docteur Capoulade était même conscient qu'il le regretterait s'il le leur proposait, et que ses clients se sentiraient très justement trahis. Il avait mûrement réfléchi avant d'arrêter sa décision la semaine précédant l'assemblée de Villefranche. Parce qu'il respectait trop ces familles, il ne communiquerait pas leurs confidences au magistrat instructeur pour qu'elles n'aient pas à être interrogées ni à témoigner, ensuite, à l'audience à Marvejols. Les plus farouches détracteurs de Pierre Brioude l'accuseraient de complicité avec le rebouteux et les charlatans. Qu'importe ! Il s'y attendait, y compris de la part de ses jeunes confrères. À cet instant, il regarda fixement son invité puis souligna qu'il disposait d'assez d'arguments pour ne pas se discréditer ni se ridiculiser.

S'il encaissa sans broncher, Bertrand Miquels n'en demeura pas moins perplexe. Défendant des opinions plus tranchées, il trouvait son attitude ambiguë, à l'image de la position du docteur Lambert et de nombre de ses confrères. Certes il considérait qu'elle desservait la médecine et il le regrettait, mais il ne chercha pas pour autant à la contester, persuadé que le docteur Capoulade n'en changerait pas et qu'il se justifierait. Ses tiraillements pouvaient s'expliquer par ses origines familiales, son expérience, sa connaissance des familles et des mentalités. En acceptant de s'installer à Sauveterre, le docteur Miquels s'était imaginé que la pratique de la médecine était identique à Toulouse et dans l'Aveyron puisqu'on y rencontrait peu ou prou les mêmes maladies. Il s'était lourdement trompé, mésestimant le poids des habitudes et des croyances. Tout en écoutant son confrère, il avait observé que le comportement des familles de la vallée du Lot et des contreforts de l'Aubrac était plus catégorique qu'à Sauveterre à l'égard des guérisseurs et rebouteux. Dans le Ségala, personne ne consentait à admettre publiquement qu'il les consultait. Dans les villages où le docteur Capoulade avait l'habitude de se déplacer, on le proclamait sans scrupule et on protégeait même ces hommes ou ces femmes détenant des pouvoirs naturels. Pourquoi ? Par bravade, parce que ces pratiques étaient assimilées à de la médecine illégale, et donc susceptibles d'être sanctionnées par la justice ? Le docteur Miquels interrogea son confrère. Esquissant un sourire, l'intéressé confirma que les habitants étaient rebelles à l'autorité, aux lois et même jadis à la République, comme nombre de familles de l'Aubrac. Pendant la Révolution, ils n'avaient pas accepté les réquisitions, la nouvelle religion, les divinités païennes, l'enlèvement des cloches destinées à être transformées en canons, la conscription et la déportation des prêtres. Ils avaient dissimulé dans de vieilles masures, des granges et des cabanes en forêt les déserteurs, insoumis et réfractaires. Au printemps 1793, ils avaient répondu à la mobilisation contre la République entreprise par Marc-Antoine Charrié, de Nasbinals, à travers l'armée chrétienne du Midi. Jean-Baptiste Capoulade avait soigné à Mandailles, à Castelnau, au Cambon, à Lassouts des nostalgiques de la monarchie : ils persistaient à regretter que la royauté n'ait pas été rétablie après la défaite de Sedan et la Commune. Son confrère en était abasourdi. Mais il comprenait mieux pourquoi Pierrounet et ses collègues étaient consultés, appréciés et défendus parce qu'ils exerçaient en ignorant les lois : ils étaient « hors-la-loi ». Le docteur Capoulade l'informa ensuite qu'il comptait l'emmener le lendemain à Mandailles, où une grand-mère souffrant de bronchite chronique l'attendait. Il pourrait y rencontrer le vieillard qui claudiquait mais ne déposerait jamais plainte contre Pierrounet, y découvrir le caractère bien trempé des habitants de ces contreforts de l'Aubrac – qualifiés autrefois de Petite Vendée – dont la population des hauts plateaux de Laguiole, Aubrac et Nasbinals était également imprégnée, ce qui l'éclairerait sur Pierrounet et sa clientèle. S'ils parlèrent ensuite de l'épidémie de rougeole qui sévissait depuis quelques semaines, de la compagnie du Midi qui desservirait prochainement Espalion et de son intention de rejoindre Saint-Flour par les pâturages de l'Aubrac, de l'assemblée générale de la Société, le docteur Miquels repensa à leur première discussion de la soirée avant de s'endormir. Alors, il se demanda s'il ne s'était pas fourvoyé en acceptant de s'installer dans l'Aveyron, tant la pratique de la médecine semblait y être singulière.

À cinq heures, des bruits sourds ébranlèrent la porte d'entrée et leur insistance l'arracha brutalement à son sommeil. Puis il entendit le grincement des marches du grand escalier, précédant des éclats de voix qui résonnèrent dans le vestibule. Jean-Baptiste Capoulade était sûrement demandé pour une urgence. Un moment plus tard, il remontait pour le prévenir qu'on l'appelait au village du Cambon, à une quinzaine de kilomètres d'Espalion, et qu'ils partiraient dès que possible. Il avait déjà réveillé la cuisinière qui s'était précipitée chez le palefrenier, à quelques centaines de mètres de l'immeuble, pour qu'il prépare l'attelage. Quand le docteur Miquels descendit, habillé chaudement et chaussé de souliers montants, elle était revenue et s'affairait dans la cuisine où un homme discutait avec son confrère. La soixantaine, tortillant un chapeau entre ses mains noueuses, les cheveux blancs et en bataille, l'homme était grand et baraqué, avec un visage allongé aux angles rugueux. Il expliquait que son gendre se plaignait du ventre, se tordait de douleur, avait une forte fièvre et transpirait, vomissait malgré les infusions de plantes, délirait même depuis le début de la soirée. Sa fille était enceinte de son troisième enfant. Les douleurs avaient commencé au milieu de l'après-midi ; elle accoucherait dans les prochaines heures. Avec une économie de paroles, l'homme avait bien résumé la situation dramatique que sa famille affrontait et que le médecin expliqua, ensuite, en français à son confrère. Comme le docteur Miquels avait travaillé à l'hôpital, il pourrait peut-être s'occuper du gendre pendant que lui-même assisterait la parturiente. Les symptômes ne trompaient guère : le jeune paysan souffrait sûrement d'une crise d'appendicite aiguë. Le beau-père en avait la conviction, répétant sans cesse en se lamentant : « C'est le miséré ! C'est le miséré ! »

Le miséré désignait l'appendicite aiguë, la hantise des familles et des médecins. Les malades en mouraient souvent, consultant bien trop tardivement lorsque les douleurs dans la fosse iliaque droite devenaient de plus en plus vives. Même si un médecin se rendait à leur chevet, il était impuissant à intervenir. Le malade ne pouvait être transporté à l'hôpital, notamment s'il habitait dans un hameau ou un village excentré comme Le Cambon. Certes le praticien pouvait opérer à la maison mais sans succès s'il y avait perforation et péritonite. À l'inverse de son confrère, Jean-Baptiste Capoulade avait été confronté à plusieurs reprises à cette situation et n'était parvenu à sauver le patient qu'une seule fois. Tandis que la cuisinière s'empressait de réchauffer de la soupe sur le fourneau qu'elle avait allumé et qui ronronnait maintenant, il descendit à son cabinet, dont il rapporta une mallette renfermant le nécessaire pour les interventions à domicile. « On opérera sûrement ! murmura-t-il à Bertrand Miquels. Je compte sur vous ! » Comme le jeune médecin manifestait son étonnement puis ses réticences, il répondit avec de la fermeté : « Je reconnais qu'il y a des risques. Mais si c'est grave comme je le crains, nous n'aurons pas le choix. »

L'homme devenait de plus en plus nerveux ; il était impatient de reprendre le chemin de Mandailles. Entretemps, la cuisinière avait découpé des tranches de miche qui tapissaient maintenant le fond de trois assiettes. Elle y déversa du bouillon qu'ils avalèrent debout avant de compléter la collation avec de la ventrèche et du fromage. L'instant d'après, ils quittaient la cuisine. Le palefrenier et l'attelage les attendaient devant l'immeuble, les deux lanternes allumées. Les trois hommes s'installèrent sur la jardinière et, après un claquement de fouet sur la croupe de la jument, ils s'élancèrent en direction de Saint-Côme. Le brouillard enveloppait toujours la sous-préfecture et les retarderait, même si le docteur Capoulade connaissait l'itinéraire puisqu'ils longeraient la rivière ou ne s'en écarteraient que très peu. Ils arrivèrent au Cambon au moment où l'horloge de l'église sonnait neuf heures. Ils laissèrent la jardinière près du porche de l'édifice et attachèrent les guides de la jument au tronc d'un arbre de la place. L'homme les emmena aussitôt à sa maison. Lorsqu'ils entrèrent, ils découvrirent que la grande cuisine était envahie par des voisins qui parlaient à voix basse autour de la cheminée. Ils cessèrent soudain de discuter, entourèrent le maître de maison et l'embrassèrent. Les deux médecins, qui avaient déposé sacoche et mallette sur la table, se regardèrent dans la demi-pénombre et comprirent dans l'instant que le gendre était décédé. Le beau-père le leur confirma, avant de les conduire à la chambre attenante à la cuisine où il reposait et où son épouse attendait la délivrance. La pièce comportait deux lits de coin qui étaient plongés dans la pénombre. Les médecins réclamèrent alors des lampes, que le maître de maison s'empressa de leur apporter. Sur le premier lit, une épaisse couverture rouge à fleurs noires avait été rabattue pour ne dévoiler que le buste d'un jeune homme d'une trentaine d'années, déjà habillé de son costume de noces, ainsi que l'exigeaient les traditions. Ses grosses mains étaient croisées sur la poitrine ; un chapelet s'échappait de ses doigts de paysan. Sur une petite table, trônaient la croix de la Bonne Mort, une coupelle d'eau bénite et une branche de laurier mais pas de cierges, à la demande expresse de l'épouse qui ne souhaitait pas leur présence mais qui s'était opposée également à ce qu'on recouvre la dépouille. Les trois hommes se signèrent, y compris Bertrand Miquels qui n'était guère rompu aux gestes religieux. La chambre renfermait un deuxième lit, à deux mètres de distance ou peut-être deux mètres cinquante, où une jeune femme gémissait à intervalles réguliers et marmottait des paroles incompréhensibles, comme si elle marmonnait des prières. Les médecins devinèrent dans ses prunelles éteintes un désespoir immense. Elle souffrait dans son cœur et dans sa chair : son époux était décédé alors que leur enfant pousserait ses premiers cris d'ici quelques heures. Deux femmes beaucoup plus âgées étaient à son chevet, bassinaient son front avec un gant mouillé, épongeaient les gouttelettes dégoulinant sur ses tempes, ses joues et dans le cou, et descendant même sur sa poitrine. Jean-Baptiste Capoulade leur demanda une provision d'eau chaude et de torchons propres. Elles disparurent en compagnie du maître de maison, refermant la porte derrière elles, et il entreprit de mettre en confiance la jeune femme. Bertrand Miquels l'observa, admiratif devant le mélange de douceur et de fermeté qu'il manifestait en expliquant comment se déroulerait la délivrance et comment tous deux interviendraient, la compassion qu'il témoignait en ces moments difficiles pour elle puisqu'elle était partagée entre la joie de donner la vie et la douleur d'avoir assisté à l'agonie de son époux sans pouvoir l'arracher à la mort. Les gestes et les paroles étaient bien choisis. Il se demanda comme il se serait comporté en pareille situation. Aurait-il été à la hauteur de ce qu'on attendait d'un médecin ? À l'évidence, son confrère paraissait avoir une relation avec ses patients, une intimité même, qu'il n'avait pas. Il s'appliquait à être au plus proche d'eux, à les comprendre et à les soutenir. Bertrand Miquels concédait qu'il avait sûrement beaucoup à apprendre. Tandis que les voisins discutaient dans la cuisine, les deux médecins s'activèrent pendant trois heures auprès de la jeune femme sans se préoccuper de la présence du cadavre de l'époux à proximité. L'enfant poussa ses premiers cris lorsque les cloches de l'église sonnèrent l'angélus alors qu'elles avaient lentement égrené toute la matinée les notes lugubres du glas. La mère esquissa un sourire forcé en accueillant l'enfant contre sa poitrine. Les manches de la chemise retroussées, un torchon constellé de taches de sang entre les mains, le docteur Capoulade rejoignit alors la cuisine pour annoncer à la cantonade l'heureuse nouvelle. Apprenant que c'était un masclet ou un masclou – un garçon – qui pourrait perpétuer son patronyme, et assurerait la succession après la naissance de deux filles et le décès de leur père, le maître de maison laissa couler des larmes sur ses joues. À cet instant, la porte d'entrée s'ouvrit devant le desservant de la paroisse, en soutane, barrette, surplis et étole, puis le sacristain et un enfant de chœur en aube portant l'encensoir et le bénitier. Ils traversèrent la cuisine pour rejoindre la chambre. À leur passage, hommes et femmes se signèrent. Lorsque le cortège pénétra dans la chambre, Bertrand Miquels se savonnait les mains et les avant-bras au-dessus d'une cuvette déposée sur une table. Il termina sans se presser avant de prendre une serviette tandis que le desservant et le sacristain se rendaient au chevet de l'accouchée pour l'assurer de leurs prières dans cette épreuve. Elle maintenait tendrement mais fermement son enfant contre sa poitrine comme si elle redoutait qu'il meure à son tour, quoique les médecins eussent affirmé que le bébé était robuste. C'était compréhensible, tellement l'atmosphère était morbide. Pressentant que ce sacrement pourrait contribuer à la rassurer, le prêtre proposa d'ondoyer le nouveau-né comme dans les situations d'urgence. Il demanda de l'eau, procéda aux ablutions et prononça les formules. C'était une découverte pour Bertrand Miquels, qui ne fréquentait pas les églises. Quand la jeune femme retrouva le bébé, le desservant et le sacristain se dirigèrent vers le lit mortuaire. Encens, eau bénite, signes de croix et prières. Les deux hommes entonnèrent des psaumes en latin que la famille et les voisins chantèrent également, rassemblés autour de la porte grande ouverte. Clôturant la cérémonie, le desservant expliqua aux médecins que la vie et la mort s'étaient croisées dans cette maison mais que c'était la volonté de Dieu. Le docteur Miquels ne répondit pas mais haussa les épaules devant ce fatalisme. Ce n'était pas la volonté de Dieu mais la malchance. Ils étaient arrivés trop tard. Cet homme aurait peut-être pu être sauvé s'ils l'avaient opéré à temps. C'était rageant. Sa famille avait prévenu trop tardivement le docteur Capoulade tandis que l'éloignement d'Espalion, l'état des chemins, le brouillard avaient retardé leur arrivée. La Faucheuse ne les avait pas attendus et avait accompli tranquillement son œuvre. Mais qu'y pouvaient-ils ? Il en ressentait de l'amertume.

Les deux médecins mangèrent chez les plus proches voisins, qui s'étaient occupés de la jument. Ils l'avaient dételée, emmenée dans leur étable, bouchonnée, abreuvée, étrillée, nourrie. Puis ils avaient contrôlé ses sabots et ses fers pour que la jardinière puisse repartir sans encombre sur des chemins souvent caillouteux. Jean-Baptiste Capoulade les remercia. Les deux hommes s'attablèrent avec cette famille de paysans généreux et simples. L'ambiance était pesante. Comment ne pas songer à leur voisin disparu avec lequel ils étaient habitués à s'entraider pour la fenaison, à la douleur de son épouse, de ses enfants, de ses proches ? Le beau-père du défunt frappa au moment où ils achevaient de déjeuner, ravagé par le chagrin même s'il essayait de ne pas le montrer. Une vieille bourse en cuir dans la main, il demanda aux deux médecins ce que sa famille leur devait. Sans s'être concertés ni même regardés, ils répondirent en chœur : « Rien ! » La situation de ces paysans était assez dramatique sans qu'ils leur demandent des honoraires et les placent, peut-être, dans l'embarras. « Gardez votre argent, expliqua le docteur Capoulade à cet homme qui insistait. Vous en aurez certainement besoin ! » Par ailleurs, il s'engagea à repasser dans la semaine pour examiner la jeune accouchée ; il redoutait toujours des complications après une délivrance. L'homme les remercia tous deux d'une voix cassée par l'émotion et la douleur avant de leur serrer la main jusqu'à la briser et le docteur Miquels constata qu'il tremblait. Après les heures qu'il avait passées dans cette famille, le jeune praticien ne songeait plus aux rebouteux ni à la procédure judiciaire qu'il avait intentée contre Pierrounet. Il était assailli de doutes, se demandant en définitive si l'éradication de pratiques anciennes et du charlatanisme était aussi primordiale, pour un médecin, qu'il le prétendait ou si l'essentiel n'était pas ailleurs – comme le démontrait bien l'attitude de son confrère –, par exemple dans le combat de tous les jours pour la vie.

Le brouillard s'était dissipé lorsqu'ils quittèrent Le Cambon mais la grisaille et la fraîcheur persistaient. Une demi-heure les séparait de Mandailles, construit sur une épine rocheuse en pente dominant une boucle de la rivière. Les habitations, dont certaines remontaient à l'époque de la Renaissance et repérables aux fenêtres à meneaux, flanquées parfois de bâtiments agricoles, se dressaient en bordure de l'unique chemin qui conduisait de l'église aux ruines du château. Jean-Baptiste Capoulade arrêta l'attelage devant une vieille maison dont les abords étaient envahis par des fagots et du bois mort. Une chienne au pelage jaune et aux crocs acérés les accueillit avec des aboiements féroces. Bientôt, la porte s'ouvrit et une femme habillée de sombre apparut lentement en s'appuyant sur une canne. C'était Léonie Doucet, octogénaire, lointaine cousine de la cuisinière de la famille Capoulade et bien esseulée depuis son veuvage. Quelques paroles sèches puis la chienne disparut sous une remise. Les deux hommes descendirent pour rejoindre la grand-mère qui les précéda dans la cuisine où une souche se consumait dans la cheminée, en dégageant une fumée piquante et peu de chaleur. Le médecin et la patiente échangèrent quelques phrases en occitan avant qu'elle se rapproche des braises pour enlever son gilet de laine, son tablier et ses trois tricots, toussant à intervalles réguliers comme ils l'avaient remarqué depuis leur arrivée. Elle ne conserva que la chemise de chanvre. Jean-Baptiste Capoulade l'ausculta longuement, examina ses crachats pour constater qu'il n'y avait pas de sang puis déballa son écritoire sur la table pour renouveler sa prescription habituelle. « Vous le prenez vraiment, ce traitement ? » demanda-t-il à Léonie avant d'apposer le buvard sur l'ordonnance. Elle le regarda avec un sourire malicieux puis répondit : « Je le prends ! Je le prends ! Mais également mes poutingues ! » Jean-Baptiste Capoulade expliqua à son confrère qu'elle fabriquait, depuis des années, son médicament avec de l'eau-de-vie, de l'infusion de violettes très chaude, du sirop de guimauve. C'était une recette de Laënnec qu'elle avait dénichée dans un almanach. Était-elle plus efficace que ses propres potions pour sa bronchite ? Peut-être.

Ils parlèrent ensuite de Pierrounet. Léonie l'avait consulté à deux reprises, dans sa jeunesse, pour des entorses. Ne comprenant pas pourquoi on s'acharnait après cet homme, elle interrogea Bertrand Miquels qui était demeuré très silencieux depuis leur arrivée. Qu'en pensait-il ? Embarrassé pour répondre, il détourna habilement cette conversation, rappelant à son confrère d'Espalion que les journées étaient courtes et l'après-midi était déjà avancée. Elle n'insista pas. Ils se rendirent aussitôt chez Baptistin, qui habitait près de l'église et qui les accueillit avec étonnement : il n'avait pas appelé le médecin. Le docteur Capoulade expliqua que leur discussion à l'occasion de leur première rencontre en septembre l'avait enchanté. Les fosses à loups, la chasse aux loups, les traditions de Mandailles, la mémoire de certaines familles de la paroisse sur la chouannerie de l'Aubrac, les règlements de compte entre les cantalès et les anciens mousses… Il l'avait captivé. Pourrait-il reprendre ses anecdotes pour son jeune confrère ? Déhanché, maigre, voûté, les mains recuites et frêles, le vieillard esquissa un sourire qui découvrit une bouche édentée puis il accepta sans difficultés, heureux de pouvoir rompre la monotonie de son après-midi qui s'écoulait lentement près de la cheminée. Le docteur Capoulade l'aiguilla aussitôt sur le rebouteux de Nasbinals et Baptistin se montra intarissable. Il avait travaillé avec Pierrounet sur les montagnes de l'Aubrac, l'avait regardé manipuler des veaux et des génisses qui s'étaient blessés, des buronniers qui souffraient d'une luxation à l'épaule, d'une entorse à la cheville, d'une fracture de la clavicule. Il l'avait sollicité sans hésiter pour une luxation de la hanche et, même s'il claudiquait depuis, il l'avait encore consulté la semaine de la Toussaint pour une foulure du poignet. Il leur montra son poignet droit qu'il continuait à ménager mais qui avait recouvré sa souplesse, ou quasiment, trois semaines après sa blessure. Les médecins l'examinèrent à la lumière des flammes, surtout Bertrand Miquels qui demanda à Baptistin d'effectuer quelques mouvements et que ses observations ébranlèrent. Il concéda en son for intérieur que le rhabilleur possédait un pouvoir naturel qui avait une certaine efficacité et que ne détenaient pas les médecins.

L'obscurité enveloppait Mandailles lorsqu'ils quittèrent la maison de Baptistin pour reprendre le chemin d'Espalion avec la jument qui hennissait depuis un moment, impatiente de rejoindre son écurie et une mangeoire bien remplie. Le docteur Capoulade expliqua à son confrère qu'ils trouveraient des Baptistin et des Léonie par dizaines dans les villages des environs, sur l'Aubrac et ses contreforts mais peu d'Euphrasie Lavernhe. Il avait le sentiment que sa comparution devant le tribunal renforcerait la popularité de Pierrounet, y compris s'il était lourdement condamné. Le rhabilleur passerait alors pour le martyr des médecins, des partisans du progrès et des « rouges ». À l'image de Baptistin et de Léonie, ses protecteurs continueraient à le considérer comme injustement attaqué. Ils le défendraient. Les pratiques traditionnelles se poursuivraient ! Un président de tribunal ne pourrait pas les éradiquer, malgré la sévérité de ses jugements. Vraiment ? rétorqua le docteur Miquels, sceptique. On ne changera pas des mentalités déjà bien installées avec un jugement ! répondit son confrère, catégorique, pragmatique. Après ces paroles et cette journée bien remplie, ils s'enfermèrent dans leurs réflexions jusqu'à leur arrivée à Espalion.

15

Aurore et Christian Ancourt étaient introuvables ! Ils n'habitaient plus Béziers. Le courrier que leur avait expédié Romain Douziech, était revenu à son cabinet parisien. Le jeune avocat s'était adressé alors au syndicat des médecins de l'Hérault qui avait été incapable de le renseigner. Il avait ensuite sollicité les syndicats de médecins des départements de la bordure méditerranéenne depuis les Alpes-Maritimes jusqu'aux Pyrénées-Orientales, puis du Sud-Ouest et de la Seine. Vainement. Personne ne connaissait le docteur Ancourt, à la grande déception de Pierre Brioude. Toutefois, Romain Douziech n'avait pas renoncé. Il avait demandé à un sous-chef de service du ministère des Colonies qu'il comptait parmi ses relations d'effectuer des recherches, s'imaginant que le médecin biterrois était peut-être expatrié aujourd'hui en Afrique du Nord, aux Antilles, en Indochine. Il ne regretta pas son obstination, puisque cet employé du ministère l'informa la première semaine de décembre que Christian et Aurore Ancourt étaient désormais installés en Indochine. Il s'empressa de l'annoncer à Pierrounet qui attendait, chaque semaine ou presque, de ses nouvelles, tellement ce témoignage était important. Certes le médecin ne pourrait pas assister à l'audience, à moins de séjourner en métropole à ce moment-là, mais il pourrait envoyer un courrier à la chambre d'instruction ou directement au président du tribunal s'il le souhaitait. Romain Douziech s'engageait à expédier sa demande le plus rapidement possible tout en soulignant que les compagnies maritimes mettaient quatre à cinq semaines, ou parfois davantage, pour rejoindre l'Indochine. Il n'obtiendrait peut-être pas de réponse avant le printemps, en admettant encore que le docteur Ancourt se manifeste, ce dont ils n'avaient aucune certitude malgré la parole de son épouse. Accroché à ce dernier espoir depuis juillet, comme à la lumière d'un phare dans la tempête, Pierrounet ne nourrissait plus la moindre illusion. Il était conscient que l'Indochine était au diable et l'acheminement du courrier très aléatoire. Il ne pourrait sûrement pas compter sur son soutien et il le regrettait par avance, redoutant que de nouvelles plaintes aient été déposées depuis son deuxième interrogatoire à Marvejols, en juillet. L'incertitude demeurait. Certes le docteur Morange l'avait informé que le syndicat des médecins de la Lozère ne s'associerait pas à la procédure judiciaire intentée par le syndicat de l'Aveyron et le docteur Miquels. Il s'était déterminé à une écrasante majorité à l'occasion de son assemblée générale de novembre. Quant aux adhérents du Cantal, ils avaient adopté cette même position lorsqu'ils s'étaient retrouvés à Aurillac, cet automne. Le médecin de Pierrefort l'avait confirmé à Romain Douziech. Mais les menaces persistaient toujours à travers l'enquête entreprise par le syndicat de l'Aveyron qui cherchait à en découdre, à l'évidence, avec les guérisseurs et les rebouteux. Lorsqu'il avait été convoqué à Marvejols pour être entendu par Ferdinand Issanchou, le docteur Morange n'était parvenu à obtenir aucune information. Le magistrat n'avait répondu que d'une manière très évasive à ses questions, en manifestant son agacement. Soit il souhaitait maintenir le suspense en repoussant l'annonce d'autres charges pour affaiblir la défense. Soit les résultats de l'enquête étaient décevants et il n'acceptait pas que cette situation puisse bénéficier ensuite au rebouteux devant le tribunal.

Devant cette incertitude, l'angoisse taraudait d'autant plus Pierre Brioude que la troisième convocation du magistrat, pourtant promise pour le courant de l'automne à l'occasion de leur dernière entrevue, n'arrivait pas. Avait-il renoncé à l'entendre ? Ou alors espérait-il recevoir de nouveaux éléments ? Le préposé des Postes n'apporta l'enveloppe du tribunal que la dernière semaine de décembre avec la notification d'un rendez-vous à Marvejols la première semaine de janvier. Pierrounet s'empressa de prévenir Romain Douziech, dont il souhaitait la présence. À son télégramme, le jeune avocat répondit par deux feuillets en l'informant de ses dernières démarches mais, surtout, en se confondant en excuses de ne pouvoir le rejoindre en Lozère à ce moment-là puisqu'il plaiderait au tribunal de commerce de Paris pour un exploitant de chantier de charbon, adhérent de la Chambre syndicale. Rechignant à se présenter devant le magistrat sans témoin, à défaut d'avocat, Pierrounet sollicita Honoré Richard qui accepta de le conduire à Marvejols et d'assister à son audition. Les humeurs du temps amenèrent Ferdinand Issanchou à modifier leur rendez-vous. Au lendemain de la Saint-Sylvestre, une tempête s'abattit sur les plateaux de l'Aubrac déjà bien enneigés, provoqua l'isolement de Nasbinals en empêchant toute communication après la destruction de poteaux télégraphiques, paralysa toute circulation sur la nationale pendant deux semaines.

Cette troisième audition se déroula d'une manière différente des deux précédentes. Sa brièveté et sa sobriété surprirent Pierrounet. Il s'était préparé à affronter une cascade de questions et Ferdinand Issanchou en avait finalement peu tandis que les demandes étaient insignifiantes. Elles se limitaient pour une majorité d'entre elles à la confirmation d'informations ou de précisions que le rebouteux avait déjà fournies. À l'évidence, il n'y avait aucune nouvelle charge mais le magistrat ne s'abaissa pas à l'admettre. Pierrounet remarqua par ailleurs qu'il n'affichait pas autant de suffisance que devant Romain Douziech. Certes il continua à maintenir ses menaces, en indiquant que l'instruction n'était pas terminée et que des plaintes pouvaient être déposées dans les prochaines semaines. Il les recevrait. Mais il s'exprima sans conviction, ne trompant pas Pierrounet ni, surtout, Honoré Richard. Ils en parlèrent au moment de reprendre le chemin de Nasbinals et avaient le sentiment que la baudruche s'était dégonflée peu à peu, depuis l'automne. Le syndicat des médecins de l'Aveyron aurait-il rabaissé ses prétentions ? Peut-être.

Des coupures de journaux envoyées par Joseph-Amans Fabre à Pierrounet confirmèrent ensuite leur impression. Il s'agissait surtout de chroniques médicales qui avaient été publiées par *Le Courrier Républicain* sous le pseudonyme du docteur Auterne, sûrement un Ruthénois puisque le ruisseau de l'Auterne coulait en contrebas de Rodez avant de rejoindre l'Aveyron. C'était le pseudonyme qu'avait emprunté le docteur Vergnes pour aborder diverses questions de la médecine moderne, comme la nécessité d'imposer aux enfants les vaccinations contre la diphtérie, le tétanos, la poliomyélite, la rage et la tuberculose, de construire de véritables hôpitaux dans les petites sous-préfectures qui ne disposaient souvent que d'un hospice pour les vieillards. Certes ces chroniques en profitaient pour dénoncer le charlatanisme et ses boniments fallacieux, les faiseurs de miracles, les rebouteux et les guérisseurs mais elles ne mentionnaient jamais Pierrounet, à l'inverse de la première cosignée par les deux jeunes médecins, Bertrand Miquels et Ludovic Vergnes, qui s'attaquait au rebouteux de Nasbinals. Pierrounet en déduisait que ces praticiens et leur syndicat n'avaient peut-être pas rassemblé de témoignages accablants à son encontre, comme le prévoyait le juge d'instruction qui l'avait si ardemment souhaité pour l'enfoncer. C'était rassurant. Hélas ! Il déchanta. La première semaine de février, au moment où il préparait ses bagages pour effectuer son voyage annuel chez les charbonniers, *Le Courrier Républicain* se distingua par une attaque plus virulente qu'à l'habitude et, surtout, personnelle. Il découvrit le journal aveyronnais dans son courrier, deux jours avant son départ, et ce commentaire de Joseph-Amans Fabre : « Les discussions sur la séparation de l'Église et de l'État débutent en mars à la Chambre des députés et au Sénat. Elles promettent d'être enflammées entre les républicains et les conservateurs. Déjà, ils s'y préparent depuis des semaines. Mon expérience de sénateur m'autorise à prétendre, monsieur Brioude, que l'on s'étripera jusque dans certains villages ! Pas seulement au Parlement… Et la bataille a déjà commencé dans les journaux, y compris chez nous. Tous les coups sont permis. On vous reproche d'être un blanc, un chouan, un ennemi du progrès et de la science. On vous accuserait presque de sorcellerie ! Même si je suis républicain, je considère que c'en est ridicule ! »

Thomas Bonnet avait donc rédigé une charge au vitriol contre le rebouteux de Nasbinals, soulignant le conservatisme des habitants de l'Aubrac, leur hostilité à la Révolution de 1789, leur participation à la chouannerie de 1793, leurs profondes convictions religieuses, leur attachement aux traditions qui expliquaient la prolifération des guérisseurs et des rebouteux. « Leur rayonnement extraordinaire, à des dizaines de kilomètres alentour, démontre que la République n'est toujours pas parvenue à imposer le progrès et la science dans ces contrées et ces familles ! claironnait-il avec amertume. Comme c'est regrettable ! » Son discours n'étonna pas le rhabilleur qui s'en amusa, tellement il était révélateur de la guerre à laquelle les blancs et les rouges se livraient avec férocité. Il était partisan, excessif. En revanche, une annonce déclencha son indignation. Le rédacteur du *Courrier Républicain* informait ses lecteurs que le procès de Pierre Brioude se déroulerait à Marvejols le 9 juin après-midi alors que le tribunal n'avait pas encore prévenu l'intéressé ni son avocat. Il était bien renseigné, peut-être par Ferdinand Issanchou, ou son greffier, ou un employé du tribunal, ce que Pierrounet ne pouvait admettre. Le magistrat instructeur et le tribunal n'avaient pas respecté la plus élémentaire des corrections. À son arrivée à Paris, il demanderait à Romain Douziech d'envoyer une protestation officielle au président. Il n'appréciait pas davantage les accusations de Thomas Bonnet à l'encontre du docteur Aurélien Morange. Le journaliste affirmait que le médecin de Nasbinals était complice de Pierrounet, qu'il assistait dans certaines manipulations de blessés. « Son comportement est un encouragement à l'exercice illégal de la médecine, écrivait-il, à une complaisance envers le charlatanisme entretenue habilement par des praticiens peu scrupuleux et même des pharmaciens qui y trouvent leurs intérêts. Nous réclamons des sanctions financières et judiciaires exemplaires pour pouvoir empêcher ces pratiques… » Personne n'était informé que le docteur Morange le secondait pour certaines réductions de fractures, à l'exception des intéressés et de Ferdinand Issanchou. Pierrounet était scandalisé de constater que des éléments de l'instruction avaient été transmis au journaliste du *Courrier Républicain*. Pour discréditer le docteur Morange ou, alors, atteindre la réputation de Pierrounet ? Il demanderait également à Romain Douziech d'intervenir auprès du président du tribunal pour qu'il n'y ait pas de nouvelles surprises dans les prochains numéros du *Courrier Républicain*, redoutant les attaques jusqu'à son procès. Il avait bien conscience que Ferdinand Issanchou ne l'aimait pas et essayait de l'accabler. Qu'en penserait le tribunal ? Adopterait-il sa position pour manifester ensuite de la sévérité dans ses décisions ? Ou jugerait-il avec sang-froid et sans esprit partisan ?

Pierrounet rencontra Romain Douziech dès le lendemain de son installation dans la capitale au passage du Cheval-Blanc, impatient d'en débattre. Il le retrouva dans son cabinet du boulevard Voltaire, accompagné d'un charbonnier qui l'attendait dans la salle à manger de la pension de famille avant même qu'il descende pour prendre le petit déjeuner ; l'un de ses commis avait besoin de ses services. Derrière une grande table envahie de papiers en désordre, le jeune avocat noircissait des feuillets à la lumière d'une lampe. Il travaillait à la défense d'un bougnat que le Laboratoire d'hygiène de la ville de Paris accusait d'avoir trafiqué du rouge, en y ajoutant de l'acide tartrique et de la levure de moût. La présence du rebouteux à cette heure l'étonna. Ils n'avaient rendez-vous que dans deux jours. Que se passait-il ? Qu'y avait-il de si urgent ? Pierre Brioude exhuma de son portefeuille la coupure du *Courrier* et la déposa sur son bureau. Romain Douziech délaissa sa plaidoirie pour parcourir le pamphlet, ne décolérant pas. Il partageait l'opinion du rebouteux : ils devaient envoyer une protestation officielle au président du tribunal sinon *Le Courrier* publierait de nouvelles révélations sur l'instruction dans les prochaines semaines, jusqu'à l'audience du 9 juin. Ils la rédigèrent aussitôt, demandant que le magistrat instructeur, le greffier, le personnel du tribunal observent la plus grande discrétion, comme il était de tradition dans pareille situation. Par ailleurs, il estimait que l'attaque de Thomas Bonnet appelait également une réplique pour empêcher toute escalade verbale dans les journaux entre partisans et détracteurs du rhabilleur. Pour le moment, les journaux lozériens ne bronchaient pas mais on ne pouvait présager de leurs réactions à l'approche de l'audience, d'autant plus qu'elle se déroulerait dans le département et qu'il était impossible qu'ils ne s'y intéressent pas. L'atmosphère politique était tellement électrique qu'une maladresse pouvait se transformer brusquement en étincelle et déchaîner les passions. Il éprouvait quelques hésitations à envoyer une réponse, même policée, au directeur du *Courrier* qui l'espérait sûrement pour les ridiculiser et accabler davantage le prévenu. Comment procéder habilement sans alimenter la polémique ? Il répugnait à solliciter les journaux conservateurs de l'Aveyron, *L'Union Catholique, La Croix de l'Aveyron* et *Le Journal de l'Aveyron,* qui se bagarraient avec *Le Courrier Républicain* en permanence, notamment depuis que Louis Combes occupait la fonction de président du Conseil. Par avance, il était convaincu qu'ils riposteraient au pamphlet de Thomas Bonnet sans qu'il le leur demande, et prendraient la défense de Pierrounet. Pourquoi ne pas s'adresser au directeur de *L'Auvergnat de Paris* ? Dès que ses déboires avaient été connus à Paris, en février 1904, Louis Bonnet avait proposé à Pierre Brioude de le soutenir dans les colonnes de son journal, qui bénéficiait de la plus grande audience parmi les originaires du Massif central. À l'occasion de l'assemblée générale de la chambre syndicale des charbonniers à Paris puis du banquet estival d'Aubrac, les deux hommes s'étaient rencontrés. Ils en avaient librement débattu mais le rhabilleur n'avait pas souhaité que *L'Auvergnat* s'engage encore dans cette bataille. Il attendait de connaître avec davantage de précisions les charges que retiendrait le magistrat en clôturant l'instruction. Aujourd'hui, Romain Douziech pensait que le moment était opportun. Si Pierrounet en convenait, il éprouvait toujours des réticences à solliciter *L'Auvergnat* devant la réputation de polémiste de son directeur et ses positions politiques tranchées. Louis Bonnet avait été bonapartiste et boulangiste avant de devenir récemment radical-socialiste alors que *L'Auvergnat* était accusé d'être anticolonialiste mais, surtout, anticlérical. Toutefois, il était parvenu en une vingtaine d'années à s'imposer comme l'une des personnalités les plus influentes de la communauté parisienne du Massif central. N'avait-il pas négocié des tarifs spéciaux auprès des compagnies ferroviaires pour que les expatriés rejoignent plus facilement leur paroisse d'origine et s'accordent des vacances bien méritées ? Cette initiative avait provoqué un engouement populaire qui avait engendré bien des jalousies. Romain Douziech considérait qu'une chronique de Louis Bonnet pourrait être la bienvenue même si l'essentiel de son lectorat était parisien. Le journal disposait d'un important maillage de correspondants dans les villages de l'Aubrac qui transmettaient les nouvelles locales à la direction et colportaient ensuite auprès de la population les informations de la communauté parisienne. L'avocat était convaincu qu'ils relaieraient les propos de Louis Bonnet. Ses arguments infléchirent la position de Pierrounet : il accepta de le recevoir.

Romain Douziech et Louis Bonnet passèrent une journée entière en sa compagnie, dans les bureaux des entrepôts de charbon où il s'installait pour manipuler des commis et des patrons blessés. Ils le regardèrent « travailler » puis interrogèrent des charbonniers dont il avait soulagé les douleurs, les hivers passés. Pendant le déjeuner, le directeur de *L'Auvergnat* le pressa de questions sur son enfance et son adolescence dans les montagnes, ses activités de cantalès, son apprentissage de rebouteux dans les troupeaux, ses premières réussites sur les hommes et les femmes, ses méthodes d'examen. Ses meilleurs souvenirs ? Une confiance sans cesse renouvelée de certaines familles dont il avait rhabillé le père, le grand-père, le fils, des neveux ou des cousins, et qui l'avaient conseillé autour d'eux. Il mentionna également le témoignage et les remerciements d'Aurore Ancourt, dont il n'avait toujours pas de nouvelles. Le courrier envoyé à l'automne était-il parvenu à Haïphong où habitaient les Ancourt ? Le docteur Ancourt hésitait-il à rapporter au président du tribunal la méthode employée par le rhabilleur pour réduire la luxation du coude de son épouse et la « guérison » incontestable de cette dernière ? Ou sa correspondance lambinait-elle entre l'Indochine et Marseille, dans les boyaux des Postes ? À l'image de son avocat, il regrettait que ces questions demeurent sans réponses.

Pierrounet était déjà rentré à Nasbinals depuis trois semaines lorsqu'il découvrit parmi son courrier un exemplaire de *L'Auvergnat de Paris* et le reportage de Louis Bonnet occupant la dernière page, agrémenté de deux dessins : son portrait et une scène de chantier. « Pierrounet, le bienfaiteur de Nasbinals ! » claironnait-il, à dessein provocateur. « Qu'on poursuive cet homme devant les tribunaux est scandaleux ! s'indignait-il. Ce n'est nullement un charlatan mais un honnête citoyen qui se charge de son mieux des éclopés depuis un demi-siècle, sans tapage et sans profit. Il mériterait un monument à Nasbinals… » L'après-midi même, le correspondant se précipitait à son domicile en brandissant le journal et manifesta sa déception en constatant qu'il connaissait déjà le reportage. *L'Auvergnat* toujours entre les mains, il accourut ensuite dans les boutiques et les hôtels pour le commenter. À Nasbinals, tout le monde attendait désormais l'audience du 9 juin. Personne ne contestait que Pierrounet était en infraction avec la loi. Mais ils étaient nombreux à appartenir à cette catégorie : les braconniers, les fabricants clandestins d'eau-de-vie, les trafiquants d'allumettes. Le tribunal condamnerait-il sévèrement Pierrounet ? Ses défenseurs le redoutaient. Comment le soutenir ? Certains comptaient prendre la diligence de Marvejols pour assister à l'audience et démontrer qu'il était populaire. Des notables avaient également l'intention de rejoindre la sous-préfecture et d'emmener des habitants sur leur attelage. On en dénombrait déjà sept, dont le premier magistrat, le tabellion et des propriétaires de domaines qui appréciaient pour leur personnel les services du rhabilleur. D'autres s'y ajouteraient certainement. Alors que s'écoulaient les semaines et que le printemps s'imposait, une franche rébellion s'installait sur les plateaux de l'Aubrac.

16

Exaspérée ! La polémique entretenue par les journaux autour du rebouteux de Nasbinals horripilait de plus en plus Viviane Miquels. Bertrand était encensé par les rouges et conspué par les blancs. La jeune femme ne supportait plus la virulence des tribunes libres, des attaques et des répliques, ni des courriers anonymes qu'il recevait ; elle attendait avec impatience l'audience du 9 juin et le jugement du tribunal pour pouvoir décider, avec son époux, de l'avenir de leur famille. Resteraient-ils à Sauveterre ? Ou déménageraient-ils à Toulouse ? Bertrand et Viviane en avaient mûrement débattu avant qu'elle consente à s'aligner sur la position de son époux, quoiqu'elle ressente une profonde amertume après ces cinq années passées à Sauveterre qui ne ressemblaient pas à ce qu'elle avait imaginé : ils ne quitteraient l'Aveyron que si le tribunal se montrait trop clément envers Pierrounet. Elle aurait souhaité retourner à Toulouse dès les prochaines semaines quoi qu'il advienne, mais elle avait accepté ce compromis par amour. En cet après-midi lumineux et chaud du 7 juin, elle y songeait en préparant le bagage de son époux dans leur chambre dont la fenêtre était ouverte sur les champs, à l'arrière de leur demeure. On entendait des oiseaux gazouiller dans les arbres, des vaches meugler dans les prairies voisines, des coqs s'égosiller, des grillons chanter. S'ils redevenaient toulousains, elle regretterait de Sauveterre les longues journées estivales qui étaient parfumées d'odeurs de fleurs de tilleul, d'herbe coupée et de menthe sauvage, contrastant avec la sensation d'étouffement qu'elle avait souvent éprouvée dans le centre de Toulouse, de la Saint-Jean au 15 août. Ici, après le déjeuner, elle s'installait sous l'épaisse glycine dont les abeilles butinaient les grappes, poursuivait la lecture d'un roman et rêvassait. Le dénouement approchait. Bertrand avait été convoqué par le tribunal de Marvejols le 9 juin à 14 heures. Aujourd'hui, il était en déplacement dans les environs de la bastide et ne rentrerait que dans le courant de la soirée. Le lendemain, à 7 heures, il emprunterait la première diligence pour Naucelle puis l'express pour Rodez. Son camarade Antoine Fraysse le retrouverait à Carcenac-Peyralès puis le docteur Ludovic Vergnes, le secrétaire général du syndicat des médecins et Hippolyte Maisonneuve – l'avocat-conseil – les rejoindraient à Rodez pour prendre un premier express jusqu'à Sévérac et un deuxième à destination de Marvejols. Viviane comptait les journées la séparant d'une décision capitale pour leur avenir. Elle souhaitait presque que le tribunal manifeste de l'indulgence à l'encontre de Pierrounet pour qu'ils bouclent leurs malles et reviennent à Toulouse. Elle n'aspirait qu'au bonheur.

Ludovic Vergnes avait réservé leurs chambres à l'hôtel du Nord. Les médecins et l'avocat y arrivèrent après 19 heures et un voyage laborieux, même éreintant pour le docteur Miquels. Le service avait déjà commencé au restaurant. Ils se rembrunirent en découvrant à la réception que l'établissement proposait à sa clientèle des cartes-portraits de Pierrounet, comme s'il s'agissait d'un homme célèbre ou même d'une curiosité de Marvejols. Abasourdis, ils se regardèrent. Le propriétaire qui avait entendu la clochette de l'entrée tintinnabuler apparut à ce moment-là pour les accueillir et leur remettre les clés. Sa jovialité et son sourire s'évanouirent lorsque le docteur Vergnes l'entreprit sur Pierrounet, en s'étonnant de constater qu'il contribuait à la notoriété d'un homme qui était coupable d'exercice illégal de la médecine, donc en infraction avec la loi. L'hôtelier ne répondit pas, se contenta de leur préciser que le restaurant acceptait la clientèle jusqu'à 20 heures seulement. Il s'exprima aimablement, comme s'il n'avait jamais entendu la remarque. Les cinq hommes remplirent le registre de police, en silence et sous son regard curieux. Ils avaient compris que le rebouteux bénéficiait, comme à Nasbinals et ailleurs sur les plateaux de l'Aubrac, de nombreux défenseurs à Marvejols. Dès qu'ils montèrent les bagages dans leurs chambres, l'hôtelier s'empara du registre pour le consulter puis esquissa un sourire. Leur identité confirma ce qu'il avait déjà pressenti à leur arrivée en encaissant le reproche de l'un d'entre eux. Ces quatre médecins et cet avocat de l'Aveyron s'étaient déplacés pour le jugement du rebouteux dont ils étaient, à l'évidence, des détracteurs. Dès qu'ils descendirent puis rejoignirent le restaurant, on chuchota sur leur passage et on les dévisagea durement. Un homme les observa avec attention, lissant sa moustache et sa barbichette poivre et sel. Il dînait en compagnie de quatre personnes en costume trois-pièces. C'était Louis Bonnet, le directeur de *L'Auvergnat de Paris*, qui avait effectué le voyage en Lozère pour assister à l'audience et n'avait pas ménagé son temps pour soutenir Pierrounet. Lorsque les cinq hommes s'attablèrent et que l'hôtelier leur exposa les suggestions de son cuisinier avant de prendre la commande, les conversations qui s'étaient interrompues reprirent. Bien conscients qu'ils se trouvaient sur le territoire de rayonnement du rhabilleur et que leur présence suscitait de l'hostilité, les cinq convives n'abordèrent dans leurs discussions ni le charlatanisme ni aucune des procédures judiciaires en cours à la Société de secours mutuel. Comme Raoul Blanquet, le secrétaire général, et Ludovic Vergnes avaient des domaines aux environs de Rodez, ils parlèrent surtout des futures récoltes, de la fenaison, des moissons et des promesses de la vendange dans le Vallon où tous deux possédaient un vignoble.

Le lendemain, après le petit déjeuner, ils se promenèrent dans la sous-préfecture, constatèrent que neuf commerces avaient apposé sur leur devanture une affichette proposant des cartes-portraits de Pierrounet, achetèrent la dernière édition de *L'Écho des montagnes*, qui était l'hebdomadaire de Marvejols. Ce journal évoquait bien sûr l'audience du 9 juin mais d'une manière favorable au rebouteux de Nasbinals. « La population de l'Aubrac est unanime : Pierrounet ne mérite pas d'être poursuivi devant les tribunaux tellement il s'est appliqué à soulager des estropiés depuis un demi-siècle ! écrivait-il. Pierrounet s'est toujours préoccupé de son prochain et même des plus pauvres. Non seulement il ne leur demandait pas d'honoraires mais les plus nécessiteux repartaient avec un morceau de fromage, de la charcuterie ou un chanteau de pain ou parfois une pièce. S'ils se trouvaient là au moment des repas, son épouse leur servait une assiettée de soupe pour qu'ils ne se remettent pas en chemin avec l'estomac dans les talons. Pierrounet est un bienfaiteur de l'Aubrac. Pourquoi l'attaque-t-on ? Par jalousie parce que sa réputation égale ou surpasse la renommée de certains médecins ? Par vengeance ? Par stupidité parce que ses détracteurs ne comprennent pas qu'un rebouteux est précieux dans la société rurale, dans des villages qui sont éloignés des cabinets de médecins et des grands hôpitaux ? » Convaincus qu'il ne réussirait pas à attendrir le tribunal, ils jugèrent ce plaidoyer pathétique et même pitoyable. Après cette flânerie, ils se retrouvèrent dans un salon de l'hôtel du Nord autour de l'avocat, Hippolyte Maisonneuve, qui leur expliqua comment il envisageait de défendre les intérêts d'Euphrasie Lavernhe à qui il avait proposé de la représenter gracieusement puisqu'elle n'avait pas les moyens de se déplacer, de Bertrand Miquels et de la Société de secours mutuel. Les quatre médecins l'écoutèrent attentivement, se permirent quelques suggestions, en discutèrent.

Le déjeuner approchant, ils commandèrent des apéritifs puis les savourèrent, en cercle restreint, dans leur salon qu'ils quittèrent au moment des premières sonneries de l'angélus. L'audience débutait à 14 heures. Ils étaient impatients de s'attabler. Rejoignant dès lors la réception, une surprise les attendait. L'hôtelier les informa que le restaurant affichait complet et ne pouvait pas les recevoir puisqu'ils n'avaient pas réservé leur table. Ils remarquèrent que des groupes de convives affluaient déjà, que le maître d'hôtel les conduisait au restaurant, et que le propriétaire les gratifiait au passage d'un bonjour sonore et amical. Il se contenta de préciser aux quatre médecins et à Hippolyte Maisonneuve que le procès de l'après-midi constituait un événement que de nombreux habitants des environs n'entendaient pas manquer. Tout le monde connaissait, appréciait Pierrounet. Sur ces entrefaites, les retrouva à la réception le rédacteur du *Courrier Républicain*, Thomas Bonnet, qui s'était déplacé de Rodez comme le directeur s'y était engagé auprès du docteur Ludovic Vergnes en échange d'une publication gracieuse de ses chroniques médicales.

Il leur rapporta ce qu'il avait observé à son arrivée à Marvejols : des attelages stationnés sous les ombrages du foirail, des dizaines de personnes déballant des provisions et comptant rejoindre ensuite le palais de justice. Pierrounet était-il aussi populaire ? Sûrement. Les médecins, leur avocat et même Thomas Bonnet avaient mésestimé sa notoriété, les réactions des habitants de l'Aubrac aux poursuites judiciaires qui pourraient peut-être influencer le tribunal. Mais, pour l'heure, ils se demandaient où déjeuner. Comme ils avaient réservé leurs chambres pour deux nuits, l'hôtelier proposa de leur préparer une collation qu'ils prendraient dans le salon où ils avaient travaillé. Ils se trouvaient toujours à la réception, exposant ce qu'ils voulaient manger, quand Pierrounet pénétra dans l'hôtel. Ils le reconnurent à son collier de barbe, à ses épaules carrées et à sa musculature. Il avait de la prestance dans son costume et avec son grand chapeau dont il se débarrassa prestement dès que l'hôtelier se précipita à sa rencontre. Il était entouré d'une douzaine d'hommes dont le maître des lieux énuméra fièrement les fonctions lorsqu'il revint ensuite de la salle à manger où il les accompagna : Honoré Richard, maire et conseiller général de Nasbinals ; Bernard-Pierre Majoulet, notaire à Nasbinals ; Victor Servières, conseiller d'arrondissement, président du comice agricole cantonal de Nasbinals ; Louis Bonnet, directeur de *L'Auvergnat de Paris* ; Pierre-Jean Mouysset, conseiller général de Marvejols ; Joseph-Amans Fabre, ancien sénateur de l'Aveyron. La brochette de notables les impressionna !

Hippolyte Maisonneuve remarqua parmi eux la présence d'un jeune homme dont il supposa qu'il était peut-être l'avocat de Pierre Brioude. L'hôtelier le confirma en précisant que Romain Douziech était originaire de Malbouzon et également l'avocat-conseil de la chambre syndicale des marchands de charbon de la Seine. Les Rouergats ravalèrent leurs prétentions et se réfugièrent dans leur salle à manger improvisée pour prendre leur casse-croûte.

Lorsqu'ils arrivèrent au palais de justice, ils constatèrent que des centaines de personnes s'étaient rassemblées devant le bâtiment. Jeunes et vieillards, hommes et femmes, habitants de Marvejols et des campagnes environnantes s'interpellaient joyeusement comme sur les marchés. Les discussions ruisselaient en cascade dans une langue savoureuse et rocailleuse, mélange d'occitan de l'Aubrac et de français. D'aucuns scandaient déjà avec flamme : « Pierrounet ! Pierrounet ! » Ils avaient délaissé leurs fermes, leurs ateliers, leurs boutiques pour se regrouper autour du palais de justice et soutenir Pierrounet. Les troupeaux de vaches pâturaient sur les montagnes depuis trois semaines. Les bestiaux qui restaient dans les villages étaient surveillés par des gamins. Comme la fenaison ne débuterait pas avant la première semaine de juillet, les paysans des alentours s'étaient mobilisés sans hésitation, à l'image de nombre d'artisans qui avaient souvent des occasions de solliciter Pierrounet pour une luxation ou une entorse, pour leur propre compte ou leurs ouvriers. Ce déferlement populaire stupéfia le docteur

Miquels. Le médecin, ses confrères, l'avocat et Thomas Bonnet ne s'attardèrent pas ; ils entrèrent dans le palais de justice, dont une dizaine de gendarmes gardaient l'accès. Les grands et hauts couloirs baignaient dans une agréable sérénité qui contrastait avec l'agitation extérieure. La salle d'assises avait été affectée, ce jour-là, au procès de Pierre Brioude. Elle ne pouvait pas accueillir plus d'une soixantaine de personnes mais une vingtaine en occupaient déjà les bancs, dont l'un était réservé à la presse. Les rédacteurs du *Courrier de la Lozère*, du *Moniteur de la Lozère*, de *La Croix de la Lozère* et de *l'Écho des montagnes* étaient déjà installés. Ils discutaient de la condamnation que pourrait prononcer le tribunal à l'encontre de Pierrounet. Deux d'entre eux penchaient pour une peine de prison avec sursis et une très lourde amende ; les deux autres pour une simple amende mais suffisamment dissuasive pour l'empêcher de continuer son activité. Ils n'envisageaient pas une seconde que le tribunal puisse envoyer un vieillard de soixante-treize ans dans une maison d'arrêt. C'était impensable, même s'il pratiquait depuis plus d'un demi-siècle et si l'infraction était caractérisée. Thomas Bonnet les interrompit et se présenta. Certes ils étaient informés de la polémique qui avait opposé républicains et conservateurs de l'Aveyron pendant des semaines sur Pierrounet, mais le déplacement en Lozère du rédacteur ruthénois du *Courrier Républicain* ne manquait pas de les étonner. Les différends entre le rebouteux de l'Aubrac et les médecins intéressaient-ils vraiment les Aveyronnais, ou seulement une minorité d'entre eux ? Ils s'interrogeaient. La présence du directeur de *L'Auvergnat* surprenait moins. Louis Bonnet séjournait souvent dans l'Aubrac ou le Cantal où il avait ses attaches, surtout depuis qu'il avait instauré des trains spéciaux pour les expatriés du Massif central. Il était encore attendu et il arriverait sûrement avec les partisans de Pierrounet.

Les quatre médecins rejoignirent alors le banc des parties civiles et Bertrand Miquels balaya le prétoire d'un regard curieux, tellement il avait peu l'habitude de fréquenter les tribunaux. Il s'attarda sur un immense tableau du XVIIIe ou du XIXe siècle, accroché derrière les fauteuils réservés au président et aux assesseurs, qui représentait une allégorie de la Vérité et de la Justice avec les déesses du Mal et du Bien, la balance et ses deux plateaux. Soudain, l'arrachèrent à ses réflexions des tonnerres d'applaudissements qui résonnèrent à l'extérieur en alternance avec des encouragements : « Pierrounet ! Pierrounet ! » L'instant d'après, le rebouteux pénétrait dans la salle d'audience, entouré des notables, de son jeune avocat et de Louis Bonnet. Des hommes et des femmes se levèrent alors de leur banc pour l'acclamer. Le visage crispé et même grave, il traversa la salle sans précipitation pour s'asseoir ensuite sur le banc des prévenus où il déposa son feutre. Rose s'installa au deuxième rang ; elle était aussi anxieuse, craignant une peine de prison pour son époux plus qu'une lourde amende. Certes il était en infraction avec la loi, mais il ne la méritait pas. Depuis plusieurs semaines, Pierrounet préparait l'audience. Au fur et à mesure qu'il s'en rapprochait, son sommeil était de plus en plus entrecoupé de souvenirs d'hommes et de femmes qu'il avait soignés dont certains étaient, aujourd'hui, décédés de vieillesse. Ils le poussaient à ne pas capituler devant les médecins, la justice. À résister ! Des cauchemars l'assaillaient également dans lesquels de grands gaillards se présentaient à son domicile pour l'accabler de reproches pour de mauvaises manipulations qui avaient handicapé pour toujours un membre de leur famille ou même avaient provoqué la disparition prématurée d'un proche. Ils ne promettaient pas de le poursuivre devant le tribunal, mais d'appliquer la justice de Laguiole tellement redoutée sur l'Aubrac. Cette justice était expéditive, sans la présence de témoins, et impitoyable. Le règlement d'un différend pour tout manquement à l'honneur, ou à la parole, s'effectuait dans la discrétion avec un *drelhier*, bâton de foire qui était taillé dans une branche d'alisier, cravaté de cuir et trempé dans la chaux vive. Le coupable était roué de coups. S'il n'en mourait pas sur le moment, ou dans les semaines suivantes, il était marqué à jamais et souvent handicapé. La justice de Laguiole, Pierrounet ne la connaissait que trop. Certains rouls l'avaient appliquée à des cantalès inhumains lorsqu'ils étaient parvenus à l'âge adulte. Dans ses cauchemars, il se réveillait brutalement au moment même où l'un de ces colosses des montagnes s'apprêtait à le frapper. Son épouse essayait de le raisonner et de l'apaiser, sans toujours y parvenir. En cet après-midi du 9 juin 1905, Pierrounet se demandait avec angoisse si la justice des hommes se montrerait aussi implacable à son encontre que la justice de Laguiole dans son sommeil.

17

« Mesdames et messieurs, le tribunal ! » claironna l'huissier tout en brandissant sa clochette. Prévenu, avocats, notables et curieux se levèrent. Le président, ses deux assesseurs et le procureur de la République entrèrent solennellement. Le premier, grand échalas aux cheveux blancs coupés en brosse et au regard presque bleuté mais sévère, se distinguait par sa prestance. Ses deux assesseurs étaient rondouillards et à l'apparence bonhomme, bien plus jeunes. Quant au représentant du ministère public, c'était un homme d'une cinquantaine d'années à la moustache très brune et frisottante dont la carrure imposait. Le tribunal installé, le président appela aussitôt Pierre Brioude et procéda à la lecture de l'acte d'accusation après les habituelles questions relatives à son identité. Il était reproché au prévenu « d'avoir effectué depuis longtemps des opérations et des interventions chirurgicales, ne possédant pas le diplôme de docteur en médecine ni même le brevet d'officier de santé, d'avoir manipulé monsieur Édouard Lavernhe, régisseur de domaine, âgé de 53 ans, domicilié à Sauveterre-de-Rouergue dans l'Aveyron, pour pratiquer la réduction d'une fracture de jambe qui a dégénéré en gangrène et provoqué le décès du patient ». Il était également accusé par des médecins de l'Aveyron d'avoir manipulé des dizaines de personnes « sans méthode rigoureuse et sans connaissance anatomique, les handicapant pour toujours même s'ils ne s'en plaignaient pas ou ne souhaitaient pas le poursuivre en justice, employant des bandages très dangereux qui ont souvent entraîné la gangrène ». Les mains agrippées à la barre, les mâchoires crispées devant cet homme qui l'impressionnait et s'exprimait sèchement comme s'il morigénait un braconnier ou un quelconque délinquant, Pierrounet encaissa mais s'appliqua à ne pas courber l'échine. Le président enchaîna ensuite par une cascade de questions sur son apprentissage de rebouteux, ses manipulations des animaux et des hommes, ses méthodes, les affections qu'il soignait, sa clientèle, les honoraires qu'il percevait. Il répondit avec précision, affirmant comme pendant l'instruction qu'il n'avait jamais demandé de rémunération, même aux plus fortunés. Ils abordèrent ensuite le déroulement de la soirée de juillet 1903 où Pierrounet était intervenu dans une chambre d'hôtel pour réduire la fracture dont souffrait Édouard Lavernhe. Le prévenu indiqua alors comment ce régisseur d'exploitation avait désinfecté sa plaie après l'accident puis fabriqué une attelle, pourquoi il n'avait pas sollicité le docteur Morange puisque l'intéressé s'y était opposé d'une manière catégorique, comment il avait procédé pour redresser la jambe puis l'immobiliser dans un « appareil » constitué de bandes, de plaques de cartonnage et d'amidon. Il s'appesantit sur les conseils qu'il avait transmis au blessé devant témoins : prendre une journée de repos avant de repartir sur la voiture de son patron, consulter un médecin dès qu'il arriverait à Sauveterre pour que la plaie ne s'infecte pas. Il rapporta ensuite la réponse d'Édouard Lavernhe : « Nous verrons ! Nous verrons ! Soignez-moi d'abord ! » Le lendemain, le régisseur et Auguste Desmazes avaient déjà disparu lorsqu'il s'était présenté à l'hôtel du Levant, au moment du déjeuner. Il persistait à regretter, aujourd'hui, que ses recommandations n'aient pas été respectées. Le président appela alors Gustave et Étienne, les deux assistants de Pierrounet, puis Émilien Batifol, le patron de l'hôtel du Levant. Ils confirmèrent les déclarations du rebouteux, à l'image du propriétaire du domaine qui ne s'était pas déplacé pour le procès mais avait été entendu par un magistrat, à Rodez. Le président s'adressa alors au docteur Miquels qui avait examiné Édouard Lavernhe.

– Qui vous a appelé ? Le malade ou son épouse ?

– Son épouse. Monsieur Lavernhe m'a presque rembarré à mon arrivée. Il s'opposait toujours à consulter un médecin.

– Combien de temps après son voyage en Lozère ?

– Une semaine environ.

– Qu'avez-vous observé dès votre première visite ? Le tribunal a besoin de précisions pour apprécier l'exacte situation.

Le docteur Miquels expliqua alors qu'Édouard Lavernhe souffrait d'élancements, que sa jambe accidentée était en partie couverte de plaques noirâtres et bleuâtres, que les linges du pansement étaient maculés de taches jaunes et brunes, que la plaie était purulente et dégageait une puanteur épouvantable qui avait déjà envahi l'étage. D'emblée, il avait éprouvé la certitude que la gangrène avait frappé. Pendant son internat puis dans ses fonctions de médecin à l'hôpital de Toulouse, il s'était occupé d'hommes et de femmes frappés par la gangrène. Édouard Lavernhe en présentait tous les symptômes. L'examen de sa blessure l'avait confirmé. Le docteur Miquels avait exécuté le traitement qui était conseillé dans une pareille situation : un nettoyage minutieux de la plaie avec un mélange d'alcool salé et d'iode, par injection à la seringue ; des pansements avec de l'alcool phéniqué, renouvelés à trois reprises dans la journée, en alternance avec des applications de quinquina ou de charbon.

– Une amélioration est-elle survenue ?

– Non ! Hélas ! Ou très minime. Malgré mes efforts, la maladie a progressé de jour en jour. Monsieur Lavernhe s'alimentait de moins en moins, maigrissait de plus en plus, souffrait, tremblait parfois. Sa fièvre ne tombait pas. Il délirait même.

– N'avez-vous pas envisagé l'amputation ?

– Je l'ai envisagée ! Mais le malade était trop faible et l'opération présentait trop de risques. Je redoutais une hémorragie importante pouvant entraîner la mort. Et puis... Je n'ai jamais pratiqué seul une amputation... À l'hôpital, nous étions toujours plusieurs médecins à intervenir...

– Pourquoi n'avez-vous pas sollicité l'assistance ou les conseils d'un confrère ? À combien de kilomètres de votre domicile le plus proche est-il installé ?

– À six kilomètres.

– Seulement ? Alors, pourquoi ne pas l'avoir consulté ? rétorqua le président, agacé.

– Je n'en ai pas eu le temps ! protesta alors le docteur Miquels. Une septicémie a emporté monsieur Lavernhe en quelques heures seulement... En une soirée même ! Je n'ai pas quitté son chevet de 7 heures du soir à minuit. J'ai tout essayé... Mais la mort a été bien plus rapide.

Quelques minutes s'écoulèrent alors dans un silence pesant que le président interrompit.

– Répondez-nous maintenant en toute sincérité, docteur ! Cette gangrène a-t-elle été provoquée par sa négligence, ou alors par la manière dont Pierre Brioude a procédé pour réduire la fracture ?

Cette question était essentielle pour le tribunal et l'embarrassa. Il ne pouvait accabler injustement Pierre Brioude ni travestir la réalité. Si Édouard Lavernhe l'avait consulté en revenant de Nasbinals, il aurait sûrement empêché que la gangrène l'attaque ou s'étende si elle avait déjà assailli son organisme. Il répondit en toute franchise, à la surprise de Pierrounet et de son avocat qui s'étaient préparés à une offensive sans concessions. La position du docteur Bertrand Miquels paraissait honnête et modérée, pour l'instant. Le rebouteux s'en réjouissait. Toutefois, le président ne relâcha pas sa pression. Malgré ce qui avait été affirmé et précisé par le docteur Miquels, il ne comprenait toujours pas pourquoi Pierre Brioude avait accepté de s'occuper d'un blessé confronté à une situation dramatique qui relevait seulement de la médecine.

– Monsieur le président, je m'efforce de soulager mon prochain, y compris dans des situations difficiles qui exigeraient la présence du médecin ! répondit Pierrounet. Édouard Lavernhe ne voulait pas d'un médecin. Il n'avait pas confiance. Il s'était déplacé ; il souffrait. Une fracture ouverte, deux journées de voyage, c'était horrible ! Je me demande comme il le supportait. Je ne pouvais pas le renvoyer sans essayer de redresser sa jambe et sans l'appareiller.

Depuis son banc, son épouse l'observait, approuvait sa fermeté, l'admirait de pouvoir conserver une apparente sérénité. Ses lèvres bougeaient. Elle marmonnait des prières, demandait à Notre-Dame de la Sentinelle vénérée par les habitants de Nasbinals de l'inspirer dans ses réponses pour prouver au tribunal que l'argent ne l'avait jamais animé et qu'il s'était toujours soucié de son prochain comme les Saintes Écritures l'exigeaient.

– Même s'il y avait des risques ? rétorqua le président, insistant.

– Il y en avait ! J'en étais conscient. Si j'avais refusé d'intervenir, j'étais convaincu que cet homme n'aurait pas appelé le médecin de Nasbinals avant de repartir… J'ai estimé qu'il était mon devoir de le soigner de mon mieux. J'y suis habitué. On me sollicite souvent.

– Justement, monsieur Brioude ! Vous avez déclaré au magistrat instructeur que le docteur Morange vous assistait parfois. Il nous l'a confirmé. Expliquez-nous !

– Lorsqu'un propriétaire ou son employé tombe d'une échelle ou d'une meule de foin sur le parquet de la grange et se fracture un os de la jambe, d'un bras, on nous prévient tous les deux. Le docteur Morange me seconde pour redresser la jambe fracturée ou le bras blessé. Il désinfecte ensuite la blessure et administre des calmants au malade pendant que je fabrique l'appareillage.

– Pourquoi ne peut-il pas intervenir seul ?

Pierre Brioude haussa les épaules. Non seulement il n'était pas habilité à répondre mais il n'entendait pas le mettre en difficulté. Le docteur Morange avait été convoqué ; il était parmi l'assistance. Le président pouvait donc l'interroger. Devant le mutisme du prévenu, il l'appela sans plus tarder.

– Pourquoi n'intervenez-vous jamais seul pour des réductions de fractures ? demanda-t-il avec insistance.

Le docteur Morange ne tergiversa pas.

– La réponse est simple, monsieur le président ! Je suis médecin mais pas chirurgien…

– Monsieur Brioude ne l'est pas davantage ! ironisa le président.

– Comme nombre de médecins de campagne ou même de ville, y compris peut-être mes confrères qui se sont déplacés aujourd'hui de l'Aveyron, on ne m'a pas enseigné durant mes études à réduire une fracture. Ou si peu... Quelques rudiments pendant mon internat dans les hôpitaux mais je ne considère pas qu'ils soient suffisants pour que je puisse pratiquer sans aucun danger pour le patient. S'il était ensuite handicapé, il me le reprocherait sûrement.

Soudain, le président l'interrompit pour s'adresser de nouveau au docteur Miquels.

– Qu'en pensez-vous, docteur ?

– Je partage l'opinion de mon confrère.

– Si Édouard Lavernhe vous avait sollicité après son accident, auriez-vous accepté de redresser sa jambe même si vous n'êtes pas chirurgien ?

– J'aurais essayé mais en le prévenant que je pourrais peut-être ne pas y parvenir d'une manière correcte.

– Vous avez travaillé dans un hôpital à Toulouse, me semble-t-il.

– C'est exact, monsieur le président ! Mais je n'ai jamais assisté un chirurgien orthopédique, excepté peut-être pendant mon internat mais si peu souvent que je n'ai aucune expérience dans ce domaine.

– Comment procédez-vous lorsqu'une famille vous appelle après un accident domestique et que vous constatez une fracture de la jambe, du coude, du bras ?

– L'occasion ne s'est encore jamais présentée.

Un murmure d'étonnement parcourut l'assistance.

– C'est surprenant ! Des accidents se sont certainement produits dans votre bourgade et ses environs depuis l'ouverture de votre cabinet. Comment les blessés se sont-ils soignés ? En sollicitant un rhabilleur ou l'un de vos confrères ?

– Je ne peux vous répondre, monsieur le président.

Le médecin paraissait tellement sincère qu'il n'insista pas et qu'il poursuivit l'interrogatoire.

– Considérez-vous que monsieur Brioude a redressé de manière correcte la jambe fracturée de monsieur Lavernhe ?

– Il m'a été difficile d'apprécier la pertinence de son intervention. Le blessé était couché lorsque je l'ai examiné et sa jambe fracturée était enserrée dans un appareillage fabriqué par monsieur Brioude.

– Vous ne pouvez pas, docteur, esquiver la question ! s'exclama le président.

Bertrand Miquels, qui était revenu à la barre, s'accorda alors une poignée de secondes de réflexion avant de concéder :

– La jambe fracturée me paraissait assez bien redressée.

– Nous vous remercions, docteur ! Vos explications nous seront précieuses ! répondit le président en esquissant un sourire.

Bertrand Miquels retourna à son banc et le président s'adressa à nouveau au docteur Morange.

– Reprenons ! Ce tribunal a bien compris que les médecins ne sont pas tous des chirurgiens.

– Je suis persuadé qu'il en tiendra compte, mais vous n'ignorez pas également que l'Aubrac n'est pas facilement accessible durant l'hiver ! surenchérit l'intéressé. On ne peut pas toujours transporter les blessés et les malades à l'hôpital de Mende. Représentez-vous les plateaux de l'Aubrac en janvier ou en février. Ils sont enneigés ; il y a parfois des congères qui empêchent la circulation. Lorsqu'un accident survient dans les fermes, c'est souvent durant l'hiver. Les journées sont courtes et les granges ne sont pas éclairées. On ne distingue pas les barreaux d'une échelle dans l'obscurité, on tombe facilement en descendant d'une meule.

Puis il regarda fixement le président et ses assesseurs.

– Je ne prendrai qu'un exemple, monsieur le président, mais qui éclairera sûrement le tribunal. En février 1898, j'ai été appelé à sept ou huit kilomètres de Nasbinals dans un hameau pour un accident. Une fracture à la jambe après une chute dans une grange… C'était en début d'après-midi. Un homme s'est présenté à mon domicile et m'a demandé si je pouvais l'accompagner chez l'un de ses voisins, en emmenant monsieur Brioude qu'il connaissait bien. Les chemins étaient couverts d'une bonne couche de neige. Par chance, le ciel était très clair et il n'y avait pas de menace de tempête. Cet homme avait marché dans la neige jusqu'à Rieurtortet où il avait emprunté deux chevaux ferrés à glace. Comme les voituriers circulaient avec leurs traîneaux entre Nasbinals et Aumont, nous avons pu rejoindre Rieurtortet sans difficulté avec nos chevaux que nous avons confiés au forgeron et nous avons ensuite marché pendant deux kilomètres avec notre matériel pour atteindre le hameau.

Rose Brioude se souvenait de leur déplacement dans le hameau d'Escudièrettes. Pierre était déjà à la retraite. Il n'avait pas rechigné à répondre à la sollicitation du médecin malgré la neige, heureux de la confiance réciproque qu'ils se témoignaient. Il expliquait souvent qu'ils pouvaient se compléter et leur intervention dans cette famille, ce jour-là, l'avait confirmé. Le rebouteux était revenu exténué par le chemin et leur veille au chevet du blessé, mais satisfait du résultat. L'avenir ne l'avait pas démenti. Pas plus que le docteur Morange, il n'avait demandé un centime à cette famille, bien modeste, mais elle les avait remerciés à sa manière.

Le président s'impatientait.

– Abrégez, abrégez, docteur !

– Nous nous sommes occupés du blessé en nous répartissant le travail comme monsieur Brioude vous a déjà indiqué. S'il ne m'avait pas secondé, je n'aurais sûrement pas pu redresser la jambe d'une manière correcte et cet homme n'aurait peut-être pas remarché, ou difficilement. Nous l'avons surveillé à tour de rôle jusqu'au matin et nous sommes ensuite retournés à Nasbinals… Cet homme marche normalement aujourd'hui et exploite sa propriété comme s'il n'avait jamais eu d'accident… Dès qu'il nous rencontre à Nasbinals, il nous remercie toujours, monsieur Brioude et moi-même… Même s'il n'est pas médecin ni chirurgien, monsieur Brioude inspire confiance. Il a une intelligence « pratique », de l'adresse et un doigté efficace pour remettre des articulations déboîtées dans leur cavité naturelle...

– Vous ne trouverez pas meilleur défenseur ! ironisa le président à l'attention du rebouteux.

– Il est compétent, même s'il ne possède pas comme un médecin des connaissances anatomiques très poussées ! renchérit Aurélien Morange en provoquant aussitôt des murmures réprobateurs parmi les médecins de l'Aveyron qui l'avaient attaqué.

Le docteur Miquels était peut-être le plus en colère. Comment un médecin pouvait-il s'associer avec un rebouteux ? C'était aberrant ! Le premier s'appuyait sur la connaissance scientifique, le deuxième était un empirique qui procédait par tâtonnements et expériences. Il considérait que les deux n'étaient pas compatibles, que l'isolement hivernal de Nasbinals et l'éloignement de l'Aubrac des hôpitaux ne pouvaient pas tout expliquer ni justifier, que ce praticien mériterait d'être sanctionné pour son irresponsabilité et ses encouragements à maintenir les pratiques d'autrefois. Il ne comprenait pas pourquoi le syndicat des médecins de la Lozère ne l'avait jamais poursuivi. À l'inverse, Romain Douziech était pleinement satisfait de la déclaration du docteur Morange, qui pourrait sûrement influencer le tribunal. Comment pourrait-on condamner un rebouteux capable de seconder un médecin dans l'obligation de réduire des fractures, de recoudre des plaies, d'accoucher des parturientes en l'absence de sage-femme patentée et de les arracher aux fièvres puerpérales qui emportaient nombre de femmes en quelques heures, ou encore d'improviser une salle d'opération dans une cuisine pour manier le bistouri et enlever un appendice ? Non ! C'était impossible.

– Compétent ! Compétent ! Compétent ! marmonna le président, dubitatif. Vous pouvez toujours le prétendre ! Mais il est incapable de le démontrer, aujourd'hui, devant le tribunal.

Pierrounet qui s'était contenté d'écouter l'intervention du docteur Morange, protesta aussitôt en affirmant qu'il pouvait démontrer ses capacités de rebouteux dans ce prétoire. Le président consulta ses assesseurs puis y consentit à la condition qu'il ne s'éternise pas. Le rebouteux demanda alors s'il pouvait disposer d'une petite table. Le président ordonna à l'huissier d'en apporter une. Entre-temps, dans l'assistance, deux hommes s'étaient éclipsés et réapparurent avec une panière de marché en osier, qu'ils amenèrent près de la barre sous le regard intrigué du président et des deux juges tandis que le brouhaha des conversations envahissait le prétoire. Le président et l'huissier réclamèrent le silence, en donnant de la voix et en agitant leur clochette. Pierrounet ouvrit la panière pour prendre un agnelet dans ses bras et l'installer sur la table.

Décontenancé par cet intermède si improbable dans un prétoire, le greffier demanda au président s'il était vraiment nécessaire de le consigner dans les minutes du procès.

– Consignez ! Consignez ! répondit le président.

Se tournant vers le rhabilleur, il poursuivit :

– Que souhaitez-vous nous démontrer, monsieur Brioude ?

– Que je suis capable de démettre les articulations de cet animal puis de le manipuler à nouveau pour qu'il puisse remarcher.

Le magistrat manifesta son étonnement.

– En êtes-vous vraiment capable ?

– Absolument, monsieur le président !

Perplexe, il consulta ses assesseurs puis l'autorisa à procéder à la démonstration. On entendit des craquements d'articulations et des bêlements puis l'animal demeura allongé et immobile, incapable de bouger. Le rebouteux le déposa ensuite sur le parquet et s'adressa aux quatre médecins aveyronnais :

– Eh bien, messieurs les médecins ! Remettez-le maintenant sur ses pattes !

Le président appuya sa requête.

– À votre tour, messieurs, puisqu'on vous y invite ! insista-t-il.

Les quatre praticiens se regardèrent alors, embarrassés devant cette demande incongrue, avant de concéder de conserve qu'ils en étaient incapables.

– Puisque ces messieurs y renoncent, continuez donc monsieur Brioude, et montrez-nous que c'est bien dans vos cordes ! rétorqua alors le président avec une curiosité manifeste et un sourire amusé.

– Je peux, monsieur le président ! répondit le rhabilleur avec une assurance qui n'échappa à personne.

Il s'empara à nouveau de l'agnelet, le pressa contre sa poitrine pour le caresser et le mettre en confiance comme s'il s'agissait d'un enfant. Cette scène semblait irréelle dans un prétoire tellement elle était exceptionnelle et inattendue. Elle avait été élaborée de concert par le docteur Morange et Romain Douziech la semaine seulement de l'audience en cherchant comment il pourrait frapper une assistance pourtant composée en majorité de ses partisans, dont certains connaissaient ses capacités à pouvoir rhabiller les animaux blessés et avaient peut-être assisté à ses manipulations qui étaient toujours spectaculaires. Ils souhaitaient surtout impressionner les médecins de l'Aveyron qui le dénigraient et le tribunal, qui voudrait sûrement appliquer strictement la loi.

L'assistance suspendit son souffle. Pas de chuchotements. Pas de raclements de sabots ou de souliers sur le parquet. Ni de gorge. Chacun attendait qu'il s'exécute et qu'il honore sa parole. Quelques minutes s'écoulèrent dans le silence le plus complet. Les tensions étaient palpables. Ses défenseurs se demandaient s'il y arriverait facilement malgré sa réputation ; il n'était pas infaillible ! Son doigté légendaire et son pouvoir naturel pouvaient manquer d'efficacité cet après-midi sans qu'il y ait d'explication rationnelle. Ses détracteurs, déconcertés par ses déclarations mais surtout par l'intervention du praticien de Nasbinals, s'interrogeaient sur Pierrounet. Qui était-il ? Un simple rebouteux de village ou un rhabilleur hors du commun ? L'assistant d'un médecin de campagne ? Un brillant comédien qui essayait d'abuser des parties civiles et de tromper le tribunal avec son numéro de cirque ? Le docteur Antoine Fraysse était peut-être le seul à ne montrer aucune surprise. Il connaissait, dans le Ségala, des rebouteux et des guérisseurs qu'il avait rencontrés à l'occasion de ses tournées avec son grand-oncle Félicien. Certes ils n'étaient pas aussi renommés mais ils possédaient des pouvoirs étonnants, notamment les coupeurs de feu en mesure de stopper les douleurs occasionnées par une brûlure provoquée par une flamme ou de l'eau bouillante, ou les zonas qui déclenchaient à l'entrejambe, à l'aine, à la ceinture des démangeaisons insupportables. Il les avait observés à l'œuvre à leur domicile ou même dans les familles, les conseillait discrètement à ses patients qu'il ne pouvait soulager. À l'inverse du docteur Miquels – toujours aussi rationaliste – qui s'était installé à son côté et prédisait déjà que le Lozérien se couvrirait de ridicule, il était convaincu que Pierre Brioude réussirait à remettre l'animal sur ses quatre pattes. Il avait regardé attentivement le rhabilleur tandis qu'il répondait aux questions du président. À l'évidence, cet homme n'affichait aucune prétention. Il avait du charisme, de la douceur et de l'habileté ; il se souciait de son prochain ; il était empreint de la sagesse paysanne et avait sûrement une bonne intuition. C'étaient des qualités qu'on retrouvait chez les « bons » médecins de famille, en complément de la connaissance de l'anatomie humaine. Il aurait pu devenir médecin s'il avait grandi dans une famille plus fortunée pour pouvoir effectuer des études.

Avec son pouce, Pierre Brioude s'attacha à replacer doucement chacune des articulations démises et, de nouveau, on entendit des craquements. Il avait tout juste terminé que l'agnelet s'échappa de ses mains et s'élança de la table pour bondir sur le parquet tout en multipliant des bêlements joyeux, soulagé de recouvrer soudain sa mobilité malgré la curiosité qu'il provoquait. Le président, les deux assesseurs, le procureur de la République, l'huissier, l'avocat de la Société de secours mutuel, les médecins de l'Aveyron à l'exception d'Antoine Fraysse étaient abasourdis. Le président du tribunal était tellement stupéfait qu'il ne brandit pas la clochette ni la menace de l'évacuation du prétoire lorsque l'assistance applaudit à tout rompre en scandant : « Pierrounet ! Pierrounet ! » Rose Brioude n'était pas la moins enthousiaste. Debout comme ses voisins pour assister à la scène, elle frappait dans ses mains. Quelle cacophonie ! Il n'y en avait jamais eu de pareille dans l'enceinte du tribunal de Marvejols. Les journalistes exultaient. Voilà qui contrastait avec les audiences habituelles où défilaient de pauvres bougres, des fraudeurs ou des contrebandiers d'allumettes… Quelques minutes s'écoulèrent avant que le président s'égosille pour essayer d'obtenir le silence avec le concours de l'huissier. Entre-temps, on avait emmené l'agneau et la panière. Le rebouteux, au triomphe modeste, et le docteur Morange étaient toujours à la barre. Ils attendaient de nouvelles questions du président, de ses assesseurs, du procureur de la République et de l'avocat des parties civiles qui ne les ménageraient pas. Le médecin de Nasbinals redoutait d'être accusé de complicité d'exercice illégal de la médecine puisqu'il était parfois intervenu chez des patients en compagnie de Pierrounet. Mais les deux hommes étaient déjà plus détendus qu'à l'ouverture du procès. Le rebouteux était persuadé que sa démonstration avait frappé les esprits les plus rationnels et, peut-être même, ébranlé des certitudes. Il avait sûrement remporté une précieuse bataille mais son combat pour la dignité et l'honneur n'était pas encore terminé. Il était décidé à se défendre avec toutes ses convictions et la flamme qui l'animait.

18

Cet intermède avait contribué à décrisper l'ambiance. Toutefois, soucieux d'affirmer son autorité, le président du tribunal se démena pour restaurer la sérénité dans le prétoire, en informant l'assistance qu'il demanderait l'évacuation à la prochaine agitation. Le prévenu et le docteur Morange regagnèrent leur banc. Leur succéda alors le docteur Raoul Blanquet, secrétaire de la Société de secours mutuel des médecins de l'Aveyron. Le président remarqua qu'à l'exception du docteur Bertrand Miquels qui avait examiné Édouard Lavernhe puis constaté que la gangrène l'avait attaqué, la Société n'avait pas été en mesure de transmettre l'identité de patients qui pourraient se plaindre de la méthode de Pierre Brioude ni des affections dont ils avaient souffert. Il estimait qu'un tribunal ne pouvait se contenter de l'anonymat ni de considérations générales.

– Nous aurions souhaité connaître le patronyme des patients et leurs prénoms, les conditions précises qui les avaient amenés chez Pierre Brioude ! lui reprocha-t-il. Nous aurions souhaité également disposer de témoignages sur la manière dont les blessures avaient été soignées par ce rebouteux, les conséquences négatives de ses manipulations... Je remarque que vos accusations sont collectives ! La notoriété publique n'est pas suffisante.

Ses observations reflétaient la réalité mais froissèrent le docteur Blanquet. Il expliqua sèchement qu'il n'avait jamais été confronté à de pareilles situations dans sa carrière, que ses confrères s'étaient retranchés pour l'écrasante majorité derrière le secret professionnel pour ne pas répondre à la circulaire du syndicat, que leurs patients rechignaient à apparaître dans une procédure judiciaire parce qu'ils redoutaient que leur démarche n'entraîne des tracasseries.

– Ils refuseront toujours d'admettre qu'ils ont été trompés malgré leurs infirmités et même s'ils sont handicapés à jamais, tempêta-t-il. Pourtant, nous persistons à affirmer que cet homme est dangereux pour la médecine, pour la société, pour le progrès, pour la science.

Un murmure de réprobation parcourut une assistance offusquée par ses insinuations. Dangereux, Pierrounet ? Non ! Ce médecin de l'Aveyron déraisonnait. Rose Brioude serrait les poings, enrageant après cet homme qui ne connaissait pas son époux et se permettait de le considérer comme dangereux. Il essayait toujours de soigner de son mieux, sans pommade particulière et sans médicaments de sa fabrication ou préparations douteuses. Il ne soignait qu'avec son pouvoir naturel. Où était le danger ? Romain Douziech bouillonnait également. Remonté comme une horloge après ce médecin et ses accusations, il griffonnait au crayon à papier sur les feuillets de sa plaidoirie pour contre-attaquer tout à l'heure. Dangereux, cet homme qui secondait depuis tellement d'années le médecin de Nasbinals ? Non ! Le jeune avocat ne pouvait accepter que le docteur Blanquet l'affirme sans preuve.

– Silence ! Ou je demande l'évacuation ! imposa le président qui succombait à l'agacement, conscient que l'assemblée était acquise à Pierrounet. Continuez, docteur !

– Il perpétue des pratiques dépassées, entretient l'illusion de la guérison, poursuivit le docteur Blanquet. Ses activités illégales sont devenues une véritable industrie à Nasbinals. Si vous interrogez les gendarmes, ils vous le confirmeront… C'est un déferlement !

Le président interrompit le médecin pour s'adresser aussitôt aux représentants de la maréchaussée.

– Pouvez-vous nous le confirmer, messieurs ?

Le commandant de la brigade de Nasbinals avait été convoqué par le tribunal, ainsi que son adjoint. Engoncé dans son uniforme et le képi sous le bras, il se présenta à la barre d'un pas solennel pour répondre à la question.

– Un déferlement ? s'étonna-t-il. Ce médecin exagère, monsieur le président. Nasbinals est une bourgade fréquentée parce qu'il y a des commerces, d'importants marchés aux bestiaux, des Parisiens qui débarquent maintenant avec les Trains Bonnet pour s'accorder quelques vacances bien méritées. Je suis souvent en tournée avec l'un de mes gendarmes à travers le canton et je ne peux pas donc contrôler toute l'animation de la localité ! Mais je peux vous affirmer que tous les « étrangers » ne se précipitent pas chez le rebouteux.

– Combien sont-ils ?

– Une quinzaine ou une vingtaine, dans les meilleures journées. Personne ne les a jamais comptés...

– C'est bien ce que nous a déclaré Pierre Brioude, précisa alors le président.

– Une quinzaine ou une vingtaine ? C'est beaucoup ! s'exclama le docteur Raoul Blanquet. Un médecin n'examine jamais autant de personnes dans une seule et même journée, surtout s'il se déplace à domicile et dans des villages éloignés de son cabinet.

– N'exagérons pas, docteur ! répliqua le gendarme. Ils sont bien plus clairsemés en janvier et février lorsque les congères bloquent les chemins et que les courriers ne circulent plus. Il n'y a jamais eu de déferlement...

Le docteur Blanquet dévisagea durement le maréchal des logis, n'appréciant pas sa complaisance, supposant même qu'il avait des connivences avec Pierrounet. Mais il ne s'appesantit pas, convaincu que le défenseur de la Société se chargerait de l'accabler.

– Nasbinals ne ressemble pas à Lourdes, docteur ! surenchérit le maréchal des logis-chef. Il n'y a jamais eu de foule d'estropiés ni même de miracles.

L'assistance s'esclaffa sans retenue et le président s'égosilla à nouveau pour imposer le silence.

Me Hippolyte Maisonneuve trépignait sur le banc des avocats comme un étalon fougueux, impatient de discréditer Pierre Brioude, d'en découdre avec les charlatans, de réhabiliter la médecine et de réclamer un jugement exemplaire. Dès que le président l'autorisa à s'exprimer, il se rengorgea puis esquissa un sourire ironique avant d'attaquer Pierrounet pour sa démonstration. Il le regarda fixement, décochant mille flèches de ses prunelles acérées, mais le rebouteux ne sourcilla pas.

– Vous nous avez bluffés, monsieur Brioude, et je reconnais vos qualités d'illusionniste, mais nous ne sommes pas dans un cirque ! tempêta-t-il. Nous ne sommes pas, cet après-midi, dans ce prétoire pour nous distraire comme au spectacle mais pour déterminer votre responsabilité dans la disparition prématurée et tragique d'Édouard Lavernhe… Car vous en êtes bien responsable, à l'inverse de ce qui a été affirmé. Si vous ne l'aviez pas manipulé, une épouse ne serait pas inconsolable, aujourd'hui, et des enfants à jamais marqués par l'horrible agonie d'un père. C'est à cette famille que l'on doit penser en priorité. Une famille détruite par un charlatan. Car vous êtes un charlatan ! Désinfecter une blessure sans alcool à 70 ou 90 degrés, avec uniquement du vin chaud sucré comme vous l'avez indiqué au magistrat instructeur et confirmé tout à l'heure au président ? C'est de l'amateurisme et de l'inconscience ! La gangrène ne pouvait que s'attaquer à ce pauvre homme, si vulnérable après son accident et ses deux journées de voyage jusqu'en Lozère, endurant le martyre.

Les muscles tendus à craquer, mais impassible sous l'orage qui redoublait phrase après phrase, Pierrounet l'écoutait sans broncher et soutenait son regard. L'avocat marchait dans le prétoire, prenant à témoin tantôt le président du tribunal et ses assesseurs tantôt les médecins de l'Aveyron.

– Édouard Lavernhe s'opposait à ce qu'un médecin l'examine ? Il souffrait, il avait de la fièvre, il n'avait plus sa tête. C'était à vous, monsieur Brioude, de le convaincre de consulter le docteur Aurélien Morange et même de prévenir le praticien si vous ne parveniez pas à le raisonner. Il n'était pas d'accord ? Qu'importe ! On ne transige pas dans ces situations extrêmes… C'était votre devoir ! Vous avez manqué de fermeté, de courage, de lucidité, même d'humanité. On n'abandonne pas un accidenté à de pareilles souffrances même s'il a une robuste constitution comme Édouard Lavernhe ! Vous avez affirmé que vous vous efforciez, depuis un demi-siècle, de soulager votre prochain. Vous n'avez pas soulagé Édouard Lavernhe : vous l'avez accablé en ne le soignant pas comme il aurait dû l'être. Votre irresponsabilité a provoqué un désastre. Vous n'êtes pas médecin ! Vous n'êtes qu'un apprenti minable. Vos prétentions vous étouffent et vous ne voulez pas l'admettre… Éprouvez-vous des remords ? Peut-être. Je l'ignore, mais je l'espère. Vous vous êtes montré peu bavard sur la question, plus disposé à amuser la galerie pour nous démontrer que vous êtes capable de vous occuper des animaux, et certainement mieux que des hommes. Vos errements pèseront sur votre conscience jusqu'à votre dernier souffle, monsieur Brioude. Ils pèseront bien lourdement puisque que le tribunal les sanctionnera et que la justice de Dieu passera également. Ils ne peuvent pas demeurer impunis.

Il effectua plusieurs moulinets avec ses bras avant de continuer.

– Comme ne peuvent demeurer impunies les activités illégales que vous exercez depuis un demi-siècle en toute impunité ! Je me suis demandé, tout en préparant cette audience, si vous bénéficiez de protections. On a l'impression que vous êtes intouchable ! Vous conviendrez, monsieur le président, messieurs les juges, monsieur le procureur de la République, qu'il est troublant d'observer que ce rebouteux n'a jamais été poursuivi. C'est incroyable. Pourtant, il est de notoriété publique qu'il accueille chaque jour à son domicile une quinzaine de personnes, parfois même une vingtaine. L'intéressé le reconnaît. Qu'attendez-vous pour stopper ces pratiques ? Que l'on déplore deux ou trois morts de plus par gangrène et des centaines de handicapés ? Le charlatanisme est la septième plaie d'Égypte et l'ennemi de la médecine.

Le docteur Miquels était comblé. C'était bien ce qu'il attendait de l'avocat pour défendre la médecine : de la fermeté, des convictions, de l'exigence. Il observa alors le rhabilleur qui semblait impassible mais dont il imaginait l'inquiétude devant cette attaque sans concession contre le charlatanisme. Tout en l'écoutant discourir, Romain Douziech complétait à nouveau sa plaidoirie pour pouvoir contester le fondement des accusations dont son adversaire accablait Pierrounet dans la disparition tragique d'Édouard Lavernhe.

On entendit des protestations parmi l'assistance – « Mensonges, sornettes ! » –, des menaces à l'encontre de l'avocat de la Société de secours mutuel qui n'échappèrent pas au président.

– Messieurs, de la retenue, s'il vous plaît ! répliqua le magistrat. Nous ne sommes pas à l'auberge ni sur un marché aux bestiaux.

Hippolyte Maisonneuve ne se démonta pas. Il persista à affirmer que le charlatanisme était la septième plaie d'Égypte en s'adressant à l'assemblée.

– Oui, mesdames et messieurs ! Ne vous en déplaise : c'est une situation qu'il semble bien difficile de contester ! claironna-t-il. Vous voulez une preuve ? Les journaux de l'Aveyron, de la Lozère et du Cantal ne désemplissent pas de publicités mensongères pour des médicaments qui n'en sont pas, ne guérissent d'aucune maladie et rapportent beaucoup à leurs fabricants.

De nouvelles invectives fusèrent puis des poings se levèrent.

– Ne confondez pas les charlatans et les rebouteux ! protesta un homme qui s'était installé au second rang. Pierrounet n'a jamais été un charlatan.

Exaspéré, le président demanda à nouveau le silence en agitant sa clochette avec frénésie.

Hippolyte Maisonneuve laissa s'écouler deux à trois minutes puis il invoqua de grands savants comme Pasteur, Trousseau, Laënnec, Ambroise Paré qui avaient combattu activement le charlatanisme et contribué à la guérison de certaines maladies et à l'allongement de l'espérance de vie.

– Nous ne vaincrons l'obscurantisme que grâce à l'éducation ! Il appartient à la République de bien éduquer les citoyens pour que le charlatanisme disparaisse, ou que son influence se réduise, mais elle ne s'y emploie que mollement dans les écoles à travers le contenu des manuels qui n'a pas été modifié et le comportement équivoque de certains instituteurs ou directeurs d'école qui sont trop attachés aux traditions. C'est un reproche légitime que l'on pourrait adresser au gouvernement Combes…

Le président l'arrêta soudain.

– Nous ne sommes pas à la tribune de la chambre des députés ! Ni même dans une assemblée politique. Si vous le souhaitez, vous pourrez vous exprimer ailleurs sur cette question… Pas de politique dans un prétoire ! C'est un principe auquel nous ne dérogeons pas et nous nous y tiendrons strictement, maître ! Respectez-le… Sinon j'ordonnerai une suspension de séance et votre attitude excessive vous desservira lorsque le tribunal délibérera…

Conservateur comme le docteur Raoul Blanquet et détracteur du président Émile Combes qu'il baptisait le « bouffeur de soutanes », mais contrarié par cette remarque qui avait interrompu son attaque de la politique gouvernementale, Hippolyte Maisonneuve encaissa et informa alors le président qu'il en avait terminé.

– Nous nous en remettons, maintenant, à la sagesse du tribunal qui possède tous les éléments pour prendre sa décision, dont nous ne doutons pas une seconde de la pertinence ! conclut-il avec une emphase et une solennité doublées d'une pointe d'ironie.

Le visage fermé, il rejoignit alors le banc des avocats et déposa sur sa sacoche de vieux cuir tanné les quatre ou cinq feuillets qu'il avait souvent brandis au cours de sa plaidoirie enflammée comme s'ils contenaient des révélations qu'il dévoilerait en dernière minute, pour ménager le suspense. Il affichait une suffisance qui ne trompa nullement Pierrounet, son avocat, ses soutiens et les journalistes. À l'évidence, l'homme était coriace.

Dès lors, indifférent à la présence de son jeune confrère parisien qui continuait à écrire, l'avocat attendit avec impatience et même curiosité l'intervention du procureur de la République puis son réquisitoire ; il se demandait quel comportement il adopterait. Manifesterait-il de l'indulgence ou une extrême sévérité à l'encontre de Pierrounet ?

Hippolyte Maisonneuve se détendit en l'entendant et son visage s'illumina peu à peu. Il était soulagé et même satisfait de constater que le procureur poursuivait l'offensive qu'il avait entamée contre le charlatanisme dans sa plaidoirie. Prolongeant son propre discours, sans évidemment accabler de reproches le gouvernement d'Émile Combes, le représentant du ministère public ne ménagea guère les charlatans de foire, les rebouteux et les guérisseurs.

– Concurrence déloyale pour les véritables médecins, tromperie généralisée, promesses fallacieuses, commerce parfois illicite mais très lucratif, démarchage outrancier dans les journaux, préparations dangereuses et souvent mortelles : le charlatanisme est une plaie ! tempêta-t-il. Nous ne pouvons plus admettre la présence dans nos bourgades, sous-préfectures et préfectures de camelots qui déballent leurs caisses de flacons et d'onguents sur les foires et les marchés comme des vendeurs de vaisselle leurs assiettes et leurs casseroles… Certes le docteur Morange a essayé de nous montrer que les médecins étaient capables de travailler avec des rebouteux mais il ne nous a pas convaincus. Monsieur Brioude a certainement quelques aptitudes et nous les avons constatées. Mais il n'est pas médecin. Il doit se soumettre aux lois comme chaque citoyen ! Il le reconnaît indirectement même s'il refuse de l'admettre : il exerce la médecine illégalement depuis plus d'un demi-siècle. Il n'y a pas de passe-droit même si on s'appelle Pierre Brioude et qu'on est devenu célèbre au-delà de la Lozère ou de la France ! Il n'ignore pas la loi et il est conscient qu'il s'en est placé en dehors… On ne peut donc pas l'excuser de ne pas la connaître. Ne pas le sanctionner reviendrait à encourager charlatans, guérisseurs et rebouteux à poursuivre leurs activités en toute impunité. Nous ne pouvons pas nous y abaisser. On nous le reprocherait fort justement ! Nous réclamons donc une application stricte de la loi.

Debout sur son estrade, dominant l'assistance, il pointa un doigt accusateur sur Pierrounet et le foudroya du regard comme s'il était un dangereux criminel et comparaissait devant une cour d'assises. Le rebouteux ne sourcilla pas ; il s'attendait à pareille attaque. Les nouvelles dispositions de 1892 autorisaient le ministère public à manifester bien plus de sévérité qu'auparavant et il était persuadé que le procureur en profiterait pour l'accabler. Il ne se trompait pas, puisque le procureur n'hésita pas à requérir une peine de quatre mois de prison ferme et une amende de mille cinq cents francs.

À cette annonce, des murmures d'étonnement puis d'indignation résonnèrent dans le prétoire alors que le procureur se rasseyait, en affichant une satisfaction non dissimulée devant les réactions qu'il avait provoquées. Condamner Pierrounet à la prison ferme et à une amende élevée ? Personne ne l'avait imaginé dans l'assistance. Ni l'intéressé, ni son avocat, ni ses partisans, ni même ses détracteurs accourus de l'Aveyron. C'était d'une extrême sévérité. Pouvait-on imposer à un honnête vieillard de soixante-treize ans de séjourner pendant des semaines dans une cellule de la maison d'arrêt de Marvejols ou de Mende, de partager le quotidien de détrousseurs de chemins et de criminels, peut-être même de détraqués ou de violeurs de fillettes ? La perspective paraissait impensable ! Quant à l'amende, elle était disproportionnée. La somme correspondait à la valeur d'un hectare d'une montagne fromagère sur les plateaux de l'Aubrac, ou encore à deux années de salaire d'un ménage de maître-valet bénéficiant de la nourriture et de son logement dans le domaine l'employant. Même si le réquisitoire n'était pas assorti de l'interdiction d'exercer son activité de rebouteux, il apparaissait suffisamment sévère pour le dissuader de la poursuivre.

Abasourdi, désemparé, les épaules soudain affaissées comme si elles s'effondraient sous une énorme charge, Pierrounet regarda Romain Douziech. Suppliant... Que pourrait son avocat pour alléger un réquisitoire injuste ? Pourrait-il infléchir, grâce à sa plaidoirie, la position du tribunal ? Le président et ses assesseurs suivraient-ils le procureur ? Ces questions le tenaillaient, garrottaient sa gorge et nouaient son estomac, l'oppressaient au point que des gouttelettes de sueur perlaient à son front et dégoulinaient jusqu'à ses tempes. D'une main tremblante, il déboutonna alors le premier bouton de sa chemise. Puis il se retourna pour chercher le regard de son épouse et son réconfort. Ce réquisitoire avait abattu Rose qui se demandait comment on pouvait s'acharner après un vieillard de soixante-treize ans avec autant de virulence. Aussitôt, elle avait exhumé son chapelet d'une poche et marmonné des prières, implorant la Vierge de Lourdes et Notre-Dame de la Sentinelle d'épargner à Pierrounet cette épreuve. Comme son époux, elle avait bien conscience que le procureur de la République cherchait un « homme à abattre » et un rebouteux à discréditer pour permettre à la médecine de s'imposer en éliminant les pratiques anciennes. L'occasion était trop belle pour qu'il ne la saisisse pas. Pierrounet était populaire, sûrement trop à son goût. Il dérangeait beaucoup de médecins et les rationalistes. À l'évidence, le procureur s'imaginait que sa condamnation affaiblirait les vieilles croyances pour longtemps. À l'inverse, ils étaient nombreux dans le prétoire à penser qu'elle transformerait Pierrounet en martyr de la médecine et renforcerait sa notoriété. Au même instant, au travers d'un simple regard qui entremêlait de l'angoisse et de la tendresse, Pierre et Rose Brioude songeaient alors à ce qu'ils avaient partagé depuis leur mariage, à leurs enfants qui n'avaient pu se déplacer à Marvejols pour l'audience mais qui les soutenaient, au déshonneur qui s'abattrait sur leur famille si le président du tribunal et ses deux assesseurs appliquaient ce réquisitoire. On ne transigeait pas avec l'honneur, sur l'Aubrac. La moindre flétrissure atteignait une famille pour plusieurs générations. Désormais, tous les espoirs reposaient sur Romain Douziech. Il était le seul à pouvoir défendre leur dignité et leur honneur.

19

L'autorité naturelle du président et sa clochette étouffèrent peu à peu le brouhaha, permettant à l'audience de reprendre. Cependant, dans une assistance en majorité acquise au rhabilleur, l'indignation persistait après les réquisitions du procureur tandis que l'inquiétude grandissait. Beaucoup se demandaient comment Romain Douziech pourrait retourner la situation à son avantage. Sa jeunesse laissait imaginer qu'il avait moins d'expérience que son confrère ruthénois. Certes il était habitué à plaider devant les tribunaux parisiens dans des affaires difficiles et il y réussissait bien, comme l'avait souligné *L'Auvergnat de Paris* dans une récente chronique dont les journaux lozériens s'étaient inspirés en présentant les deux avocats appelés à intervenir à l'audience. Mais cette singularité pouvait le desservir à Marvejols, où certains n'avaient toujours pas compris pourquoi le rebouteux de Nasbinals n'avait pas sollicité l'un des vieux briscards du barreau de la sous-préfecture, blanchis sous le harnais, rompus à des confrontations régulières avec le président et le procureur. Les animosités fréquentes entre la capitale et la province leur laissaient redouter par avance que le tribunal n'apprécie pas la présence d'un Parisien dans le prétoire pour défendre le prévenu, même s'il avait des origines lozériennes.

La sérénité plus ou moins retrouvée, le président arracha à leurs réflexions tous ceux qui s'alarmaient pour Pierre Brioude.

– La parole est à la défense !

Se tournant vers Romain Douziech, il poursuivit :

– Nous vous écoutons, maître ! Dans le calme, j'espère...

Les regards se fixèrent alors sur le jeune avocat, qui quitta son banc avec quelques feuillets à la main. Sa silhouette élancée, son regard bleuté et pétillant, sa coupe de cheveux soignée et sa barbe bien taillée, sa coquetterie le distinguaient d'Hippolyte Maisonneuve, à l'apparence plus négligée. S'adressant aux membres du tribunal, mais mesurant ses paroles, il désigna Pierrounet.

– Monsieur le président, messieurs les assesseurs, monsieur le procureur ! Comparaît aujourd'hui devant votre tribunal un homme respectable de soixante-treize ans dont personne n'a jamais contesté l'intégrité. Pierre Brioude n'a jamais été poursuivi en justice par quiconque ; il n'a jamais été inquiété par les gendarmes pour une broutille ; il n'a jamais été condamné pour du braconnage ni pour de la filouterie. Il n'a jamais eu de différend avec ses voisins. Il a été employé des Ponts et Chaussées pendant trente-cinq années. Et ses supérieurs l'appréciaient ! Il était besogneux, consciencieux, rarement absent, rarement malade. Il entretenait de son mieux, hiver comme été, les quelques kilomètres de nationale dont l'agent voyer l'avait chargé. Comme cantonnier, il n'a laissé que d'excellents souvenirs auprès de l'administration au point de recevoir une médaille au moment de sa cessation d'activité... Pierre Brioude est un homme pacifique et le premier magistrat de la commune de Nasbinals, Honoré Richard, en témoignera si vous le souhaitez. Monsieur Brioude est conseiller municipal depuis sept ans. Il a obtenu la meilleure élection de tous les candidats de l'équipe Richard. C'est un homme pondéré qui ne s'emballe jamais, qui déteste les conflits et s'ingénie à leur trouver des solutions... On le sollicite parfois pour des arbitrages dans des différends de voisinage, de bornage de parcelles, d'eaux pluviales détournées...

– Si je comprends bien, maître, c'est le deuxième juge de paix à Nasbinals ! l'interrompit le président, ironique.

– Pas seulement ! continua Romain Douziech. Monsieur Brioude est sollicité pour les concours de jugement du bétail qui réclament des compétences irréfutables et un minimum d'intégrité s'ils veulent être reconnus par les éleveurs... Pour toutes ces raisons, monsieur le procureur...

Le dévisageant durement, il regarda ensuite Me Maisonneuve, qui sommeillait.

– Et, vous, cher confrère...

Romain Douziech avait haussé la voix, à dessein, pour l'amener à se réveiller puis à l'écouter. Dans la seconde suivante, il arrachait Hippolyte Maisonneuve à sa somnolence pour pointer son index sur sa poitrine.

– Je ne comprends pas, cher confrère, ni même vous, monsieur le procureur, pourquoi vous vous obstinez à affirmer que le prévenu est un homme dangereux.

Hippolyte Maisonneuve ne broncha pas. Contrarié. Renfrogné.

Ne s'adressant plus à son confrère ou au procureur, mais au président, le jeune avocat poursuivit :

– Monsieur Brioude n'est nullement responsable de la disparition tragique d'Édouard Lavernhe, qui s'était montré très négligent et qui aurait pu être soigné et sauvé s'il avait consulté un médecin quand il en était temps. Le docteur Miquels l'a reconnu, sous serment. Les accusations proférées contre le prévenu nous semblent excessives et injustifiées. Nous les réfutons ! Monsieur Brioude a dispensé des recommandations à Édouard Lavernhe qui n'a pas souhaité ensuite les appliquer. Des témoins se sont exprimés à ce propos. Nous n'y reviendrons pas ! Nous estimons donc que monsieur Brioude n'est pas un homme dangereux comme certains le proclament ici même, notamment le représentant du ministère public, pour demander une condamnation exemplaire.

L'assistance demeurait suspendue aux paroles du jeune avocat. On n'entendait pas de commentaire ni de chuchotement. Toutefois, depuis la table réservée à la presse, le directeur de *L'Auvergnat de Paris* remarqua des hochements de menton et des francs sourires démontrant que la plaidoirie était appréciée.

– Monsieur Brioude n'est pas dangereux : vous vous trompez de combat, monsieur le procureur ! enchaîna-t-il.

Comme un dieu sur l'Olympe, retranché derrière ses convictions et ses certitudes, le procureur demeura impassible sous l'attaque.

– Monsieur Brioude n'est pas l'un de ces charlatans qui pullulent sur les marchés ! proclama l'avocat. Il n'a empoisonné personne ; il n'a jamais proposé à quiconque l'a consulté des pommades ou des médicaments qu'il aurait fabriqués... Depuis un demi-siècle, il s'est contenté de soulager son prochain en utilisant un don. Et c'est bien précisément ce qui dérange certains médecins, à l'image du docteur Miquels ou du docteur Blanquet, qui se sont déjà exprimés.

Dans l'instant, les intéressés protestèrent. D'un simple geste, le président leur imposa la modération.

– Nous constatons curieusement que les animosités ne viennent pas de médecins lozériens ! observa l'avocat. Le docteur Morange nous l'a bien démontré. Le syndicat des médecins de la Lozère n'a pas, à notre connaissance, déposé de plainte contre Pierre Brioude pour exercice illégal de la médecine, à l'inverse du syndicat de l'Aveyron. Il a bien compris qu'il est infructueux et même stupide d'opposer la médecine moderne et la médecine populaire. Comme l'ont souligné le docteur Morange et Pierre Brioude, en s'appuyant sur la pratique régulière et l'expérience, elles peuvent être complémentaires pour soulager le malade. N'est-ce pas la première mission du médecin ? Soulager, soigner, obtenir une guérison.

Romain Douziech s'adressa alors à Bertrand Miquels et à Raoul Blanquet.

– Messieurs, je vous demande de l'attention ! Votre confrère de Nasbinals et Pierrounet ne sont pas les seuls aujourd'hui à affirmer que certaines pratiques anciennes peuvent compléter la médecine moderne. J'ai rencontré, ce printemps, deux grands professeurs de traumatologie qui exercent dans deux des hôpitaux de la capitale, à la Pitié Salpêtrière et à Trousseau. Ils enseignent également à la faculté de médecine. Ils m'ont expliqué longuement les subtilités des rapports entre le don et la science. La science se transmet, mais pas le don. Le don se cultive par une exigence morale envers soi-même. Mais les deux ne sont pas antinomiques… Ces professeurs connaissent des médecins ne s'intéressant pas à la traumatologie, qui sont très heureux de confier des blessés à des rebouteux pour des fractures en général simples mais parfois plus complexes, comme le docteur Morange nous l'a expliqué tout à l'heure. Pourquoi donc s'opposer à cette démarche ? Ces médecins ont constaté chez leurs patients accidentés une disparition spectaculaire de la douleur se justifiant par une intervention psychique bienfaisante du rebouteux. Elle se produit d'autant plus que le blessé ou le malade est détendu et qu'il a toute confiance. C'est ce que l'on peut observer également chez de nombreuses personnes qui ont sollicité Pierrounet. J'ai assisté à certaines manipulations qu'il a pratiquées à son domicile ou encore dans les bureaux de chantiers de bougnats de la capitale. Monsieur Brioude accueille toujours ces blessés avec la même bonhomie et le même sourire, de la délicatesse et même de la compassion, des paroles bien choisies qui les réconfortent et qui, surtout, mettent en confiance. L'examen préalable s'effectue toujours avec une grande douceur et j'ai entendu Pierrounet murmurer aux accidentés ou aux estropiés : « Pécaïre ! Pécaïre ! Ce n'est rien, ce n'est rien… Dans un moment, vous n'y penserez plus, vous serez soulagé puis vous redeviendrez souple comme avant… » À ces deux professeurs, j'ai rapporté comment Pierrounet procède : ses gestes, ses paroles. Ils ont reconnu sans hésitation que c'était bien la meilleure manière de pratiquer la médecine psychosomatique…

Antoine Fraysse, convaincu de la pertinence d'une intervention psychique sur l'atténuation de la douleur, se contenta de sourire à l'évocation d'une question épineuse qui provoquait des discussions passionnées chez les médecins. Certains partageaient son opinion mais les plus rationalistes la combattaient, à l'image des docteurs Blanquet, Miquels et Vergnes avec lesquels il en avait déjà débattu. En entendant Romain Douziech, tous trois haussèrent les épaules pour manifester leur scepticisme. Pour eux, ce n'était qu'une basse manœuvre pour « enfumer » le tribunal. Mais, déjà, le défenseur de Pierrounet enchaînait et persistait, ce qui provoqua leur agacement. De quelles compétences disposait-il pour discourir dans un prétoire avec autant de prétention devant des médecins dûment diplômés ? Pour eux, il n'était qu'un blanc-bec parisien ! Ils étaient persuadés qu'il ne tromperait personne.

– Oui, messieurs ! Pierrounet l'a toujours ignoré : il pratique la médecine psychosomatique. Il parvient à infléchir la douleur même lorsqu'il n'y a aucune intervention anatomique. Il n'y a pas miracle ! C'est le don qui le permet. Ou le fluide. Ou le « doigté ». Appelez-le comme vous voudrez ! Parmi les remerciements et témoignages de reconnaissance parvenus chez Pierre Brioude depuis des dizaines d'années, j'ai découvert une lettre très explicite qui a été envoyée à Pierrounet, en 1889, par madame Aurore Ancourt au lendemain de son passage à Nasbinals. Elle souffrait d'une luxation du coude et avait retrouvé la mobilité de son bras alors qu'aucun des médecins de Montpellier et de Béziers n'avait été en mesure de la soulager efficacement. J'aurais souhaité que madame Ancourt et son époux, le docteur Christian Ancourt, puissent témoigner devant ce tribunal et vous confirmer, monsieur le président, ce que les professeurs de médecine m'avaient expliqué à Paris. Mais ils habitent aujourd'hui en Indochine et ils sont difficilement joignables. Je le regrette. Tous deux nous auraient éclairés sur l'absurdité de poursuivre Pierrounet pour exercice illégal de la médecine et la nécessité de l'autoriser à continuer ses activités…

De la liasse de feuillets qu'il tenait toujours dans sa main depuis qu'il avait entamé sa plaidoirie, le jeune avocat exhuma le courrier d'Aurore Ancourt pour le transmettre au président.

– C'est un témoignage important, souligna-t-il avec de la gravité. Irréfutable…

– Je comprends, je comprends, maître ! répondit le magistrat en déposant le document sur l'un de ses dossiers.

– Nous y ajouterons le courrier d'un Américain, un Aveyronnais de San Francisco, Germain Delagnes, qui a sollicité Pierrounet en 1903 pour une luxation au pouce droit…

– Si vous insistez, maître !

– Et ces deux feuillets du président de la chambre syndicale des marchands de charbon de la Seine ! Il explique que ses adhérents sont pleinement satisfaits des services de Pierre Brioude et qu'il les soulage mieux que les médecins… Et…

– Terminez-en, maître ! l'interrompit le président que sa flamme commençait à indisposer.

– J'en termine, monsieur le président, en m'adressant à vous et à vos assesseurs ! Ne condamnez pas Pierre Brioude… Ce serait sûrement une erreur. Pierre Brioude peut être encore précieux pour la médecine. Il nous l'a déjà démontré.

Puis Romain Douziech regagna son banc.

Les dés étaient jetés.

Cette plaidoirie enthousiaste avait bouleversé Pierre et Rose, qui échangèrent un regard de contentement et essuyèrent des larmes.

Le président et ses assesseurs se levèrent puis disparurent pour délibérer. Le procureur et le greffier se retirèrent également. Après leur départ, une cacophonie indescriptible s'instaura. Des dizaines de personnes encerclèrent aussitôt le rhabilleur et son épouse pour les réconforter après une audience de plus de trois heures qui avait été éprouvante et fatigante. Tous leur assurèrent également que la plaidoirie avait été brillante et qu'elle réussirait sûrement à infléchir le réquisitoire du procureur. Ils félicitèrent Romain Douziech que le directeur de *L'Auvergnat de Paris* avait déjà congratulé, à l'image des journalistes lozériens qui ne le connaissaient pas jusqu'alors et avaient découvert cet après-midi un homme combatif, passionné, convaincant. Son charisme n'avait échappé à personne. Le docteur Morange débordait de confiance ; il expliqua à Pierre et à Rose que sa défense de la médecine psychosomatique permettrait sûrement d'influencer le jugement. Il espérait vivement que le président et les assesseurs n'y resteraient pas insensibles. Quant aux médecins de l'Aveyron, ils se retrouvèrent rapidement isolés, comme s'ils étaient placés en quarantaine. Seuls Hippolyte Maisonneuve et le rédacteur du *Courrier Républicain* les entouraient. Devant une assistance en majorité favorable à Pierre Brioude, ils ne fanfaronnaient pas, même si les réquisitions les avaient comblés et s'ils attendaient désormais en toute logique des décisions exemplaires qui conforteraient leurs positions et leur combat contre les pratiques populaires. Toutefois, Hippolyte Maisonneuve les exhortait à la prudence. Le tribunal ne se montrait pas toujours aussi inflexible que le procureur, désireux de prendre en compte la particularité d'une situation et la personnalité du prévenu, de dépassionner un différend sans pour autant donner l'impression d'être indulgent. Bien des décisions résultaient souvent de savants dosages qui imposaient parfois de longues discussions entre les magistrats.

Romain Douziech produisit le même discours à Pierre et à Rose, essayant de les rassurer. Mais il n'y parvint qu'à moitié. Tous deux étaient terrifiés par la perspective demandée par le procureur que le rebouteux puisse séjourner pendant plusieurs semaines dans une maison d'arrêt. C'était ce qui préoccupait Pierrounet, bien plus que l'importance de l'amende dont il s'acquitterait sans difficultés grâce à ses économies patiemment constituées. Il ne s'imaginait pas une seconde dans une prison, confiné dans les quelques mètres carrés d'une cellule miteuse, même à Marvejols ou à Mende où il pourrait recevoir quelques visites de ses proches. Quel déshonneur ! Quelle humiliation ! À sa connaissance, personne n'avait été condamné ni incarcéré chez les Brioude et dans la famille de sa femme. Certes il supposait que certains avaient commis quelques infractions à la loi, comme le braconnage à une époque où les temps étaient difficiles sous la monarchie et sous la Révolution, mais ils avaient échappé à la justice. Bien que coupable pour le procureur de la République d'exercice illégal de la médecine, Pierrounet ne se considérait point comme un hors-la-loi. Il se contentait de soulager son prochain et il ne comprenait pas pourquoi ses pratiques étaient répréhensibles. Il n'avait empoisonné personne, ainsi que l'avait souligné son avocat, il pouvait être même satisfait de la réussite qui avait marqué depuis des décennies ses activités « illégales ». Dans certaines situations, n'était-il pas nécessaire d'enfreindre la loi ? Il en était persuadé et, à cet instant, il songeait à son grand-père qui avait protégé pendant la Révolution un chanoine réfractaire à la nouvelle religion imposée parce qu'il avait la conviction qu'il y avait une religion unique – celle de Rome – et un dieu unique. N'avait-il pas eu raison ? N'avait-on pas restauré ensuite la religion de Rome et l'autorité du pape ? De la même manière, ne reconnaîtrait-on pas, dans quelques années, que ses pratiques n'étaient pas dangereuses et qu'elles pourraient compléter la médecine moderne ? Il en avait désormais la certitude, depuis qu'il avait entendu Romain Douziech expliquer au procureur et au tribunal que deux professeurs parisiens se réjouissaient de la complémentarité entre la médecine moderne et certaines pratiques populaires. Même s'il était condamné, Pierrounet ne regrettait pas les journées entières qu'il avait consacrées à ces hommes et à ces femmes qui souffraient d'une luxation, d'une entorse, d'une foulure, d'une fracture. Il avait accompli son devoir et avait la conscience tranquille.

20

Brusquement, l'huissier reparut en brandissant la clochette et l'assistance regagna dans le désordre les chaises et les bancs. Le tribunal revenait pour annoncer sa décision. Quand le président, les assesseurs, le procureur de la République et le greffier pénétrèrent dans le prétoire, les bruyantes conversations s'interrompirent d'elles-mêmes et l'on n'entendit plus que quelques chuchotements. Il y avait une grande impatience, et même une certaine nervosité, à découvrir le jugement. Le président s'installa dans son fauteuil puis toussota et chaussa ses lunettes avant de demander à Pierrounet d'avancer à la barre. D'une voix forte et solennelle, il l'informa alors de la décision :

– Le tribunal de Marvejols, après avoir délibéré, reconnaît Pierre Brioude coupable d'exercice illégal de la médecine ; il le condamne à une amende de cent francs et aux frais de justice.

Décontenancé par cette annonce car il s'attendait à une sévérité exemplaire des magistrats, le rhabilleur demeura comme pétrifié au milieu du prétoire. Certes le tribunal avait manifesté compréhension et mansuétude après les réquisitions inflexibles du ministère public, mais il l'avait condamné. C'était une première dans son existence ! À soixante-treize ans bien sonnés, il éprouvait quelques difficultés à l'accepter. Pourtant, il pouvait être satisfait de cette décision. Pas de peine de prison ferme ni même assortie d'un sursis. Quant à l'amende, son montant semblait bien modeste par comparaison à ce qui avait été réclamé. Cent francs ? C'était symbolique. Il avait bien compris que le tribunal n'avait pas souhaité l'acquitter, parce qu'il estimait qu'il y avait eu infraction à la loi mais également parce qu'il n'entendait pas encourager le charlatanisme. Malgré ce jugement, le rhabilleur ne se considérait toujours pas coupable. Il possédait un don naturel et il paraissait logique à ses yeux que des hommes et des femmes en bénéficient. Il n'en démordrait pas, s'appuyant sur la sagesse et la pondération du tribunal. S'il était aussi dangereux que l'avaient prétendu le procureur de la République et Me Maisonneuve, les magistrats l'auraient condamné sévèrement.

Le procureur de la République encaissa, essayant de dissimuler son mécontentement. Après de pareilles décisions, la science et le progrès ne réussiraient jamais à s'imposer dans des départements comme la Lozère, le Cantal, l'Aveyron ou la Haute-Loire encroûtés dans des pratiques ancestrales. Il le regrettait vivement, ressentant une profonde amertume : il s'estimait désavoué, même discrédité. Les rebouteux pourraient continuer à exercer en toute impunité.

Après cette annonce, les docteurs Miquels, Vergnes et Blanquet se regardèrent. Abasourdis ! Certes Hippolyte Maisonneuve les avait prévenus d'un possible retournement de situation après un réquisitoire mais ils n'auraient pas imaginé une seconde que le tribunal néglige à ce point les recommandations du ministère public pour prononcer une condamnation aussi légère. Quelle déception ! Quelle défaite ! Bertrand Miquels ne décolérait pas, tellement il s'était engagé avec conviction dans cette confrontation de la médecine moderne contre les pratiques populaires et le charlatanisme, mettant dans l'un des plateaux de la balance sa crédibilité de médecin et son avenir. Que penseraient son épouse Viviane, ses parents, ses beaux-parents ? Qu'il s'était fourvoyé inutilement dans un combat perdu par avance dans des campagnes marquées par les croyances d'autrefois et qui n'étaient pas encore en mesure d'accepter la science et le progrès. Les réalités étaient cruelles ! Le médecin ne pourrait les contester. Que des magistrats d'un tribunal tergiversent sur cette question et ne montrent pas l'exemple, réagissant à contre-courant de certaines aspirations de la société du XXe siècle, dépassait son entendement. Plusieurs questions le taraudaient. Avaient-ils redouté les réactions hostiles des partisans de Pierrounet et de la population à l'encontre de la justice qui persistait à susciter de la méfiance dans certaines familles ? Peut-être. La notoriété du rebouteux de Nasbinals à des dizaines de kilomètres alentour et le soutien dont il bénéficiait plus ou moins ouvertement chez nombre de notables, aussi bien dans la Lozère que dans l'Aveyron et même le Cantal, avaient-ils compté ? Sûrement. Le témoignage du docteur Morange, la bienveillance du syndicat des médecins de la Lozère, la plaidoirie de Me Romain Douziech qui avait introduit habilement dans les débats la question controversée de la médecine psychosomatique avaient-ils amené le tribunal à la modération parce qu'il craignait de se tromper ? Le docteur Miquels en était persuadé. Son camarade Antoine Fraysse l'arracha soudain à ses pensées. Nullement étonné par ce verdict, contrairement à ses trois confrères enfermés dans leurs certitudes, il le gratifia d'un geste amical sur l'épaule pour le réconforter avant de chuchoter à son oreille :

– Même si le jugement est clément, Pierrounet a été condamné pour exercice illégal de la médecine. Ne l'oublie pas ! C'est bien ce que tu voulais, n'est-ce pas ?

L'intéressé répondit par un hochement de tête.

– Ne regrette rien, Bertrand, même si c'est décevant ! Tu as des convictions et tu as cherché à les défendre. Personne ne pourra te le reprocher.

Déjà, le président et ses assesseurs quittaient leurs fauteuils de velours rouge et rassemblaient leurs dossiers. L'instant d'après, ils disparaissaient de nouveau.

Le procureur et le greffier les imitèrent. L'huissier avait à peine refermé la haute et grande porte, après leur passage, que l'écrasante majorité de l'assistance se distingua alors par des acclamations – « Pierrounet ! Pierrounet ! » – rythmées par des applaudissements. Ce jugement ne trompait personne. Même s'il condamnait Pierrounet, il n'était nullement offensant. Mieux ! Il transformait le rebouteux en victime, et même en « martyr », de la médecine moderne. Sa renommée ne pourrait que s'accroître.

Les partisans les plus acharnés de Pierrounet s'attaquèrent aux médecins de l'Aveyron qu'ils entourèrent bientôt et invectivèrent en les accusant d'avoir poursuivi sans le moindre scrupule un vieillard de soixante-treize ans honnête et sans défense.

– Salopards !

– Charognards !

– Imbéciles !

Certains brandirent même le poing, disposés à en découdre.

– Les jeunes merdeux à la lanterne !

À travers l'Aubrac, nombre de familles n'aimaient guère certains jeunes médicastres qui débarquaient avec leurs prétentions et leurs préjugés à l'encontre des pratiques populaires, à l'image du docteur Miquels. Ils les accusaient de commettre des bourdes et d'expédier leurs malades au cimetière.

– À la lanterne ! À la lanterne ! mugirent-ils.

Romain Douziech s'interposa aussitôt, conseillant à son confrère ruthénois et aux quatre médecins de déguerpir. Il demanda ensuite à quelques hommes, aussi baraqués mais bien plus calmes, de les accompagner jusqu'à leur auberge. Hippolyte Maisonneuve, Antoine Fraysse, Bertrand Miquels, Raoul Blanquet et Ludovic Vergnes ne s'attardèrent pas. L'avocat se débarrassa prestement de sa robe et emporta sa sacoche tandis que les quatre médecins coiffaient leurs chapeaux et se retiraient sans discuter en compagnie du rédacteur du *Courrier Républicain*, qui avait renoncé à recueillir la réaction de Pierrounet. Ils avaient à peine traversé le prétoire que Louis Bonnet et les journalistes lozériens assaillaient le rebouteux de questions. L'intéressé se montra peu bavard, refusant d'accabler les médecins de l'Aveyron qui avaient cherché à atteindre sa notoriété devant la justice, et le procureur de la République qui ne l'avait pas ménagé, se contentant d'affirmer :

– Les médecins ne m'aiment pas mais je ne leur en veux pas. Je préfère « souffrir » la justice des hommes plutôt que de faillir à mon devoir de soulager des souffrances.

Son épouse Rose esquissa un sourire. Pierrounet demeurait cet homme pondéré, généreux mais nullement revanchard qu'elle avait rencontré à Saint-Laurent-de-Muret dans sa jeunesse et dont elle était tombée amoureuse dès le premier regard. La longue épreuve qu'il avait affrontée depuis son premier interrogatoire dans le bureau du magistrat instructeur à Marvejols et qu'ils avaient ensuite traversée ensemble ne l'avait pas trop affecté. Elle s'en réjouissait.

Les journalistes ne pouvaient guère se satisfaire d'une réponse laconique. Ils renouvelèrent les questions, avec plus de conviction. Même si sa condamnation était plutôt symbolique, avait-il l'intention de respecter désormais la loi pour ne plus s'exposer à des plaintes ou à de nouvelles poursuites devant la justice ? Ou la braverait-il en continuant ses activités pendant quelques semaines, au moins, pour ne pas décevoir les hommes et les femmes qui prévoyaient de le consulter ? Ou déciderait-il de s'affranchir de ce jugement pour pratiquer jusqu'à son dernier souffle comme certains rebouteux ou guérisseurs ? Concentré sur sa défense, ignorant ce qui l'attendait, Pierrounet n'y avait pas réfléchi d'une manière précise. Certes il se considérait depuis un demi-siècle au service de ceux qui souffraient pour les soulager de son mieux. Mais il ne souhaitait pas que son comportement – son obstination ? – déclenche dès les prochaines semaines une nouvelle procédure ; il redoutait, par avance, que les médecins de l'Aveyron ne s'entêtent et récidivent devant le tribunal pour obtenir une décision conforme à leurs aspirations. Une chose était certaine. S'il n'abandonnait pas ses activités dans l'immédiat, Pierrounet se contenterait de soigner les luxations, les entorses et les foulures même si des blessés le sollicitaient d'une manière très pressante jusqu'à son domicile pour des fractures. Il avait prévenu le docteur Aurélien Morange qu'il ne le seconderait plus pour ces interventions et le praticien n'y avait rien trouvé à redire. Pierrounet avait soixante-treize ans mais plus très bonne vue ; il ressentait de plus en plus souvent la fatigue après ses matinées de consultation, parfois des étourdissements et de l'essoufflement lorsqu'il traversait Nasbinals. Il était conscient que, dès le lendemain à 6 heures ou même avant, des hommes, des femmes, des enfants, des jeunes, des vieillards s'installeraient dans la courette puis attendraient qu'il se manifeste et le supplieraient de les recevoir. Que leur dirait-il ? Son épouse le poussait à se ménager, à n'accueillir que quelques personnes, mais uniquement dans la matinée, pour alléger ses journées, profiter de ses enfants et de ses petits-enfants, musarder dans Nasbinals dès que le temps le permettait, se reposer ou la seconder pour cultiver le potager à la belle saison, rencontrer ses classards ou sa proche famille à travers l'Aubrac et même à Paris où elle ne s'était encore jamais rendue. Bref, vivre ! Ne l'avait-il pas mérité, après toutes ces années au service de ses patients ?

La nouvelle s'était répandue à l'extérieur du palais au point que les centaines de personnes, toujours présentes aux abords depuis le début de l'après-midi, l'acclamèrent bruyamment lorsqu'il apparut en compagnie de son épouse Rose, de Romain Douziech, de Louis Bonnet, du docteur Morange et des notables de Nasbinals. Quelle bousculade ! Quelle cacophonie ! C'en était assourdissant. Chacun cherchait à l'approcher pour le congratuler. Soulagés qu'il échappe à la prison, nombre d'entre eux considéraient que, malgré sa condamnation, il avait remporté une franche victoire contre les médecins en démontrant ce qu'un rebouteux était capable d'accomplir. Ils affirmaient qu'on ne pourrait plus l'importuner sans se ridiculiser et l'encourageaient à s'affranchir du jugement du tribunal.

– Ne nous lâchez pas !

– On a besoin de vous !

– Continuez à nous soigner !

– Que ferons-nous sans vous ?

Bouleversé par ces paroles sincères, il répondit par des sourires et des poignées de main.

Puis on entendit quelqu'un proposer avec insistance de rejoindre la terrasse de l'auberge la plus proche pour trinquer. Des hommes scandèrent alors :

– À l'auberge ! À l'auberge !

– Commandons deux chopines pour Pierrounet !

– Et un barricou de rouge !

– Et même une bordelaise de blanc !

Cette surenchère détendait l'ambiance après les crispations de l'après-midi. Chacun avait redouté que les médecins et la justice ne réussissent à « abattre » le rhabilleur et qu'il ne s'en remette pas.

C'était tellement inattendu que l'intéressé manqua s'esclaffer. À Nasbinals, personne n'ignorait qu'il fréquentait peu les comptoirs et qu'il n'honorait jamais les invitations de ses patients qui le conviaient à l'auberge pour le remercier avec une chopine. Aujourd'hui, après ce dénouement inespéré, pouvait-il vraiment refuser sans contrarier ces hommes et ces femmes qui s'étaient déplacés spécialement de leurs hameaux ou de leurs villages pour le soutenir ?

On approchait déjà de 19 heures. Les habitants de Nasbinals et des environs avaient quatre heures de chemin avec leurs attelages, bien davantage s'ils avaient effectué le voyage à pied. Qu'importe ! Les journées étaient longues en cette saison. Dans les familles, les femmes, les enfants et les anciens se chargeraient des bestiaux – bœufs, vaches et veaux – qui n'estivaient pas. Ils ne rentreraient à leur domicile que dans le courant de la soirée ? Quelle affaire ! Une lune pleine et blanche éclairait le paysage depuis quelques nuits.

Quatre gaillards baraqués, au visage rougeaud, croisèrent alors leurs avant-bras musclés pour improviser un fauteuil et transporter joyeusement Pierrounet jusqu'à l'auberge la plus proche du palais. Il avait comme l'impression de rajeunir et de se retrouver plus d'un demi-siècle en arrière, l'après-midi du conseil de révision, à l'heure de déambuler dans Nasbinals avec les conscrits du canton. C'était sympathique. Il n'avait point l'intention d'apparaître triomphant dans Marvejols, bien moins de narguer les médecins puisque le tribunal l'avait condamné, mais il ne protesta pas.

Le cortège se constitua rapidement devant le palais et s'ébranla dans la direction de l'auberge du Gévaudan qui se trouvait à moins de trois cents mètres de là. Aussitôt, des hommes entonnèrent une chanson occitane composée par un chanoine-félibre qui célébrait le caractère bien trempé des habitants de l'Aubrac :

Sèm montanhòls, aiman l'independéncia
L'aviam, l'avèm, e mai la gardarem
S'i a pas de rei en França
N'autres lai renharem...

(« Nous sommes montagnols, nous aimons l'indépendance

« Nous l'avions, nous l'avons, et même nous la garderons

« S'il n'y a pas de roi en France,

« Nous régnerons. »)

Pierrounet concédait que c'était provocateur sous les fenêtres du tribunal, mais il ne pouvait empêcher ces hommes de s'exprimer, de manifester leur attachement à leur liberté de pensée, d'action et de parole qu'ils chérissaient par-dessus tout. Les habitants de l'Aubrac ne se soumettaient pas facilement à l'autorité, n'acceptaient pas les injustices, et ces gaillards estimaient que c'en était une d'attaquer un rebouteux apprécié.

Sur le chemin de l'auberge, sa robe sur le bras et sa sacoche à la main, Romain Douziech conservait une certaine distance pour ne pas être associé à ce mouvement spontané de mauvaise humeur à l'encontre du pouvoir et de la justice. Il marchait en compagnie des notables de Nasbinals, du docteur Aurélien Morange et du directeur de *L'Auvergnat de Paris*. Comme Pierrounet et son épouse Rose, tous l'avaient complimenté pour sa plaidoirie. Il s'était démené sans compter pour défendre Pierrounet et il était satisfait d'être parvenu à ce jugement. Il n'avait jamais envisagé l'acquittement, ne pouvant démontrer qu'il n'y avait pas eu entorse à la loi, et il s'était ingénié à minimiser l'infraction pour que le tribunal n'inflige pas une peine de prison à Pierre Brioude.

Dès que les partisans de Pierrounet envahirent la terrasse ombragée de l'auberge, les chansons continuèrent tandis que la patronne et son employée apportaient des pichets. La nouvelle du jugement s'étant répandue dans la sous-préfecture comme une traînée de poudre, des habitants grossirent peu à peu l'assistance. Les places assises manquèrent bientôt, aussi bien sur la terrasse qu'à l'intérieur. Rose Brioude était soulagée et détendue, mais également heureuse. Elle observait avec bonheur les réactions qui jaillissaient de partout, les encouragements et les remerciements pour les services rendus aux familles. À la vérité, elle ne s'attendait pas à pareille manifestation, qui la chamboulait d'autant plus que certains la félicitaient pour les attentions qu'elle avait eues pour eux et la simplicité de son accueil. Sans ce procès, elle reconnaissait qu'elle n'aurait peut-être pas eu conscience de l'extrême popularité de son époux. Sa fierté en était décuplée, ainsi que ses sentiments pour Pierre qui n'avaient jamais flanché. Dans le brouhaha, elle songea alors à ses enfants et à ses petits-enfants. Elle leur raconterait l'audience de manière détaillée, la manipulation de l'agnelet qui avait déconcerté les médecins et le tribunal, le réquisitoire implacable, les accusations fallacieuses des parties civiles, la superbe plaidoirie de Romain Douziech, le cortège du tribunal à l'auberge. Elle leur préciserait encore que le procès ne les ruinerait pas ! À maintes reprises, Paulin Gardes avait confirmé que la Chambre syndicale des marchands de charbon de la Seine rémunérerait Romain Douziech, comme elle l'avait proposé dès le lancement de la procédure par le magistrat instructeur. En échange, Pierrounet s'était engagé à rhabiller les adhérents et à les soulager de leurs douleurs dans les chantiers parisiens, comme auparavant, pendant quelques années. Par ailleurs, avant même de quitter le tribunal, le jeune avocat leur avait déjà indiqué que l'amende et les frais de justice oscilleraient sûrement entre 350 et 400 francs. Pour Rose, qui s'attendait à une somme très élevée après le réquisitoire, la dépense apparaissait d'autant plus raisonnable que leur honneur était préservé.

Pendant ce temps, dans l'un des salons de l'hôtel du Nord où ils s'étaient retrouvés après l'audience, les médecins commentaient le jugement. Bertrand Miquels et Ludovic Vergnes, les plus engagés, enrageaient. Exaspérés et même indignés, ils estimaient que leur combat était légitime et que ce rebouteux aurait dû être condamné. Quelle position adopter à l'avenir ? Ludovic Vergnes ne voulait pas capituler ; il considérait que le syndicat devrait continuer à déposer une plainte à chaque infraction d'exercice illégal de la médecine et que cette obstination se révélerait payante à la longue. C'était aussi l'opinion de Raoul Blanquet, le secrétaire général du syndicat, et de leur avocat-conseil. Antoine Fraysse était plus partagé et modéré ; il redoutait que des procès en cascade ne provoquent de plus en plus d'animosité parmi les habitants des campagnes et entament même la crédibilité des médecins, qui passeraient pour des procéduriers et peut-être même des « acharnés ». Quant à Bertrand Miquels, il ne nourrissait désormais plus aucune illusion sur son devenir à Sauveterre. Il avait promis à son épouse Viviane de retourner à Toulouse si les magistrats de Marvejols se montraient trop cléments envers Pierre Brioude. Leur décision ne trahissait-elle pas de l'indulgence pour le rebouteux ? Même s'ils l'avaient condamné à une bien modeste amende, le médecin ne pourrait guère le contester. Il s'inclinait par avance, d'autant plus qu'il s'imaginait déjà la déception d'Euphrasie Lavernhe qui ne comprendrait pas la bienveillance du tribunal, alors que les habitants des villages le solliciteraient de moins en moins et que sa patientèle se réduirait peu à peu comme peau de chagrin. À cet instant, il regrettait d'avoir répondu à l'invitation pressante de ce pharmacien à s'installer dans la bourgade de Sauveterre. C'était un gâchis ! Depuis cinq ans, il n'y avait gagné que des ennuis. Ni sa femme ni ses fillettes n'étaient heureuses. Elles avaient toujours éprouvé un isolement et un déracinement qui n'étaient pas mérités. De plus, les passions politiques s'en étaient mêlées. Bertrand avait été entraîné dans des querelles entre les rouges et les blancs. Son quotidien deviendrait rapidement insupportable s'il ne déménageait pas et il l'envisageait, d'ores et déjà, pour les prochaines semaines. Il s'en expliqua avec ses confrères qui essayèrent de le raisonner, notamment son camarade Antoine Fraysse. S'ils comprenaient ses réactions, ils l'exhortèrent à ne surtout pas se précipiter, à réfléchir mûrement avant de prendre sa décision. Ils le convièrent même à en reparler le lendemain, au moment du petit déjeuner, avant qu'ils reprennent l'express de Rodez. Vainement ! Bertrand Miquels était déterminé. Dès qu'il reviendrait à Sauveterre, il enverrait une lettre à son ancien chef de service, à Toulouse, avec l'espoir qu'il pourrait l'engager de nouveau.

21

Au moment où les cloches de Nasbinals égrenèrent l'angélus, à 7 heures précises, les hommes et les femmes rassemblés sous les ombrages de la courette observèrent que les fenêtres et les rideaux de la demeure de Pierre Brioude restaient clos. Ils s'en étonnèrent davantage dès qu'elles sonnèrent 8 heures puis 8 heures et demie, remarquant que sa maison était toujours fermée. C'était inhabituel. Que se passait-il ? Était-il absent ou malade ? S'étant déplacés de la Terre de Peyre, La Trinitrat, Grandvals, Prades-d'Aubrac, Saint-Chély-d'Aubrac ou Brion, ayant emprunté des chemins de traverse pendant des heures, ils s'alarmaient. Ils n'obtinrent des réponses à leurs questions qu'aux environs de 9 heures par deux habitants de Nasbinals qui accompagnaient leurs bestiaux dans des pâturages à proximité. Pierrounet et son épouse étaient revenus de Marvejols à une heure tardive, après l'audience au tribunal. Ces deux éleveurs leur rapportèrent les informations qu'ils avaient recueillies, ce matin même, auprès de son gendre Émilien Batifol à l'hôtel du Levant. Le rebouteux les interrompit en apparaissant soudain sur le seuil de sa maison et se confondit en excuses, leur confirmant que sa journée avait été fatigante avec son déplacement à la sous-préfecture et sa comparution au palais de justice. Puis il leur expliqua qu'il avait été condamné pour exercice illégal de la médecine mais simplement à une amende et aux frais de justice, qu'il ne comptait pas renoncer à ses activités de rhabilleur – pour l'instant, précisa-t-il – mais qu'il ne recevrait que cinq matinées par semaine. Un murmure de surprise parcourut la douzaine de personnes maintenant regroupées dans la courette. Cinq matinées par semaine, seulement ? Ces hommes, ces femmes étaient désemparés. Qui les rhabillerait s'ils souffraient d'une luxation ou d'une entorse ? Pierrounet bénéficiait d'une telle réputation qu'il ne pourrait jamais satisfaire toutes les demandes et personne n'était en mesure de rivaliser parmi les guérisseurs et les rebouteux de l'Aubrac. Mais que deviendrons-nous ? se lamenta alors un vieillard aux cheveux blancs et au visage sillonné de rides, s'appuyant de ses deux mains sèches sur un bâton de foire. Toutes les personnes présentes insistèrent aussitôt pour qu'il transmette son « pouvoir ». Pierrounet répondit qu'il n'en avait pas hérité mais qu'il avait appris à rhabiller les animaux au contact des cantalès et qu'il s'était ensuite essayé à soulager les hommes et les femmes qui souffraient, qu'il y était finalement parvenu mais qu'il n'était pas infaillible. Il échouait parfois... Sa méthode patiemment élaborée et enrichie pendant près d'un demi-siècle échappait à toute rationalité. Il souligna encore qu'il ne serait pas éternel ! Mais il était convaincu que d'autres hommes dans les villages de l'Aubrac disposaient de pouvoirs naturels qu'ils ignoraient peut-être, qu'ils les découvriraient certainement d'une manière fortuite et les mettraient au service des familles dès qu'ils en auraient l'occasion. Il y avait toujours eu des guérisseurs et rhabilleurs sur l'Aubrac. Les attaques des médecins de l'Aveyron et même sa condamnation n'y changeraient rien. Reprenant alors les propos de Romain Douziech à l'audience, il entreprit de leur montrer que la médecine moderne et certaines pratiques populaires d'autrefois se complétaient d'une manière heureuse dans quelques situations. Le docteur Morange pourrait l'attester si nécessaire. Pierrounet leur demanda ensuite de ne pas ignorer ni même mépriser la médecine moderne, qui était en mesure d'obtenir grâce aux progrès de la science la guérison de certaines maladies. Jamais, il ne s'était exprimé aussi longuement devant ses « patients ». Mais il en avait éprouvé la nécessité après l'audience au tribunal et sa décision d'alléger ses journées. Quand il disparut à l'intérieur avec le premier « patient » de la journée, ces hommes et ces femmes continuèrent à en débattre. Ils admettaient que Pierre Brioude était un monsieur. Toutefois, une seule question les taraudait toujours : comment se soigneraient-ils lorsqu'il ne les accueillerait plus ? Il ne pouvait souhaiter un plus bel hommage.

Pierrounet continua donc à exercer sans qu'aucun praticien ni la Société de secours des médecins de l'Aveyron ne s'en plaignent de nouveau auprès des tribunaux. Les plus radicaux de ce syndicat ne pouvaient plus compter dorénavant sur le docteur Miquels, qui avait confirmé ses intentions de déménager de l'Aveyron et de retourner à Toulouse, malgré les supplications de certains de ses confrères. À l'automne 1905, lorsque les membres du syndicat se retrouvèrent à Espalion pour leur assemblée générale, il travaillait déjà à l'hôpital de Toulouse. À cette occasion, Ludovic Vergnes et Raoul Blanquet regrettèrent amèrement que le rebouteux de Nasbinals persistât à enfreindre la loi et bénéficiât de la complaisance de la justice. Les commerces de Marvejols, de Nasbinals, de Mende, de Laguiole et d'Aubrac n'y contribuaient-ils pas en vendant des cartes célébrant ses mérites ? Quant aux voituriers lozériens, ne proposaient-ils pas dans leurs publicités de conduire comme auparavant les voyageurs de la Compagnie du Midi, descendus à Aumont, jusqu'à Nasbinals pour y consulter le rhabilleur ?

S'il accueillit moins de patients qu'avant son procès, Pierrounet restreignit également ses activités publiques. En 1906, à l'occasion des élections municipales, s'estimant trop âgé, il ne sollicita pas le renouvellement de son mandat. Le premier magistrat de Nasbinals et la population le déplorèrent au point que des dizaines d'électeurs ajoutèrent son patronyme sur les bulletins et qu'il manqua être élu ! Cette année-là, il retourna dans la capitale auprès des adhérents de la chambre syndicale des marchands de charbon de la Seine. Il y emmena sa femme, Rose, qui n'avait jamais emprunté le train et qui ne s'était jamais aventurée au-delà de la Lozère. Quel voyage ! Quel dépaysement ! Paulin Gardes et son équipe les choyèrent. Le ménage Brioude en conserva des souvenirs inoubliables. La tour Eiffel, Notre-Dame, les Champs-Élysées, Montmartre, sa basilique, les grands magasins, les restaurants des grands boulevards où des compatriotes de l'Aubrac s'établissaient déjà et ne se noircissaient plus les ongles avec la poussière de charbon... Emportée dans un tourbillon de visites, de sorties et d'agapes, Rose avait l'impression de rajeunir et d'être en voyage de noces. Pierrounet savourait également son bonheur de partager avec elle cette escapade. Certes il ressentait de la fatigue, mais il l'attribuait à leurs journées qui débordaient d'activités, à la circulation parisienne qui l'assourdissait et l'étourdissait. Dès qu'ils rentrèrent à Nasbinals, il consulta le docteur Morange, qui essaya de le rassurer. L'Aubrac, l'air vivifiant du plateau, une promenade quotidienne dans le bourg ou sur les chemins les plus proches de sa maison le revigoreraient. N'affichait-il pas la même robustesse que le fayard de l'Aubrac ? À l'exception de quelques grippes et rhumes dont il s'était débarrassé grâce à des remèdes naturels, il n'avait jamais été malade. Comme le médecin le prévoyait, il retrouva peu à peu son énergie alors que le printemps s'imposait.

Et pourtant... L'année suivante, il n'emprunta pas l'express pour retourner dans la capitale auprès des charbonniers. Il avait comme le sentiment qu'il devenait de plus en plus patraque, essoufflé. Il le ressentait toujours lorsqu'il rejoignait leur chambre du premier pour se reposer après le déjeuner ou après le souper. Il accrochait alors sa main tremblante à la rambarde de l'escalier pour pouvoir monter péniblement chacune des marches. Son état de santé s'aggrava le 8 mars 1907. Victime d'un malaise dans la salle commune après le déjeuner, il respirait de plus en plus bruyamment et bredouillait des paroles incompréhensibles qui poussèrent son épouse à prévenir le médecin puis ses enfants. Le docteur Morange l'examina, prescrivit quelques médicaments, tranquillisa son entourage. Pierrounet était un homme fatigué mais solide ; il était persuadé qu'il se remettrait grâce à ce traitement.

Après le souper, toute la famille se rassembla dans sa chambre pour les prières du soir, qu'il récitait toujours avec la même dévotion et la même conviction depuis la plus tendre enfance, respectant les anciennes traditions de l'Aubrac. Il avait réclamé un bol de bouillon et l'avait terminé. Rose avait remarqué qu'une lueur, quoique faible, illuminait ses prunelles et qu'il s'exprimait mieux que l'après-midi. Il entreprit de déclamer les prières, les mains jointes sur son chapelet habituel et reposant sur le drap blanc. La chambre était éclairée par deux chandelles. Au dehors, les branches des arbres gémissaient sous les rafales de vent qui s'insinuaient jusque sous les lauses de la toiture. Dans le grenier, on entendait les chats poursuivre les rats dans une sarabande endiablée et presque indécente même quand le malade s'arrêtait pour marquer un temps de silence. Sa voix était encore assurée et à peine troublée. Soudain, elle devint rauque et il lâcha alors dans un soupir : « Mon Dieu, je vous offre ma vie et tout ce que j'ai. »

Le lendemain, cinq personnes l'attendaient dans la courette et la fraîcheur matinale sous une grisaille épaisse qui traduisait bien les sentiments de tristesse et de désarroi dans lesquels l'annonce de sa disparition par ses enfants les précipita. Nullement informées de son malaise, elles avaient cheminé pendant deux heures dans les ténèbres pour parvenir à Nasbinals au moment où l'aube se levait. Elles pleurèrent, y compris les trois hommes, tellement elles étaient désemparées. Que deviendrons-nous désormais sans Pierrounet ? se demandaient-elles. Son épouse et ses enfants leur proposèrent de se recueillir devant sa dépouille puis d'accepter une assiettée de bouillon brûlant, dans la salle commune où des flammes pétillaient autour d'un billot de chêne. Ces deux femmes et ces trois hommes repartirent ensuite, réchauffés mais accablés par la nouvelle qui se répandit à travers Nasbinals, colportée par le bouche à oreille et par les sonneries lugubres des cloches. À l'occasion de ses obsèques, ils étaient des centaines à s'être déplacés pour entourer la famille et témoigner de leur reconnaissance à Pierrounet. Inconsolables ! Dans l'église de basalte incapable de les contenir tous au point que beaucoup s'étaient regroupés autour de l'édifice et sur la place, les notables côtoyaient les paysans et les artisans ; les jeunes étaient aussi bouleversés que les anciens. Qui ne le connaissait pas à des dizaines de kilomètres à la ronde ?

Le 16 septembre 1909, ils étaient certainement aussi nombreux à honorer sa mémoire à l'initiative de l'ancien sénateur républicain de l'Aveyron – Joseph-Amans Fabre –, qui avait vivement souhaité qu'une statue puisse perpétuer son souvenir à Nasbinals. Grâce à une souscription publique, soutenue par *L'Auvergnat de Paris*, le sculpteur millavois Malet avait réalisé un bronze que l'on inaugura ce jour-là. Les députés et les sénateurs de la Lozère entouraient le premier magistrat de Nasbinals, le conseiller général, le conseiller d'arrondissement, le docteur Aurélien Morange... Pourtant, il n'y eut pas d'allocution. Étaient-elles utiles ? Dans l'assistance, personne n'oublierait jamais qu'il s'était appliqué à soulager de son mieux les souffrances humaines pendant un demi-siècle et que des médecins l'avaient poursuivi devant le tribunal. Une étoffe recouvrait la statue du rebouteux que l'un de ses petits-enfants se contenta de dévoiler sous les acclamations. Quel camouflet pour les partisans acharnés de la médecine moderne qui s'étaient ingéniés à l'abattre, mais sans y parvenir ! On l'avait si souvent sollicité, il était tellement apprécié qu'il suscitait une profonde et sincère admiration. Certains même le vénéraient. Aussi, cette cérémonie informelle comblait ses anciens patients et leurs familles. Même s'il n'était plus de ce monde et s'il n'avait jamais demandé de médaille ni cherché les honneurs, c'était une revanche éclatante mais inattendue pour l'ancien cantalès des montagnes de l'Aubrac et cantonnier de la nationale. Une statue en bronze sur la place de son bourg ? Comme les grands hommes ? Il ne l'aurait pas imaginé et aurait estimé qu'il ne le méritait pas. En cette journée automnale, Pierrounet devenait désormais une figure légendaire de l'Aubrac comme Adalard, le seigneur des Flandres, à l'origine de la fondation du monastère de Notre-Dame des Pauvres à Aubrac. Ou Marc-Antoine Charrié, notaire de Nasbinals, qui avait soulevé les paysans contre la République en 1793. Contre son gré, il appartenait à l'Histoire.

Du même auteur au Rouergue

Romans

• *Une promesse d'été,* 2021.
• *L'homme qui chaussait du 62*, 2019.
• *Messagère de l'ombre*, 2018. Rouergue en poche, 2021.
• *Lendemains de Libération*, 2017. Rouergue en poche, 2020.
• *Un été d'herbes sèches*, 2015. Prix Arverne, 2016. Rouergue en poche, 2017.
• *Une mère à aimer*, 2013.
• *L'Héritier*, 2010. Rouergue en poche, 2014.
• *Les Chapeaux d'Amélie*, 2007, Grand prix du roman de la ville de Pamiers, 2008. Rouergue en poche, 2013.
• *La Kermesse des célibataires*, 2006.
• *Mademoiselle Laguiole*, 2005. Rouergue en poche, 2013.
• *L'Alouette*, 2004.
• *Monsieur le Gouverneur*, 2003. Le Livre de Poche, 2005.
• *Ces gens du beau monde*, 2002. Le Livre de Poche, 2005.
• *Le Bal des gueules noires*, 2001. Prix du salon d'Hermillon, 2002. Rouergue en poche, 2014.
• *La Montagne sacrée*, 2000. Rouergue en poche, 2015.
• *Julie*, 1999. Rouergue en poche, 2014.
• *La Fille de La Ramière*, 1998. Le Livre de Poche, 2000.
• *La Gantière*, 1997. Prix Lucien-Gachon, 1998. Prix des Inter-CE (comités d'entreprises) des Pays de la Loire, 1998. Rouergue en poche, 2013.
• *Le Café de Camille* (avec Danielle Magne), 1995. Rouergue en poche, 2014.
• *Le Pain blanc*, 1994. Prix Mémoire d'Oc, 1994. Rouergue en poche, 2014.
• *Les Neiges rouges de l'an II*, 1991. Rouergue en poche, 2015.
• *La Cloche volée*, 1989. Rouergue en poche, 2015.
• *Les Feux de la Liberté*, 1988. Rouergue en poche, 2015.

Albums et essais

• *Les Bougnats de l'Aubrac*, 2018.
• *Voyages en Aveyron*, photographies de Pierre Soissons, 2018.
• *André Valadier. L'Aubrac au cœur*, 2017.
• *La maison aveyronnaise*, notices et dessins techniques de Didier Aussibal, photographies de Patrice Thébault, 2016.
• *L'Aveyron*, photographies de Pierre Soissons, 2015.

• *L'Aveyron*, photographies de Pierre Soissons, 2015.
• *La cuisine aveyronnaise avant le surgélateur*, 2015.
• *Les barrages du Lévézou et des Raspes du Tarn*, 2014.
• *Les barrages des gorges de la Truyère et de la haute vallée du Lot*, 2014.
• *Sécher les couillons. Jurons, insultes et autres amabilités*, 2014.
• *Éleveurs, au temps des champs de foire.* photographies de Denis Barrau, 2013.
• *La France des métiers. Dans les burons de l'Aubrac, 1950-1960*, photographies de Jean Ribière, 2013.
• *La France des métiers. Dans les fermes et caves de Roquefort, 1950-1960*, photographies de Jean Ribière, 2013.
• *Les 501 proverbes de l'Aveyron*, illustrations de Séverin Millet, 2013.
• *Le Clan des 12. Aveyronnais d'ici et d'ailleurs*, illustrations de Séverin Millet, 2012.
• *L'Estofi. Le plat qui venait du froid* (avec Christian Bernad), photographies de Kristof Guez, 2012.
• *Les Bêtes noires. Des chemins de fer dans le Massif central*, photographies de Pierre Soissons et Pierre-Louis Espinasse, 2011.
• *La Petite encyclopédie de l'Aveyron*, illustrations de Séverin Millet, 2011.
• *Les 1001 mots de l'Aveyron*, illustrations de Séverin Millet, 2010.
• *Sentinelles des montagnes. Les burons de l'Aubrac, des monts du Cantal et du Cézallier*, photographies de Pierre Soissons, 2008.
• *L'Aubrac. La Belle aux yeux noirs*, 2006.
• *Le Laguiole. Éloge du couteau*, 2005.
• *Ces objets qui nous habitent*, 1999.
• *Le Laguiole. Une lame de légende*, 1996.
• *L'Année des treize lunes. Almanach perpétuel*, 1996.
• *Métiers de tradition, coutumes en fête*, 1995.
• *Daniel Crozes vous guide en Aveyron*, 1994 ; nouvelles éditions revues et réactualisées sous le titre *Le Guide de l'Aveyron*, 2000 et 2004.
• *Les Aveyronnais. L'esprit des conquérants* (avec Danielle Magne), 1993.
• *Raymond Lacombe. Un combat pour la terre*, 1992.
• *De corne et d'acier. L'épopée du couteau de Laguiole*, 1991.
• *Douze métiers, treize coutumes*, 1987.
• *La Bête noire. L'aventure du rail en Aveyron depuis 1858*, 1986.

Votre livre est fabriqué en France sur un papier certifié PEFC,
pour une gestion durable de la forêt.

Ouvrage réalisé par Cédric Cailhol Infographiste

Reproduit et achevé d'imprimer en novembre 2021
par l'imprimerie Corlet à Condé-en-Normandie
Dépôt légal : juin 2020 – Numéro d'impression : 21110110
ISBN : 978-2-8126-2078-2
ISSN : 2493-3279

Imprimé en France